人性的試煉

秀霖——著

【推薦序】一段扣人心弦的黑金三部曲終於登場

文／楓雨

筆者閱讀秀霖的第一本作品是短篇集《桃花源之謎》，閱畢後立刻被秀霖多變的文風和短篇的爆發力所懾服，文風的多變讓既晴（現為台灣犯罪作家聯會執行主席）稱讚其為「台灣推理作家的變色龍之最」，至於短篇的爆發力應屬〈第九種結局〉最具代表性，在既晴提出的挑戰下，以偵探、兇手、死者三個角色就能譜出九種不同的結局，可見秀霖深厚的邏輯推演功底。

秀霖的這本《人性的試煉》，一共由三部互相關聯的故事所構成。而綜觀三部作品的排序，呈現了《無間道》或是《教父》系列的經典布局，以第一部故事為中心，第二部講述「前因」，第三部講述「後果」。

這本小說的第一部《謊言》，其實已在二〇〇八年於明日工作室出版過同名的單行本，筆者很遺憾沒有經歷過明日工作室百花齊放的時代，不過有幸能等到作者重新改稿出版，也是莫大的榮幸。尤其這次補上了後續的兩篇作品，讓故事的世界觀更加完整，也讓讀者能享受更大的閱讀樂趣。

有趣的是，《謊言》的前身，其實是秀霖投稿第五屆人狼城推理文學獎的作品〈整個社會都病了〉，這屆文學獎秀霖不只投稿了這篇作品，而是一口氣投稿了三篇，其中一篇就是先前所提到的〈第九種結局〉。如果閱讀過這兩篇作品，就會忍不住驚嘆於兩個故事的多處反轉，以及短篇小說在有限篇幅下迅速展開的理性魅力。至於當年投稿的第三篇作品，是後來引起BBS現象級反應的〈鄉民偵探團〉，能在一年當中創作出三篇標誌性作品，可以不誇張地稱為秀霖的「奇蹟年」。

《人性的試煉》的三部作品整體來說節奏相當明快，很少花費時間講述大道理，而是直接呈現劇情在讀者眼前，待讀者看過之後，自行咀嚼故事背後的餘韻。整體來說有著強烈的電影感，幾乎每個小節都有一處轉折，三部作品的末尾又各自來了個一百八十度的大反轉，讓人看得相當過癮，雖然是十三萬餘字的長篇小說，讀來卻不顯厚重。

三部作品《謊言》、《金錢遊戲》、《不歸路》的劇情各自緊扣著作品標題，尤其《謊言》一篇，故事當中沒有一個角色所說的話是值得信任的，釐清真相的過程就顯得特別困難，不過這也正是閱讀犯罪小說的樂趣，在不可靠的線索中尋找真相，是作者給主角和讀者的挑戰。

在《金錢遊戲》中，故事著重在《謊言》末尾所提及的祕密，除了補完故事的世界觀之外，末尾所留下的伏筆，也是對第三部《不歸路》所做的鋪墊。《金錢遊戲》以股市、地下錢莊作為引子，帶出一場暗潮洶湧的金錢遊戲，最後關於祕密的守護與爭奪尤為精彩，與《謊言》的末尾相作呼應，讓人不禁佩服秀霖的故事布局。

第三部《不歸路》的標題，呼應著《謊言》林家興末尾對敵手的告誡，原本短篇的開放式結局，在這部作品中得到了答案。這其實對於創作是相當艱難的一件事，因為當一個故事留有開放式結局後，每位讀者心中就會有各自認為完美的結局，這時作者要再親自續上這條結尾，就顯得相當困難，不過就如同《無間道》和《教父》，《不歸路》也給出了一個圓滿的結局。所謂的圓滿並非指傳統的大團圓結局，而是每個角色都適得其所，不只是善惡果報那樣表面，而是考量到角色性格和動機，每個角色都獲得了最適切的安排。

無論是《謊言》、《金錢遊戲》、《不歸路》，其實都圍繞著書名《人性的試煉》，不管是一眾角色為了各種目的所說的謊，還是金錢所引來的各路人馬，又或者是亡命之徒的困獸猶鬥，都反映著最真實的人性，也不斷地在試探著每個角色的道德底線。全書在明快的燒腦劇情背後，除了有著深刻的人性反思，還有對社會現實的洞察，舉凡黑金政治的共犯結構、經濟泡沫所造成的社會問題、更生人所遭受的社會歧視，都很自然地成了故事的背景，故事本身雖然不講大道理，卻能讓讀者在閱讀之餘有所反思。

筆者於此篇文章中兩次提及《無間道》和《教父》，除了是因為架構相似之外，另外也是因為《人性的試煉》在敘事上很適合改編為影視。台灣過去比較代表性的黑幫作品是《黑金》，卻缺乏像前兩者那樣雋永的黑幫史詩，如果《人性的試煉》能改編成三部曲上映，相信也能成為影史的經典作品，我也相當期待那一天的到來。

作者簡介／楓雨

醫師作家，台灣推理推廣部版主，台灣犯罪作家聯會成員。

出道作為政治推理《伊卡洛斯的罪刑》，並在同年出版其外傳《棄子：城市黑幫往事》，近作為社運推理小說《沒有神的國度》與獲得金車奇幻小說獎優選的《我所不存在的未來》。

曾經以為自己創作的核心是政治推理，最後才發現，其實是信仰。

作者序

這本《人性的試煉》，是由三篇緊密相扣的中篇小說組合而成，其中第一部〈謊言〉，前身是二〇〇六年完成，參加隔年徵文獎的短篇作品。後經略增劇情及場景，調整為符合明日工作室推理館的中篇小說格式，並於二〇〇八年以口袋書型式問世。雖是輕巧的口袋書，但有別於此前均為與其他創作朋友的徵文獎合集，是個人相當值得紀念的第一部單行本作品。

這系列當初構思時，就規劃為故事前後橫跨二十餘年的三本口袋書，而三篇故事大綱在撰寫第一部〈謊言〉時，其實就已成型。但自從二〇〇八年中篇小說《謊言》率先問世，後兩部作品恰逢明日工作室調整出版策略，陸續結束口袋書系列而有所中斷。而自己對於其他題材及類型創作的新嘗試，一直有著濃厚興趣，也有不少擱置排程中的寫作計劃，甚至還有幾部等待完成的半成品。故《人性的試煉》後半部作品，便於如此機緣巧合下，停留在僅有大綱及人物設定的狀態，而先轉往其他長篇小說創作。

然而這稍作擱置的意外插曲，彷彿差點一去難回，卻也讓《人性的試煉》整部作品的完成及出版，一晃竟也過了將近十五年。若是從首篇小說完成之時算起，則早已超過十五年。在這十五年間，確實有些看過口袋書《謊言》的讀者朋友，不時詢問及關心續作何時出版。這也讓一部作品從創作初始到完成問世，動輒橫跨十年起跳的作者，倍感龐大的創作壓力。呃，不，開玩笑的，其實作者看到有讀者朋友展現超過十年、持之以恆的強大追劇精神，真是無比的溫馨鼓舞及滿滿感動。不過認真檢視，這本書的出版，也創下個人寫作生涯中，同一部作品拖稿將近十五年的全新輝煌紀錄。

儘管這本小說的創作及出版期間，橫跨整整十五年，卻還能一點一滴慢慢完成的重要動力，除了歷來有不同讀者朋友關心詢問的極大鼓舞外，其實還有一段有趣的小插曲。同窗好友，也就是《桃花源之謎》中〈鬼鈴魂〉的白爛偵探主角原型，幾年前為了替作者推廣分享故事，曾將自己珍藏多年的絕版書《謊言》，借給另一名朋友卻不幸遺失。身為作者，為了彌補好友如此令人感動的美麗缺憾，得知後馬上承諾日後一定會再致贈完整三篇故事的新書，給這名好友作為補償。還好如今這個承諾終於能夠實現，也算是了結一個長年掛在心上，等待完成的重要心願。

回歸這本《人性的試煉》，書中的三篇作品，都是與人性有些相關的故事。有憤世嫉俗、天性多疑的中年男子，對自身缺點彷彿視而不見，自覺有情有義、恩怨分明，卻不時檢討周遭、責怪他人，而為達反擊目的動輒不擇手段，甚至牽連無辜者，弄到最後舉目所見，都是自己難以相信的謊言；有學歷優秀、志得意滿的年輕男子，因沉迷一夜致富而自我毀滅，起死回生後，再次躊躇滿志，反開始對救命恩人游移於信與疑、助與阻之間，而後更一心想用自以為的聰明才智隱瞞他人、撂倒對手、奪取所欲，但終究只是一場沒有真正贏家的金錢遊戲；有毫無主見、宛如幽靈般的徬徨者，遍尋不著生存的目標與意義，直到與生命中最重視的人相遇，人生才有了極大的轉變，卻因無法明辨是非實虛，彷彿只是一具失去靈魂的空殼，即便後來逐漸覺醒，但早已深陷一條永遠無法脫身及回頭的不歸路。

三部中篇小說，均為緊密相關的人物，共同交織出橫跨二十餘年的恩恩怨怨，而在現實的寫作歷程中，也同樣跨越了幾近相當程度的光陰荏苒。這部歷時十五年的《人性的試煉》如今出版問世，也總算讓長年關心這部作品的讀者朋友，能夠看到這部無論是故事中或現實寫作中，均延宕超過十數年的真相及結局。而這本小說能夠順利完成出版，除了要特別感謝長年細心照顧作者的秀威資訊宋總經理、伊庭經理、責編齊安、毛律師及蔡律師等出版社夥伴外，最重要的，還有讀者朋友們的長年支持與鼓勵，真的一直都是作者持續寫作的最大動力。

翻閱近十五年前的口袋書《謊言》書訊，當年只是首次出版個人第一部單行本的新手作者，在自序中提到：「持續創作出能夠讓讀者一同感動、憤慨，或是歡笑、流淚的共鳴作品，是往後努力的長遠目標。」當然，相隔十五年，或許有進步、或許有成長，但也可能是相差不大、停滯不前，甚至是節節衰退。但無論優劣好壞，都是作者必須虛心面對的讀者真實感受。不管如何，作者依舊還是必須自己不斷努力學習、努力修正及努力精進，藉以持續追求能帶給讀者朋友精彩故事的長遠目標。

在《人性的試煉》故事中，二十年過去，有人早已從單純的友情踏進更為複雜的利慾，制度變了、環境變了、朋友也變了，很多事物都在時光流逝中不斷改變。然而或有正直之士、真誠之人，不被錢權所誘，或向奸邪屈服靠攏，心性始終如一，故依舊受人景仰敬重；但這世上難免還是會有唯利是圖、別有居心，進而拋棄是非、不擇手段，甚至為謀取不義之財、不法目的，甘冒犯罪之虞也不惜相互勾結、造假構陷的虛偽之人。此等後者就算一時逃脫法網、矇騙社會，自此卻只能緊戴偽善假面極力掩飾，但人生所剩者，惟有不斷以無止盡的謊言一再圓謊，建造由滿是虛情假意所堆疊築升，卻不堪真相一擊的薄紙高牆，聊以自我防衛、自我欺騙。雖然這些光明與黑暗的人性，是《人性的試煉》故事中所上演的戲碼劇情，卻也是在真實世界所會出現的實際情形。十五年過去，現實生活中許多事物已然轉變，所幸故友還在、故情依舊，制度、環境、朋友雖也有所改變，但反倒是因緣際會下，在創作圈及文史圈，結識更多志同道合的正直真誠夥伴，這些都是得來不易的珍貴緣分。

最後，一如十五年前的創作初心，對於各方前輩、讀者朋友，或是創作朋友及出版社夥伴們，無論是指教、批評，還是鼓勵、支持，十數年來對大家抱持的感謝心情，始終不會改變。

秀霖

【名家短評推薦】

暢快淋漓的劇情，洋溢著熟悉的台灣本土氣息。三篇中篇乍看獨立，實則環環相扣，加上作者精心設計，布局縝密的劇情，閱讀過程如豪飲啤酒般舒暢，處處讓人回味無窮。

——Troy（惡之根Podcast節目主持人，台灣犯罪作家聯會成員）

好的犯罪小說，往往能引領讀者一窺人性裡最闃暗的角落，而更好的犯罪小說，會在這片黝暗渾沌之中開鑿出一絲幽光，讓讀者在見識人性的醜惡之後，還能照見幾許希望。秀霖的這部作品，毫無疑問正是這樣的傑作。

——左手的圓（編劇，台灣犯罪作家聯會成員）

峰迴路轉、柳暗花明，一波又一波的大逆轉絕對讓人喘不過氣、驚歎連連。套句書評家評論美國推理之王艾勒里．昆恩的《希臘棺材的祕密》之評語：「比密西西比河的轉折還要多（More twists and turns than the Mississippi River）！」

——林斯諺（推理作家）

目次

第一部：謊言

這一切確實來得相當突然。「男大當婚，女大當嫁」，儘管早有迎接這一刻的準備，但離別的一刻還是來臨，然而卻是如此倉促，如此突兀。

一、前妻的話能信嗎？

清晨，天還沒亮，忙碌的一天就此展開，一直都是如此。漫漫黑夜的夢境，與現實之間僅是一線之隔。有的人生活可以非常優渥，有的人卻得不斷在邊緣掙扎，如同垂死的溺者，為的只是維持活命的那一口空氣。

這個社會便是如此。

春寒料峭的三月天，早晨空氣還凝結著微冷的因子，即便千百個不願意，還是得強迫自己從夢鄉中歸來。日復日，年復年，曾經真的以為生活就是如此，縱然庸忙平淡，卻還不至於喪失微笑的本能。

喀喀作響的鐵捲門聲，正式宣告本日營業的開始。

「早安！今天總算準時啊！」

我對著鐵捲門外的阿吉打著招呼，他看起來相當疲憊。

阿吉年僅十七歲，家境不是很好，有著長年病痛的老母和年幼的弟妹待養，唸完國中後就沒有繼續升學。每天下午到晚上在附近的機車行當著學徒，而早上則在我的早餐店裡打著零工，或許因為這樣每天滿滿的辛苦工作與養家壓力，讓他外表看起來更為成熟。

這家老舊的店面，外觀儘管並不吸引人，卻也是畢生心血，多年來也培養出濃厚的感情，與附近的鄰居們很早就打成一片。早已年過四十的我，在這民風純樸的東部小鎮裡，生活也算過得愜意。

天才剛亮，街道上的行人逐漸湧現。

「店長，今天報紙還沒來嗎？」阿吉問著。

「我想就算來了現在也沒時間看吧！先幫我準備烹飪用具吧！」

阿吉慣常性地做著熟悉的例行工作，一下就把前置動作準備完成。

沒一會兒，客人就上門了。而說也奇怪，通常第一位客人光顧後，緊接著人潮就會出現，這是多年來的觀察心得。

每天總要對著無數客人擺出笑容，即便事與願違，也只能笑臉迎人。

「老林啊，外帶一份蛋餅和豆漿！」

「老闆，我要一份蘿蔔糕！」

「老闆，一份漢堡加蛋和一杯熱紅茶，這裡用！」

每天總在這些熟悉聲音的圍繞下，不知不覺進入工作尾聲。擦拭油膩的雙手，卻怎樣也洗不清那股油煙味，就如被社會貼上的標籤，即使想撕也撕不掉。

左手小指上的缺陷，過了這麼多年，也已經不覺得那麼突兀，尤其這個當年的意外傷害，老實說也在意料之中。究竟付出了這麼多年的歲月，守護這些祕密，到底值不值得，我也已經麻木不仁。

「阿吉，我看今天這樣就差不多，你再把那些垃圾整理一下就行了！」

看到阿吉這幾天精神相當不振，不曉得這陣子在忙些什麼，以往一向準時到班的他，最近變得有些渙散，也許家計的負擔對他而言真的過於沉重，還是大發慈悲早點放他走人。認識到現在，也已過了半年，工作上還算認真，是個乖巧懂事的孩子。

「是，店長。」阿吉搖頭晃腦拿起一大袋垃圾轉身離去。

忙了一早，總算可以坐下來喘息，翻開報紙又是千篇一律的政治新聞，不用看就可以知道大概的內容。

但今天地方政治新聞的一個標題卻令我震驚不已。

報導內容為幾天前縣議員李顯恩之女李姍姍染病身亡，家屬火化遺體低調料理後事。

雖然只是一則短短的地方新聞，看完後卻令我坐立難安，久久無法平息。照理說別人家女兒過世，跟我又有什麼關係？但報導中身亡的人並不是李顯恩的親生女兒，而是我的親生骨肉。

二十多年前分手後，留下懷孕的女友惠娟，而後她便和縣議員李顯恩結婚。我與惠娟只有口頭上的婚約，並沒有正式結婚，也許李顯恩到現在也還不知道姍姍並非親生兒女。要說李顯恩是感情的破壞者也可以，但更重要的離異原因，恐怕跟自己以往的荒唐歲月脫不了關係。

我衷心期望這只是則誤報新聞，畢竟這種狀況也常發生。但也做了最壞打算，同時對於自己過去的無能感到氣憤無比。

由於惠娟堅決不願與我有上任何關聯，二十多年前分手後斷絕所有來往。十年後整個社會都變了，令人無法適應，我很難像以前那樣生活下去，只好搬到沒人認識的東部小鎮隱姓埋名，重新過著平靜的生活。

造化總是如此弄人，在失去所有關於惠娟的線索後，卻又在同一個鄉鎮上再次相遇。原本已經竭盡所能忘卻這段傷心的往事，然而她的出現卻又讓我再度魂牽夢縈。儘管不停壓抑自己，還是難以輕易放下這段過去。

即使再次相見，我也只是遠遠觀望，不敢接近，而她卻是站在李顯恩的競選宣傳車上賣力拜票。

我不是一個容易向人低頭的人，既然已經不受歡迎，更不可能前去打擾，剩下的只有對子女的思念，即便連她的長相都不知道。

為了壓抑這股思念，幾個月前在阿吉的幫助下，終於查出惠娟的住宅，是座戒備森嚴的豪華別墅。身為在地方政壇叱吒風雲的李顯恩，恐怕得罪不少道上人士，因此相當謹慎。

即使如此，還是不曾見過姍姍的身影。但就算見了面，身為親生父親的我，恐怕也沒有相認的勇氣。

或許惠娟的決定是對的，不該讓無辜的孩子與我扯上關係。

但現在這一切又是怎麼回事？手中的那份報紙已經被我反覆翻閱不下數次，即便如此也無法得知其中的真相。我已經按捺不住，一定要追根究柢問個清楚！

東部地廣人稀，和以往居住繁華的北部城市大相逕庭。雖說這裡也有熱鬧的市中心，但和大都市一比還是相差甚遠。過去在大都市紙醉金迷的糜爛生活，彷彿一場遙遠的惡夢。而今生活在純樸的鄉鎮中，這種安逸的日子真的是以前從沒想過的享受。也由於尚未經過密集開發，在這裡才能看見地狹人稠的大城市裡看不見的豪華別墅。

騎著老舊機車前往惠娟住處，和印象中相去不遠，只是門口站的警衛好像和以前並不相同。這座豪宅相當顯眼，財大氣粗展露無疑，相較之下，附近樸實的街道反而顯得格外寧靜。

我在大門外十公尺處徘徊，希望藉此遇到惠娟。這種方式或許很蠢，但苦於沒有任何聯絡方式，也只能採取這種下下之策。

苦等了若干小時，終於遇到惠娟，記憶中的模糊身影又再次甦醒，比起以前的模樣，顯得略為發胖。

「惠娟！」

我不經意脫口而出，聲音不自覺顫抖起來。

「你！」惠娟十分詫異，睜大雙眼，隨即轉為相當不悅的表情。

二十年了！二十年沒有說過話了。如果不是因為姍姍的事，恐怕這輩子真的就這樣下去。看到惠娟嫌惡的眼神，過去那段傷心別離的痛楚又一一浮現心頭。

「你想幹嘛！走開！」惠娟脹紅著臉，氣憤無比。「再不走就叫警衛趕人！」
「我不是來糾纏妳的，我也沒有這種興致！報紙上的那件事到底是怎麼一回事，我想知道到底發生什麼事了！」
「哪件事？」惠娟想了一下。「就是這麼一回事，而且關你什麼事！」
惠娟揮手把警衛招來。
「我沒權利知道發生什麼事嗎？」
「我求你不要再糾纏我好不好？」
「就算妳再怎麼恨我也好，作為一個父親，連自己女兒的死都不能知道嗎？」
我感到雙頰發燙，眼眶溼熱。
「你配作一個父親嗎？你有對我做了任何好事嗎？」惠娟雙眼滿布血絲，眼眶的深度已經不足以擋下強忍的淚水。「你這個人渣！」
這句話深深刺痛了我，她的話確實不假，我的確不配作為一個好父親。生前沒為姍姍盡到任何責任，現在的一舉一動或許只是為了彌補過錯。
但也許真的太遲了！
從惠娟的反應可以確定姍姍應該如新聞所言不幸身亡，不過報導過於簡短，很多細節甚至確實死因都完全無法得知。
「你別以為姍姍是你的孩子，不要在那裡自作多情！」惠娟頻頻拭去淚水，不願意讓其他人聽見我們兩人過去的祕密，刻意小聲說著。

「為什麼不是，這是妳不告而別前親口告訴我的！姍姍這名字不就是我們兩個當初約定的小孩名字，這不是最好的證據嗎？妳知道嗎，就算過了這麼多年，我對妳還是……」

話還沒說完，大門出現一位穿著西裝，打扮一絲不苟的中年男子，神情相當嚴肅，看來就是地方權貴李顯恩。和報上的形象相去不遠，充滿著腐敗氣息，也可能因為自己對他沒有好感，才會抱持這種想法。

李顯恩攙扶著搖搖欲墜的惠娟，板著臉孔大聲斥責：「你是什麼人，在這裡胡鬧！」不想造成惠娟的困擾，我並沒有回答，只是和李顯恩怒目相視。

這個男人！我對他沒有任何好感！

但為什麼現在站在惠娟身旁安慰她的那個男人，不是我呢！

不顧我的感受，或是惠娟也沒必要在意我這個她眼中所謂的「人渣」，她轉頭對李顯恩說起悄悄話，沒多久這位「偉大」的縣議員指示兩名警衛將我攆走。

「媽的！」我努力掙脫警衛的拉扯，但我不過是個弱不禁風的中年男子，完全無法抵抗警衛的精實胳臂。

經過這次之後，想要再對惠娟問個清楚恐怕是難上加難。我使盡力氣不斷抵抗，卻也只是徒勞無功，惠娟之前的那些話，讓我更為茫然。

一個看似小學生的男孩，滿臉疑惑從大門探頭出來，隨即被「李顯恩夫婦」拉了進去。

原來他們也有自己的小孩，以一對夫婦來說，這是很正常的事，但看在我眼裏，卻又是另一番滋味。

二十年前與惠娟分別後，在社會上不斷受挫，更別說是結婚，一直這樣庸庸碌碌苟活至今，轉眼間都已步入中年，而今又留下什麼？就連最後的牽掛都已逝去，不禁強烈質疑自己的存在意義，之前甚至還曾打算在姍姍結婚之日暗中到場祝賀。即使是個完全不稱職的父親，最後一面已經見不到了，難道連最後的真相也不能知道？

我不甘心，也不想就此放棄，即便這邊的線索斷了，應該還有其他方向可以追查。從新聞報導可以得知姍姍被送往這裡最大的東部綜合醫院，我想有必要去那裡走一趟。

二、醫生的話能信嗎？

「沒必要告訴你發生什麼事吧？你是什麼人？」

費了一番功夫，我總算找到為姍姍開立死亡證明的那位醫師何圖一，濃眉倒叉情緒激動。

「我是東方時報的記者，想了解更詳細的狀況。」還不確定該不該道出我是姍姍父親的事實，先想了個理由搪塞。

「東方時報？之前不是才來過，到底在搞什麼鬼！就是生重病，後來併發其他器官衰竭，經過搶救還是不治，我們院方已經盡力了！」

「真的就是這樣嗎？」

對於那些醫學用語不甚了解，但我不大相信事情這麼單純。

「你這個人真的很奇怪，怎麼看也不像個記者，到底有什麼目的！」何醫師非常不耐，鼻翼隨著情緒起伏不時扇動。

「其實我才是姍姍的親生父親，想了解詳細的狀況。」

我想沒必要繼續躲躲藏藏，直接道出了事實。

「她的父親是李議員！」何醫師的反應相當劇烈。「你在這裡胡說什麼！」

「其實他現在的太太是我前妻，姍姍是我親生女兒！」

「這……」何醫師神色慌張，呼吸急促，上唇微微顫動，把嘴邊的話又吞了回去。

「還有什麼疑問嗎？我可以了解發生什麼事嗎？」見到何醫師心虛的反應，我的語氣漸漸逐字加重。

「嘖，我現在很忙，別煩我！」

何醫師突然臉色漲紅，濃眉又再次豎立額間，一把將我奮力推開後迅速離去。

這種極度失禮的舉動，讓我覺得相當不受尊重，對於這個大脾氣的醫生，真是一點好感也沒有。

每個人都不願和我多談，到底發生什麼事？其中必有玄機。

何醫師離開得相當倉促，讓我連追上的機會都沒有，無奈之下只好前往櫃檯詢問當天狀況。

「您好，有什麼事需要幫忙嗎？」櫃檯的護士相當年輕，大約二十出頭，笑容非常親切。

「妳好。」我微微點頭回應。「我是李姍姍的親戚，接到消息她生病住院，想前來探病慰問。」

不想打草驚蛇，我決定旁敲側擊，當然，準備了一些水果讓情境更為真實。

「請稍等一下，我去處裡。」護士小姐敲起電腦鍵盤。「請問名字怎麼寫？」

依照我的指示鍵入，病床名單卻沒這項紀錄，她抬頭望著我：「先生，你確定是在我們的醫院嗎？」

這樣的結果並不令我驚訝，如果出現在病床名單……我倒真希望之前的噩耗只是一場夢。

「是啊，是東部綜合醫院沒錯。」我拿出一張寫滿小字的紙條假裝再次確認。

「那就奇怪了，我再幫你問問。」

護士小姐詢問一旁同事，引起一陣討論：

「李姍姍，我不知道耶。」

「嗯，好像在哪聽過。」

「啊！不就是前幾天媒體來詢問的……，不過……」

後面聲調刻意壓低，完全無法聽到。

沒多久，那位護士小姐回到櫃台前，面色凝重對我說著：「先生，很抱歉，李姍姍小姐已經在三天前病逝了。」

「是嗎？怎麼會這樣……」雖然早就知道這個結果，還是讓我再次受到打擊，久久無法言語。

「先生，真的很抱歉。」護士小姐神情哀悽，盡可能表現出對我的同情。

「請問她是什麼時候住進醫院？」

「這我也不是很清楚，不過紀錄上寫著進院當晚就已經惡化病逝了。」護士小姐深表遺憾。

「真的很抱歉，您沒被通知到，不知道需不需要幫您聯絡她的家人？」

「我想不用了。我和她家人有些細故，不過和這孩子倒是處得很好，老實說，真的讓我相當震驚。」我望向一旁，即使知道是在演戲，但還是不自覺地垂下雙眼。「可以告訴我當晚搶救的醫師及護士嗎？雖然很遺憾，我還是想當面謝謝他們！」

我提起手邊的那袋水果，示意要以此為謝。

「嗯，我幫您查一下。」隔了大約一分鐘，護士小姐雙手離開鍵盤。「當晚的值班醫師是陳東其醫師，值班護士是林秀雯小姐，不過搶救的是較為資深的何圖一醫師。」

「何醫師這陣子不是連休嗎？怎麼會突然跑回醫院？」一旁的護士插了一句。

「可能是緊急召回吧！因為病人的病況太危急了！而且陳醫師不是常常翹班嗎？」這名護士與同事間的對談中，不經意說出陳東其醫師的惡習，回頭發現我近在眼前，尷尬地笑著。「啊，先生，所以如果想要拜訪的話，應該去找何圖一醫師。那天值班的陳醫師可能因為有事離開，所以請了何醫師代班。」

任誰都可以察覺這不過是為了掩飾陳東其醫師翹班的合理化解釋，但不願繼續為難這些熱心的護士小姐，我盡可能假裝剛才沒有聽到「翹班」那兩個字。

雖然她們的解釋聽起來還算合理，但這反倒更加深我對何醫師的懷疑。

「那我就自行登門道謝，謝謝妳的幫忙！」我點頭致意表達感激之情，轉身後隨即斂起笑容盤算著接下來的調查行動。

道別櫃檯的護士小姐後，在醫院的三樓總算找到正在巡房的陳東其醫師。

先前向其他病患打聽過陳東其醫生，風評似乎不是很好，靠著院長女婿的身分，即使醫術並不怎麼高明，並時常翹班打混，還是能夠在東部綜合醫院站穩地位。

而我更在私下詢問的過程中，找到幾名員工證實姍姍病危的那晚，陳東其醫生「恰巧」外出。然而在這段期間何醫師反而「恰巧」剛好有事回到了東部綜合醫院。

這一連串的巧合似乎過於刻意，讓人不得不懷疑其中的人為操弄。為了進一步證實自己的推測，決定向當晚值班的陳東其醫師與一同協助搶救的林護士問個清楚。

「你是陳東其醫師嗎？」我望著陳醫師胸前的名牌念了出來。

與何醫師個性相差甚遠，陳醫師年紀小了許多，臉上掛著親切的笑容。清秀的臉龐、整齊的醫師長袍，和掛在脖子上的聽診器相為呼應，反而不像謠言那般，展現出一種專業的形象。

「請問有什麼事嗎？」陳醫師的笑臉很難讓人和不良的風評連結在一起。

「那個，我是李姍姍的親戚。」不想再和他拐彎抹角，直接說明我的來由。「今天才得知姍姍那晚住進東部綜合醫院，而經由打聽後，陳醫師好像就是當晚值班的主治醫師。」

雖然我很清楚，即使詢問陳醫師，他大概也不知道真實的內幕，但還是想在他身上找到任何可以揪出何醫師惡行的證據。

「有什麼問題嗎？」陳醫師臉上依舊掛著笑容，但眼底間卻流露著深厚的警戒。

「那晚到底發生了什麼事？為什麼……」

「你說那什麼話！我難道不能臨時有事請人代班嗎？搶救那名女病患的是較為資深的何圖一醫師，你到底想找我做些什麼！我想何醫師也是盡心盡力搶救病患，只是結果並不如預期。」

陳醫師依舊擺著笑臉，但笑意之下明顯壓抑不住熊熊的怒火。

「喔，陳醫師抱歉、抱歉，我不是想來質疑什麼，我只是想知道……」

雖然我配合陳醫師的語調，努力裝出和悅的顏色，但對於陳醫師這樣的回答，反而讓我不知道該怎麼再詢問下去。

「這位先生，我真的不知道你想要得到什麼訊息，但我可以很大方承認那天晚上我人不在醫院，如果有什麼疑惑，無論如何都想解開，請『您』高抬貴手，去找何醫師與當晚協助搶救的林護士吧！」

陳醫師的那個「您」字刻意拉高音量，並不是他待人非常彬彬有禮，而是他對於我的詢問，即使已經非常不耐，始終還是努力維持良好的形象。

經由先前的私下探聽與見到陳醫師的反應後，不難判斷陳醫師應該只是剛好在當晚，進行他「例行性」的翹班，只是不巧又發生了姍姍的死亡事件，才讓他這個「半公開」的舉動，受到我的質疑。

儘管陳醫師對於我的尋訪不斷隱藏怒意，卻還是好意幫我詢問三樓櫃檯的護士小姐，藉由總機查詢，讓我在五樓找到了林護士的行蹤。本來還想將手中的那袋水果，分送一些給陳醫師，當作是他熱心的回報，但還是被他斷然拒絕。

「林護士妳好，我是李姍姍的親戚。」我微微頷首。「本來想來探病，但今天才接獲死訊，真是相當震撼。」

「你……你是三天前那位小姐的親戚。」林護士顯得有些畏懼。

「是的，不過我不是來爭議醫療糾紛的。」

「你想幹嘛！」林護士退後一步，防禦意味相當濃厚。

「我只是對於當晚有些疑惑想要釐清，沒有什麼惡意。」我盡可能釋出善意。

「怎麼又是你！」

身後傳來熟悉的聲音，回頭一看發現就是之前負氣離開的何醫師。

何醫師氣急敗壞一把拉住林護士：「妳對他說了什麼？」

「我什麼都沒說。」林護士一臉驚恐，嬌小的身軀不時微微顫抖。

何醫師鬆開緊抓林護士的雙手，逐漸恢復平靜。

「小心這個人，他是個騙子，不要被騙了！妳敢再跟他講話，我就要妳好看！」何醫師對林護士破口大罵。「還不快去巡房，還在這裡發什麼呆！」

「是……是。」

林護士戰戰兢兢離去，而何醫師拉著我走出病房，進入杳無人跡的逃生梯口。

「何醫師，為什麼要說我是騙子？」這確實讓我有些惱怒，明明舉動比較詭異的人是他吧！但我還是盡可能擺出笑容。

「一下謊稱你是記者，一下又說是李姍姍的父親，不是騙子還是什麼？」何醫師突然一手揪住我的衣領，讓我呼吸困難。「這裡非常不歡迎你，李姍姍的死就是這樣！我看你大概是競選對手派來，想蒐集對李議員不利消息的人，識相的話最好滾遠一點！」

何醫師用力把我推倒在地，手上的水果全部散落一地，幾個鮮美的蘋果滾落樓梯，慘不忍睹。也許本身開著早餐店，對食物有著不同的情感，這種光景對我而言格外痛心。何醫師的白袍隨著步伐擺盪，高傲的身影，令人痛惡不已，有地位的人說話真的就可以這樣跋扈嗎？

從何醫師激烈的反應看來，真的大有文章，但就憑我這麼一個小老百姓，又如何能和這些權貴對抗？我充其量不過是個早餐店老闆，又能做些什麼？

愈想愈氣，實在嚥不下這口氣，起身拂去身上的灰塵，快步追上何醫師。

「你不要太囂張！」我感到渾身發熱，張舞雙手抱住何醫師。

突如其來的衝擊，讓他重心一個不穩跌倒在地。但何醫師的力氣比我想像還要大上許多，一下就把我反制在地，並開始拳打腳踢。

四周尖叫連連，有的人看好戲般圍了過來，不過卻沒人願意挺身而出，阻止何醫師的暴行。圍觀群眾各個睜大雙眼，看著我們搏鬥，大概非常期待我會被打成什麼樣子，卻沒有人願意出來勸阻。也許錯在先出手的我，但這也是因為忍無可忍才會做出這樣的舉動。嚴格說來先出手應該是何醫師才對，況且接下來的反應未免也太過火。

「還我女兒！」我大聲嘶吼出來。「一定大有隱情，你到底想隱瞞什麼！」

何醫師用力掐住我的脖子，讓我十分難受，周圍的視野不停扭曲，腦中的血液彷彿在下一刻就要爆開。

「妳……站出來說話啊……」我使盡力氣掙扎，好不容易伸出右手指向躲在人群中的林護士，覺得她多少知道什麼內幕。

她依舊站著不動，默默看著我痛苦抵抗何醫師的粗暴雙手。

我感到渾身無力，四周不停旋轉，隱隱約約看見幾個保全人員衝了過來。

保全大聲喲喝，使出警棍，卻只對我拳腳相向，將我們拉開後，不問青紅皂白便直接把我強行拖了出去。

「抱歉！抱歉！」何醫師一下就斂起狂暴的表情，對大家鞠躬哈腰。「剛剛教訓一下那位暴徒，大家以後小心一點，他是個惡徒、無賴！」

圍觀人潮發現好戲結束一哄而散，其中幾人更露出失望的表情，好似宣告著這場格鬥的可看程度沒有預期來得精彩。

這是什麼世界，每個人都睜眼說瞎話！

熱淚不禁潸然而下，我不是個堅強的人，也絕非一個容易落淚的人，這是得知姍姍死訊後第一次落淚。

一個早已年過四十的中年男子，就這樣在大庭廣眾之下出盡洋相，令我傷心的除了噩耗之外，還有，這個社會。

三、警察的話能信嗎？

「林家興先生！」一位員警把我叫了過去。

揉著瘀青腫脹的傷口，我緩緩走向員警的辦公桌前。這不是我第一次進警局，但距離上一次也已經是很久以前的事了。

「你有恐嚇、過失殺人前科，服刑中假釋出獄，為什麼現在又要做出這種暴力行為？你不知道這樣刑責會再加重嗎？」

這名員警看起來凶神惡煞，擺出一副老大姿態，年約五十來歲，說話口氣令人非常不悅，桌上名牌寫著「王立信組長」五字。

「我？暴力行為？」我覺得相當荒謬，甚至一度懷疑自己的耳朵。

「何醫師的驗傷報告都出來了，我可以用傷害罪辦你，你最好安分一點！」

「驗傷？那你看我身上的傷不嚴重嗎？他哪裡受傷了？」

「重點是你有前科，他又有驗傷單。況且這些爭執是你引起的吧？」王組長從上衣口袋拿出香菸，藉著右手掌中的打火機，緩緩點起菸來。「不想再進監牢最好就此了事！」

「是何醫師那傢伙先對我不禮貌，而且也是他先動手推人，怎麼可以全部怪我！」

「那你為什麼要去醫院假裝李議員的親戚，還想以醫療糾紛鬧事！」

「鬧事？我是李姍姍的親生父親，去了解女兒的死因不行嗎？」

「你在胡說什麼？李姍姍是李議員的女兒，你是不是該進精神病院住一住！」

「他太太是我前妻！」

「呸！別以為我沒查過你的資料，根本沒結過婚，哪來的前妻！」王組長把香菸用力朝我丟了過來，並奮力拍了桌子，這突如其來的暴力舉動確實有點嚇到我了。

本想反駁，但想也知道不會有人相信，只好沉默不語。

王組長又重新點起另一根香菸，起身走了過來，靠近我耳邊輕聲說著：「你最好不要再蒐集不利李議員的證據，想必你是蔡世新的走狗，敢再輕舉妄動絕對要你好看！」

「蔡世新？」好像是另一位縣議員候選人的名字，不過對政治沒什麼興趣的我，並不十分確定。會這麼懷疑也不是沒有原因，因為在這個選區分配到的名額只有一名，而參選的候選人就只有這兩人。

「很會裝傻嘛！馬上就要選舉，你是想蒐集不利證據吧？最好給我安分點。」

我無法明白，為何一提起姍姍和李議員，所有人都變得如此激動？李顯恩到底是何方神聖，為什麼大家都有明顯包庇他的意圖？

「還呆坐在這裡幹嘛？快滾吧你！」見到我非常不服氣的表情，王組長作勢把我踹開。

「想對我動粗？小心我告你！」

「哼！不想想你有前科，而且還在假釋期間，小心我再把你弄進監獄！我管你以前在哪裡叱吒風雲，殺人也好，放火也好，給我搞清楚一點，這裡是誰的地盤！」

我不想再和這名惡人多做辯解，並不是屈服於這樣的威脅，而是這類惡質員警見多了，像我這種生活在社會邊緣的人也只能忍氣吞聲莫可奈何。

步出警局，夜幕逐漸低垂。檢視先前挨揍的傷口，並沒有想像中那麼嚴重。

仰望天空，即使閃爍著零星的微光，一股沉重的陰霾還是強襲而入。

如果把今天發生的事全部串聯起來，我強烈懷疑何醫師、李議員、王組長極有可能是同一掛的！

大者恆大，小者恆小，弱肉強食，這些都是殘酷的現實法則。

「遇到挫折就大肆抱怨、怨天尤人，不如虛心誠實檢討自己。」

這種好聽的屁話在我入獄前都還抱持一絲脆弱的信任，等到再次踏入社會再也無法相信。

我還能繼續在這小鎮安然生活嗎？還會有客人願意享用我這種有前科的人做出來的食物嗎？

好不容易隱瞞多年的裂痕，如今全部攤在陽光下，相信不久就會傳開。

是不是又該搬到別的地方隱姓埋名？

但在查明姍姍死因真相前，不甘願就這樣離開。

是真的為了彌補過去沒有盡到父親責任的過失，還是為了向社會的權貴發出不平的怒吼，到了這種地步，已經無法一一分辨。

獨自一人在海邊散步，回想著多年來受到的「奇特」待遇。

夜裏的大海乍看之下相當靜謐，浪潮卻發出令人無限恐懼的竊竊私語。

由於之前無預警被抓上警車，那台老舊機車還停在醫院附近。機車老舊歸老舊，還是早餐店經營不可獲缺的代步工具。這幾年因為業務需要，使用相當頻繁，早就和這台機器產生濃厚的感情。

醫院距離警局有一段距離，因為在海濱公園駐足甚久，再次回到醫院附近已經接近晚上十點。

這座東部最大的綜合醫院，即使在此地素負盛名，但這時在門口出現的圍觀民眾，還是多到有些不合常理。

嘈雜的人群中，可以隱約見到數台警車炫目交錯的紅藍閃光。

「發生什麼事？」我好奇地問了一個路人。

「不得了啊！聽說有一名醫院的醫生墜樓身亡了！」

「什麼！」我相當驚訝。「怎麼會這樣？」

那名路人還來不及解答我的疑惑，在我身後就出現了一隻強而有力的手將我緊緊抓住。

「你怎麼在這裡？」

回頭發現是警局王組長，正睜大雙眼使勁瞪著，我下意識毫不客氣回敬一眼。

很想反問為何如此冤家路窄，王組長也出現在此，不過想也知道是前來調查這件醫師墜樓案吧！

「林家興先生，請你再跟我回警局一趟！」

「你這是什麼意思？」突如其來的惡意邀請，讓我非常惱怒。

「你可知道那邊死掉的人是誰？」

「笑話，有人死掉就要怪我？抓不到兇手就要找我頂罪嗎？」

「我可以看出你心情非常愉悅。」王組長的表情相當不屑。

「我不懂你到底想說什麼？」我努力讓自己保持平靜的心情。

「死掉的正是今天被你『毆傷』的何醫師！」

——非常出乎我的意料，那名囂張跋扈的何圖一，竟然這就樣死了。心中沒有任何同情，反而有種說不出的快意。雖然不知道兇手究竟是誰，一想到終於有人替天行道除去這種惡霸，某種程度竟然想對兇手表達感激之意。

「總之，我以墜樓案兇嫌逮捕你！」王組長直接招呼部下把我抓了起來。

「等等！我才剛來這裡，少誣賴我！」

「不，你有強烈的殺人動機！」

即使我覺得相當無辜，還有許多言語想要投訴，王組長還是二話不說，讓我在同一天內再度被押入警車。

四、政客的話能信嗎？

「店長！還好嗎？」阿吉擔心地問著。

在局裡度過漫長的一夜，隔天上午在阿吉找人協助下，暫時交保候傳。

「這個……」我面有難色，再三躊躇。「其實之前也不是有意要瞞著你……」

我拉張椅子示意要阿吉坐下。

今天早餐店暫停營業，本來應該可以藉此獲得喘息，心情卻怎樣也放鬆不了。

「或許你當初沒有注意到，在你前來應徵工作時，我並沒有特別要求看你的證件什麼的，只是稍微聊了一下就讓你開始工作。並不是我如此相信人性，而是認為過去的身分並不代表什麼，現在和以後才是最重要的，因此我們也這樣愉快合作了那麼久。」

阿吉默默聽著，不時把玩著手邊的餐飲用具。

「過去的身分讓我在社會上吃了不少苦頭，現在你也知道了。如果你不想繼續在這裡工作也沒關係。」我從結帳櫃台下方拿出一包厚重的信封袋。「雖然你這個月還沒做完，我還是算你一整個月的錢，額外的就是你平時認真工作的獎金！另外還有交保的押金也在裡面，趕緊幫我還給墊款的人。」

「店長，你在說什麼？」阿吉放下手中的玩物，神情認真地望著我。

「就算你還願意待在這裡，我想之後也不會有人再來光臨，早餐店可能要關門了！」

「哪有那麼嚴重，不過是毆打人罷了，店長振作點啊！」

毆打人而已？難不成是我多心？我有前科的事並沒有曝光？

阿吉眼神相當堅定，這種不經意的鼓勵，雖然只是簡簡單單的一句話，卻還是讓我感動不已。儘管知道阿吉是我所雇用的員工，但他對我的支持，還是讓我不禁想要說出感謝。

「阿吉，真的很謝謝你！」

「哎呀！客氣什麼，平常都是店長照顧我。店長今天就好好休息啦！時候不早了，我要準備去機車行上工了。」

以前的事沒被發現，算是鬆了一口氣。

默默目送阿吉離開後，早餐店陷入一片死寂，我非常不喜歡甚至是痛恨這種感覺。這二十多年來堅守的祕密，到底是為了什麼，有時候都會非常迷網，難道讓自己繼續苟活下去的動力，就是為了守護這段不可告人的約定？

昨夜從王組長口中得知，何醫師大約晚上九點三十分時從醫院的頂樓墜樓身亡。現場無法確定是否有其他人的痕跡，可能是自殺，卻找不到任何和遺書相關之物，缺乏自殺動機，因此也不排除他殺可能。

倒楣的我被抓進警局，案發時間一個人在海濱公園散步，沒人可以證明。警方認為我有強烈的殺人動機，卻沒有確切的證據可以證明我是兇手，隔天便交保候傳。

倚著牆壁休息一陣子後，一方面為了替自己洗刷冤屈，一方面也想查出姍姍的真相，決定出門繼續調查，但想去另一個地方試試手氣。

「你好你好！」一名年輕的女助選員打著過份親切的招呼。

「我有事想找蔡議員！」我微笑以應。

蔡議員的競選服務站布置相當整齊，充滿活力的配色與五彩繽紛的旗幟，讓這間大廳看起來生氣十足。

「請問你有什麼事嗎？」女助選員關切地問著。

「有點難啟齒的私事，想找蔡議員幫忙。」

「沒關係，我是議員的助理，可以先跟我說，我再轉告給蔡議員。」女助選員儘管聲調相當熱情，但掩飾不住她那對敷衍的眼睛。

「他不在嗎？」

「嗯，不在。」女助選員雖然這麼說，但表情有些奇怪。

「唉，真可惜！」我有些失落，隨意拿起一旁的競選傳單瀏覽起來。

女助選員結束與我的對話後，重回選民服務站內的辦公桌就位，但我實在不想這樣輕易放棄，還是徘徊在大廳附近不願離去。

看到我還是沒有放棄的跡象，女助選員開口：「這位先生，蔡議員真的不在這裡，有什麼事可以先跟我說。即使不方便開口也不必在意，我一定會好好保密，並確實轉達給蔡議員。」

「沒關係，我可以等議員回來。」

「議員今天不一定會回來這裡喔，他的行程很忙，連我都不好掌握。」

「沒關係，我就先等看看吧。」

「先生，有什麼事真的可以先告訴我！」

女助選員雖然音調盡可能維持甜美，但眉頭卻不自覺輕皺起來。

這麼想把我趕走，反而讓我覺得議員應該不久就會回到這裡。這種難以開口的事，如果不見到議員本人，助選員一定會以無法置信為由，直接將我的內容過濾刪除，不可能傳達給議員知道。

但就算是見到蔡世新本人，他聽了以後會相信嗎？

女助選員與我對峙了數分鐘後，總算打破這表面和善的僵局。

「小欣，沒關係。」

從競選服務站大廳後方的辦公室內傳來一個年輕男子的聲音，不久後這名男子從裡面走了出來。

——是一名儀表端莊的青年男子。

「蔡議員，您不是要休息嗎？」

女助選員偷瞄了我一眼，顯得十分尷尬。

「沒關係，服務選民本來就是我們該做的事！」

「那我先去處理其他事情。」女助選員也許為了避開我的目光，匆匆離開競選服務站，不知道去了哪裡。

蔡議員年紀看起來也不過三十出頭，帶著無框眼鏡，留著新潮短髮，燦爛的笑容展現十足的親和力，也許能因此吸引不少選票。

「這位先生，有什麼事嗎？」

比起迂腐的李顯恩，蔡世新議員年輕有為多了！我想李顯恩真的很難跟他較勁。

話雖如此，畢竟李顯恩的地方勢力早已根深蒂固，年輕議員想要抗衡，恐怕還要好幾十年，也只能靠自己的實力與形象多做努力。

「其實有一件事需要幫忙，卻又很難啟齒。不知道蔡議員能不能幫我？」我將聲調壓低，慢慢靠近蔡議員。「李顯恩議員的女兒前幾天不是過世了嗎？他的女兒李姍姍其實是我的女兒。」

蔡議員先是睜大雙眼，顯得相當驚訝，接著嘴角隱約上揚，但不知道是不是自己的錯覺。

「那……」蔡議員恢復正經的表情，一會兒又露出哀傷的面容。「不，不，我是想說，真是遺憾！」

「這……」我眉頭不自覺輕皺了一下。「因為我覺得我女兒的死因並不單純，之前私自前往前妻住處，也就是李顯恩現在的老婆那裏，想要當面問個清楚，卻得到不知所云的答覆，覺得其中必有文章。後來又前往女兒病逝的東部綜合醫院詢問，也是得到迴避的態度，覺得事情真的並不單純，想要藉著蔡議員的力量，協助我調查真相！」

一口氣說完這幾天的經歷，內心充滿著說不出的感慨，在這無情的社會裡，溺者救命的那一口空氣，究竟哪一天才能尋獲，也許就此停止掙扎才是最好的辦法。

我由衷期盼熱心為選民服務的蔡議員，就是解救溺水者的那一口救命空氣！即便他幫我只是為了在接下來的選戰中打倒對手，只要有人願意協助，不管出於什麼動機，是正也好、是邪也罷，對我而言，都是救命恩人！

蔡議員若有所思，不知道在盤算什麼，而後總算開口：「先生，可以告訴我，你的基本資料嗎？看來李議員的一些負面傳聞並非空穴來風，為了社會的安定，我願意挺身而出！」

即使蔡議員如此堅定說著，但還是看得出來他為了自身利益的動機大於社會正義，但我還是很感謝能出現這樣強而有力的戰友。

五、小弟的話能信嗎？

與蔡議員長談後，預定後天召開記者會，準備對李顯恩展開反擊。

這樣的行動是否妥當，也不願再做任何考慮，當下能做的事，也只有走一步算一步了。

蔡議員打擊李顯恩的意圖相當明顯，但我不以為意，因為這也不過是各取所需罷了！造物者將人的雙眼設計在前頭，就是為了讓我們直視前方，目光所及也理所當然只有自己的利益。對我而言，只要能夠揪出李顯恩的絲毫惡行，即便是凶神惡煞，都將成為我的忠實夥伴。

再次回到早餐店，已經接近傍晚時分，涼風陣陣拂來，即使宜人，卻還是無法化解我心中的諸多疑慮。如果當初何圖一醫師願意幫助李顯恩開立假的死亡證明書，以何圖一謹慎的個性來說，並不像個會輕易洩漏祕密的人，為什麼後來還會引來殺機？

早餐店的鐵捲門外，站著一位穿著深藍色西裝的青年男子，後梳的頭髮整理得相當整齊，手上提著黑色公事包。

看來已在門口恭候多時。

那名男子見到我以後並沒有什麼特別反應，只是不斷在附近來回踱步。原以為不過是某個正在等待約會的普通上班族，卻在我開啟側邊鐵門時對我開口：「你就是林家興先生吧？我是議員助理，我們進去裡面談一下吧！」

沒有多想，以為是蔡議員的助理，就讓他進來，當他再次自我介紹，才發現其實是李顯恩的助理。

「有何貴幹？」我相當不耐。

面對我的怒意，沒有做出任何回應，助理只是將公事包小心翼翼擺在桌上，並謹慎地附帶一句：「這是李議員的一點心意。」

助理打開公事包，一疊疊千元大鈔井然有序堆砌在內，少說也有好幾百萬。

「這是什麼意思！」

「聽說你在調查議員女兒的事情，議員覺得有些不滿，不知道這些錢夠不夠？」

「你什麼意思！」我拍桌咆嘯，擺滿鈔票的公事包甚至因為我的拍擊移了幾公分。

「說穿了，你不就是想要錢嗎？」助理翻臉如翻書，一瞬間平靜的神情完全扭曲變形。「還嫌這些不夠嗎？我看你這間破店，十幾年也賺不到這麼多錢，還嫌不夠嗎？」

「少欺人太甚！快滾吧你！以為這樣就能阻止我繼續調查嗎？」

我將幾疊鈔票抓起，用力砸在助理身上。

鈔票散落一地，我始終不為所動，只是憤恨地瞪著助理。

「好，很好，你敬酒不吃吃罰酒！」

助理猙獰地回瞪我。不知道是否被我憤怒的舉動嚇到，助理收拾鈔票的雙手有些顫抖。

到了門口，助理撂下狠話：「你最好給我小心一點，李議員對你的舉動真的相當不滿！咱們走著瞧！」

助理離開後，我心中的悸動依舊沒有平息，前往門口準備將大門鎖好，卻發現阿吉就在門外。

「你都看到啦？」

「嗯，機車行那邊剛好沒事了，恰巧經過這裡，就撞見……」

「我們進來談一下吧。」

阿吉就坐後，我把這件事的前因後果告訴了他。

「所以說剛剛那人是李顯恩的助理，他這樣的舉動不是讓人對李顯恩更加懷疑嗎？」

「剛剛的那些舉動讓我想通了一件事，我現在可以確定姍姍的死絕對沒有那麼單純，甚至可以合理懷疑她的死可能有被加工過。」

「店長，你是指……」

「我覺得何醫師和李顯恩是同一掛的。何醫師幫姍姍開了假的死亡證明書，不知道是不是為了封口，何醫師被謀殺了！」

「店長，你是說姍姍可能是死於非命，而李顯恩不知道用了什麼方法，讓何醫師包庇自己，開了一般大眾不會再多追究的死因證明？」

「我是這樣懷疑沒錯，不過也沒有直接證據可以證明。這一路調查下來，遇到的阻力真的太多了，單憑我自己的力量真的太薄弱了！」

「沒關係，店長，其實我一直都在持續幫你調查，機車行那邊來往份子雜歸雜，但訊息來源管道反而很多，當初店長交保的事，也是那邊的朋友幫忙處理。也許最近就能有好消息出現，我剛剛來這裡就是想跟你說這件事，不過因為還不確定，所以還是算了。」

「哪件事？」

「嗯，店長，等我確定消息後再跟你說啦！」

「好吧。言歸正傳，我們力量雖然不足以與權貴抗衡，唯一的解決辦法也只能再找一個權貴來幫忙了。」

「這是什麼意思？」阿吉滿臉疑惑。

「我今天下午去找李顯恩的競選對手蔡世新幫忙，他答應後天要為我召開記者會揭發李顯恩的真面目。」

「那真是太好了！這樣就可以迫使院方說出真話，一舉逼出李顯恩的內幕。」

「雖然知道實情的何醫師已經身亡，那天我去醫院調查的結果，當天值班的護士恐怕也知道不少。」

「啊！」阿吉表情大變，突然叫了一聲，沉思一陣後才又開口。「真該死！如果真的要召開記者會，剛剛李顯恩助理封口賄賂的舉動，應該要留下一些證據，後天拿出來，更能引起大家的注意！」

「那倒是，剛剛實在處於氣頭上，竟然沒有想到這點。」經由阿吉這麼分析後，我開始有些懊悔。

「不過話說回來，李顯恩那幫人真的會就此善罷甘休嗎？剛才那個助理怒氣沖沖離去，讓人有點……」阿吉顯得有些不安。

「也只能走一步算一步了，但我希望不要把你牽扯進來。」

我搭著阿吉的肩膀盡可能表現鎮定。阿吉外表雖然十分成熟，個性上有時候也有些遲鈍，卻很乖巧懂事。但他也才不過十七歲而已，前程一片光明，和我這種風中殘燭自然不能相比。真的非常感激他能對我伸出援手，即便只是小小的一句話，對我而言，都顯得格外溫暖。

「店長，當初你願意收容我在這裡打零工，我真的非常感激。如今店長遇到麻煩，我當然要二話不說力挺到底！」

「不過，不管以後發生什麼事，你還是要自己小心。」

我再次對阿吉做出沉重的叮嚀，雖然他的熱心令人動容，但真的不希望在他身上出現任何閃失。我這一生一直走在顛險的邊緣，那種孤寂而無助的痛苦，我想直到長眠的那一刻為止，都不會間斷，因此非常不願意阿吉也混入類似的險境。

閒聊幾句後，阿吉便離開早餐店。

又是一個寧靜黑夜的開始。

六、客人的話能信嗎？

早晨的鳥啼聲宣告一天的開始，同樣做著慣常性的開門動作，阿吉今天則準時在門口等著。

「早啊，阿吉！」

聽見我的招呼聲，阿吉這才回神過來，臉色有些蒼白。

「發生什麼事了嗎？」我問著。

「那個……」

阿吉指著鐵捲門，難以啟齒。

鐵捲門並沒有什麼異狀，仍然發出嘎嘎的聲響緩緩上升，不久便完成升降動作。

「有什麼異狀嗎？」

阿吉還是沒有回應，好似眼前出現了一道難以解決的謎題。

我突然想通發生了什麼事，將鐵捲門又降了下來。

隨著鐵捲門的緩緩下降，逐漸浮現一個噴漆大字：「幹！」

——不用想也知道這會是誰的傑作。

需要報警嗎？但怎麼想也不願意再跟警察打交道。更何況又有什麼證據能證明這是李顯恩那幫人的傑作？也許只是某個不良少年的藝術作品。

我搖搖頭，又把鐵捲門升了上去。

「沒事的，今天下午我再把這惡作劇處裡掉。進來準備上工了！先幫我準備一下那些烹飪用具吧！」

我催促阿吉進來準備例行的開業動作。暫停營業一日後，是否還會像以往那麼多客人上門，是否會有人懷疑我的過去，自己也不是非常確定。

街道上的人潮開始湧現，一個人過去，兩個人過去……始終沒人願意上門。

「店長，不要擔心啦！那些人本來就不是我們的常客。」

阿吉察覺我心中的疙瘩，安慰著我。

「沒事的，我只是在發呆。」

沒多久，一張熟識的面孔出現在眼前：「老闆，昨天怎麼啦，竟然突然休息！一時之間還真不習慣，不知道該去哪裡吃早餐。」

——是隔條街的老王。

「哈！剛好有一些事要處裡。」

我露出沉寂已久的笑容。不管怎樣，即使平淡庸忙的早餐店生活，卻在不知不覺中已成為我生命中重要的歸屬，或許忙碌真的是忘卻痛苦的最佳良藥。

又有另一名常客上門，那是就讀高中的小成。

「林叔，太好了，今天有好吃的早餐可以吃了！我要大杯奶茶和蛋餅。」一向穿著整齊制服的小成，最喜歡在蛋餅上加上許多辣椒醬。

「老林，你還好吧！」這次是一位獨居老人老黃，也是本店的一位常客。「俺有看到那篇報導，報紙上雖然說你出手打人，但俺相信你是清白的，不然絕對是忍無可忍，才會發生衝突！你的好脾氣，俺最瞭解了，俺到死都會繼續吃你的早餐，吃到你早餐店倒了為止。」

老黃親切的笑容，不知道熔解了多少我凍結多日的心寒。從開業到現在，無論是風吹雨淋，還是晴朗無雲，老黃一直都是這間老舊早餐店的忠實顧客。

不管他們出自於內心的感觸也好，還是出自於同情，甚至只是客套，都令我感動不已。也許即便他們知道我有前科，還是會繼續支持這家小小的早餐店吧？

「阿吉，這一份送到二號桌去，還有三號桌也去收拾一下！」

一如往常，彷彿什麼事也沒發生般做著例行的工作。

有的人可能已經知道何醫師死亡的新聞，有的人可能知道我因此被抓到警局。雖說客人明顯變少，但不管怎樣，還是有死忠顧客前來捧場。

不知道過了多久，門外出現一名戴著墨鏡的壯碩男子，不懷好意冷冷問著：「你就是林家興嗎？」

「是的，請問有什麼事嗎？」摸不著頭緒，我微笑以應。

這名壯碩男子沒有回答，向後方比了手勢，一時之間從暗巷角落出現十幾名身穿黑衣的年輕人，人手一根棍棒，來勢洶洶朝早餐店步步逼近。

「你這是幹什麼？」懾於這群人的騰騰殺氣，讓我緊張不已。

在場的所有人全被嚇得啞口無言，不約而同停下手邊的動作。有的客人見情況不妙，一溜煙就趕緊跑走。

「請問有什麼事嗎？」我又再問了一次。

「砸！」壯碩男子完全無視我的詢問，直接對著那群小弟下達命令。

不出幾秒鐘早餐店變得面目全非，所有的餐桌全被翻得四腳朝天，擺在後方的食材也全被翻倒在地，窗戶的玻璃更是被砸得殘破不堪。即便我想要阻止，卻也不知道該從何下手，這一切真的來得太過突然。驚叫聲連連，所有客人全部嚇得拔腿就跑，幾名客人更是跌倒在地，連爬帶滾逃離這裡，只剩下錯愕的阿吉與我留在現場。

「你們幹什麼！別太囂張！」

忍無可忍的阿吉突然衝上前去抱住那名壯碩男子，但實力相差懸殊，完全只有挨揍的份。

「阿吉！不要啊！」還來不及阻止，阿吉已經被打得血流滿面。

見到阿吉蜷縮在地，不斷痛苦呻吟，狀碩男子這才收手。

幾名小弟把僅剩的幾片玻璃完全砸碎後，零星的破裂聲總算為這場暴行劃下句點。

「收工啦！」壯碩男子露出滿意的微笑，並向小弟們揮手，指示他們揚長而去。

雖然這種囂張的行徑實在令人無法忍受，卻也只能眼睜睜看著他們這樣大搖大擺地來，又大搖大擺地離開。

「媽的！幹！」阿吉突然拿起一旁的椅子殘體往壯碩男子的身上砸了過去。

年輕人血氣方剛，行事總是特別魯莽，不知道後果的嚴重性。

雖然只是擦過壯碩男子身旁，但這樣的挑釁舉動還是讓他惱羞成怒，回頭直接掏出一把黑槍，毫不猶豫朝阿吉射了一發。

「砰！」

應該是個安詳的早晨，卻出現了不合時宜的巨響。壯碩男子行兇後頭也不回直接離去。

不久阿吉倒了下去。

「阿吉，你還好吧！」我趕緊向前扶起阿吉，他已經四肢無力癱軟在地。

「店長，不要緊……」阿吉臉色非常難看。「我只是被嚇到而已……那是真的槍嗎？」

我仔細檢查阿吉全身上下，除了之前被打傷的地方，並沒有發現其他類似槍傷部位，這才鬆了一口氣。但還是不免想要說他幾句：「你喔，為什麼要那麼衝動？你知不知道後果的嚴重性！」

「店長，我不明白為什麼我們一定要這樣被欺壓著。快報警吧！李顯恩就算再厲害，這已經是很嚴重的犯罪行為了！」阿吉低著頭，握緊拳頭，眼神間充滿著不甘的憤恨。

「嗯，我會去報警的！」雖然這麼說，但對於報警這件事，還是讓我有些遲疑。「別管這個了，我先送你去醫院處理一下傷口，剩下的事，回頭再來處理。」

「那……這早餐店怎麼辦？」

「恐怕就只能這樣了。」

回頭重新端視凌亂的早餐店，只能用悽慘兩字形容。由於那些餐桌椅都是一些二手貨，外表雖已老舊，卻還是十分耐用。經過剛剛的那番「洗禮」，很多桌椅只剩下一片片的殘肢，讓人非常心痛；而前幾天批進來的食材全部散落一地，變得稀爛如泥，更令人惋惜不已。

這間早餐店老舊歸老舊，卻也在我細心經營下，多少還是呈現了吸引顧客的溫馨氣氛。一想到這些年來的努力，就這樣一瞬間化為烏有，內心的沉痛真的很難找到足以充分表達的形容詞。

「我想早餐店又要繼續暫停營業了，而且，是很長很長的一段時間了。」看著店內殘破不堪的情景，我喃喃自語抱怨了幾聲。

七、護士的話能信嗎？

阿吉的狀況似乎沒什麼大礙，不過我還是堅持讓他到醫院進行詳細的檢查。

又再次到了這問題重重的東部綜合醫院，這次雖然沒有令人生厭的警車圍繞，但環繞此地的疑雲卻絲毫沒有散去。

等待阿吉就診的同時，不斷檢視著手機有無未接來電，卻總是失望連連。

我深怕自己一個不小心，就會漏掉關鍵電話，因此每隔一段時間拿出手機查看。好幾次都以為口袋內的手機發出來電震動，等到拿出來檢視時，才發現不過是自己的錯覺罷了。

明天就要召開記者會，蔡議員應該要在今天與我聯絡，共同商討記者會的詳細內容，然而卻遲遲等不到聯絡的那通電話。

在醫院內來回踱步，我再也按捺不住，直接撥打蔡議員留給我的助理電話，就是前一天好心告訴我議員「不在」辦公室的那名女助理「小欣」。

「喂，小欣嗎？」鈴響沒有多久，電話就接通了。

「是，您好，蔡世新議員辦公室助理小欣，請問您是？」手機的另一頭傳來親切的問候聲，但聽得出來這只是職業性語調。

「妳好，我是林家興，就是昨天去找蔡議員的那一位。」

「喔，有什麼事嗎？」

得知是我以後，女助理的態度竟然整個冷淡下來。

「關於明天記者會的事，怎麼都沒有下文了？」

「記者會？喔，議員決定不辦了！」

「這話什麼意思？」我音調提高八度。

「不辦就是不辦，聽懂了嗎？再見！」

電話就這樣被掛斷了。

我實在無法相信自己的耳朵，就因為前一天讓這位女助理出糗，因此懷恨在心，從中作梗？而且前一天還相談甚歡，才相隔不到二十四小時，現在竟然說翻臉就翻臉！

「嘟——嘟——」我再次撥打手機，一定要問個清楚。

但不管撥了幾次，都沒有回應，讓我相當生氣，有種很不被尊重的感覺。

她會因為不堪其擾而將手機關機嗎？我想，身為議員助理，應該需要隨時開機待命，不至於因此關機。

就在第六次撥打的時候，電話終於再次接通了。

「拜託！大哥！你不要再騷擾我好不好！」手機傳來女子的怒罵，聲音之大，讓人很想將手機移開耳邊。

「我不是要騷擾妳，只要讓我知道記者會為什麼取消，我就不會再打了。」雖然小欣高傲的行為讓我非常生氣，但我還是盡可能好聲好氣說著。

「就真的這麼想知道為什麼取消嗎？給你台階下你不下，非得搞成這樣不可！好吧，那我就不客氣直說。」

「請說！」對於女助理的傲慢態度，我也不想再客氣相待。

「因為經過我們調查，你這個人不但有前科，前幾天還和東部綜合醫院的何姓醫師發生口角，重點是，何醫師當天就墜樓身亡，你這個人嫌疑非常重大！」

「那又怎麼樣了，警方還不也是罪證不足把我釋放了！」

「議員跟你這種人打交道太危險了，就算召開記者會，也沒有人會相信你說的話！請不要再糾纏我們了，謝謝！」

最後兩字還刻意說得非常大聲，幾乎可以用吼叫來形容。接著手機切掉的聲響，直接幫這段對話畫下了簡潔的句點。

「哼！」我用力關掉通話，冷笑了一聲。

我的話不能相信？就因為有前科而不能相信！這些檯面上政客所說的話就更能相信嗎？果不出所料，蔡議員也不過是為了自身前途才願意伸出援手，而現在發現我是個有前科的危險人物，會對他政治前途造成不利影響，昨日還是他的盟友，今日轉眼間就變成垃圾。

這樣真的公平嗎？

也罷！這也不過是一般人都會做出的尋常反應，早該習慣這種結果！

「人不為己，天誅地滅。」這本來就是一個顯而易見的道理，並不是今天才有這種深刻的體會。如果這個社會能夠輕易接納像我這種擁有前科的人，我也不會隱姓埋名逃到這個地廣人稀的東部小鎮。

就在情緒還在憤恨之中，手機突然響起，然而是個沒見過的來電號碼。

「喂，你好，我是警局的員警。有人報案說你的早餐店今天遭到惡棍滋事，要不要來警局作個筆錄報案？」手機另一端的聲音相當年輕。

「嗯……」這讓我十分猶豫。

實在不想再見到那位對我抱有成見的王組長，況且就算我說是李顯恩那幫人來鬧事，警方也不可能採信。李顯恩和黑道人士早有勾結，這件事當地居民人人知道，卻也沒有人敢站出來說些什麼。甚至誇大一點，連警方恐怕我也無法相信了。

「謝謝，不用了，我不想再把事情複雜化了。」我委婉拒絕。

「那也好，這樣我報告也比較好寫，再見了！」年輕員警似乎對這樣的答案感到相當滿意。

這一路下來，真的讓我很難再相信誰了。靠別人還不如靠自己！

話雖這麼說，現在又能從何著手繼續追查下去？

二樓的外科人滿為患，阿吉的號碼還有一段距離，不如趁這個空檔前去調查姍姍死亡那天的值班護士。

前往一樓櫃台詢問，可能因為與那天和何醫師爭吵時的護士們班次不同，並沒有認出我的面容，然而不管我怎麼詢問，她們還是不願意告訴我林護士的所在位置。也許因為最近才剛發生過何圖一的命案，究竟是他殺還是自殺，警方也尚在五里霧中，想必這種結果一定造成院內不小的風波。對於外人的詢問，尤其是相關人林護士的行蹤，理所當然變得謹慎起來。

就在我探聽不到消息，打算採取土法煉鋼一層一層搜尋之時，眼前剛好出現正在閒晃的陳東其醫師。

「喔，這位先生，請問有什麼事嗎？」一如往常，陳醫師的笑臉一下就浮現出來。不同於當天的氣色，今天看起來精神飽滿，更顯得外型亮眼。

也許因為我眉頭深鎖，讓陳醫師發現了我的困境。

「我想找林秀雯護士。」

陳醫師友善的眼神，傳達了一種並不認得我的隱晦訊息，為了試探自己的猜測，我直接說出了自己的目標。

「嘖，我說你們這些小姐，訪客有事需要幫忙，為什麼還杵在那裡？」陳醫師轉向櫃檯，雖然臉上的笑容沒有改變，但口氣多少帶有責怪之意。

「可是，他要找的是林秀雯小姐……」其中一名護士小聲地說著。

「有什麼關係！」

「是、是的……」這名護士雖然心有不甘，卻還是懾於院長女婿的威嚴，只能乖乖照做。

「這下應該沒有問題了吧，朋友！」陳醫師輕拍我的肩膀，滿意地點點頭，隨即繼續他的行程。

看著他漫不經心的身影，我真的很懷疑他的那些負面消息並不是空穴來風，也許到現在可能都還不知道那天我和何圖一發生扭打的衝突。甚至誇張一點，也都還不知道何圖一身亡的消息，更不用說要從他身上套出任何關於姍姍的線索。儘管如此，那些謠言又與我毫不相干，說明白一點，他剛才不經意替我解決困境，即便下一秒他和蔡議員一樣，選擇背棄了我，但在這一刻，正如他最後那句話一樣，他是我的「朋友」。

經由櫃台護士告知後，得知林秀雯護士正在七樓值班，便趨步前往。

「妳好，林秀雯小姐嗎？」

原以為還需要找尋一番，想不到卻剛好在七樓走廊上撞見林護士，她那雙缺乏自信的眼神相當好認。

也許已經遠遠瞧見我的身影，林護士刻意低頭迴避，假裝沒有聽見般繼續前進。

「林小姐！」我直接向前阻擋她的去路，她總算抬起頭來與我四目相接。

林護士看起來十分憔悴，也許這陣子過得不是很好。

「啊，你是上次那位？」

「妳可以跟我說實話了嗎？」

「你想幹嘛？不要靠近我！」

一如往常，林護士還是對我抱持著深厚的警戒。

「林護士，不要再逃避了，我已經知道事情大概的經過了！」

林護士嘴角微微顫抖，卻還是不發一語。

「姍姍的死亡原因並不單純，何醫師為了包庇李顯恩的罪行而開了假的死亡證明書！不要再執迷不悟了，這樣妳一輩子都會良心不安的。而且妳知不知道妳的處境相當危險？何醫師恐怕是李顯恩為了殺人滅口而被做掉的！」

「我……我……」林護士一副快哭的樣子，雙眼不停左右擺動。

「相信我，妳的處境真的非常危險！」我態度強硬，伸出右手強壓在林護士肩上。

林護士撥開我的右手，猶豫良久才繼續開口：「讓我先去廁所梳洗一下……」斗大的汗珠，在林護士額上涔涔而出，可以想見她為難的處境。

「好，我先讓妳自己好好想一想，我就在中間大廳那裡等妳。」我指了走廊前方的七樓大廳。「不要再逃避了，我會在大廳一直等妳，等妳願意說出事情的真相為止。妳要知道妳的處境相當危險，只有我能幫妳了！」

說了一連串真實夾雜虛晃的話語後，我慢慢轉向大廳，回頭發現林護士腳步相當不穩，遙搖晃晃扶著牆壁走向廁所。

她會相信我嗎？感覺起來她個性有些懦弱，或許真得用這種語帶威嚇的方式，才能迫使她說出真相。

五分鐘、十分鐘過去了，大廳牆上時鐘的秒針不曉得已經在我視線內重複多少迴轉，別說林護士的身影，這層樓因為有一半都是堆放資料的檔案室，來往的人也不是很多。

我實在已經等得非常不耐煩，搞不好林護士已經藉機溜走，乾脆直接前往走廊底端的女廁一探究竟。

到了走廊瞧見遠方有個女性身影，面無血色扶著牆壁搖搖欲墜，雙手摀著頸部，隨即倒地不起。

再仔細一看，才發現那人正是林護士。

「林護士，妳怎麼了？」發現情況不妙，我趕緊快步奔去。將趴在地上的林護士翻了過來，我的雙手竟然沾滿鮮血，嚇得我直冒冷汗。林護士的頸部遭到利刃劃過，一路上鮮血直流，空洞的雙眼，讓我直覺認為已經遭遇不測。低頭檢視林護士的生命跡象，不出所料，確實已經沒有呼吸。

「媽的！晚了一步！」我握拳搥地，懊悔不已。

就在不知所措之際，回頭卻看到另一端長廊盡頭出現一個熟悉的身影。

「店長！店長！原來你在這裡，害我找了半天。」看診完的阿吉興沖沖地揮舞雙手，但來得真不是時候，從長廊遠方快步走了過來。

而這時大廳竟然莫名出現兩名身穿制服的警察，面色凝重四處觀望，發現異狀後朝我這個方向逐漸逼近。

不知情的阿吉，還是帶著笑容小跑過來。

「我帶來好消息啦！就是我昨天要跟你說的那件事。」阿吉瞄到躺在地上的林護士，斂起愉悅的神情。「這個人怎麼了？」

「阿吉……」我轉身過去，露出沾滿鮮血的雙手。

「店長，你！」阿吉相當震驚，手中的一張紙片掉了下來，上面似乎寫著一長串文字。

「阿吉，相信我，人不是我殺的！李顯恩那幫人看來又早一步把最後的線索滅口了！」

「那邊發生什麼事了！」其中一名員警發現狀況不對，大聲吼了出來。

「我不能再相信警察了！阿吉，相信我，我不是兇手！但我現在必須逃走！」

「唉，怎麼會這樣呢？我都已經找到她了！」阿吉撿起掉在地上的那張紙片塞給了我。「店長，快去上面寫的那個地方，這裡就交給我處裡！」

不能讓後面的警察認為阿吉與這件事有關，我趕緊把阿吉推倒在地，還假裝踹了阿吉一腳，便拔腿就跑。

「給我站住！」兩名員警追了過來。

我從逃生梯快步離開，使盡全身力氣衝刺下樓，躲進六樓的身障廁所。

那兩名警察似乎沒有發現我的身影，朝向樓梯下方一路追去，繼續往五樓前進。

聽著兩名警察逐漸遠去的急促腳步聲，我始終還是不敢有所鬆懈。在廁所裡不斷洗去沾滿雙手的血跡，努力使自己心情平靜下來。

為什麼事情會發展到這種地步？

這次自己就在命案現場，手上還沾著受害者的鮮血，又恰巧被警察撞見，真是倒楣到家。如果剛剛留在命案現場，不管怎樣極力否認，我想也會被先入為主的王組長逮捕定罪。

是不是自己的行蹤已被監視？只差一步，或許就可以從林護士口中得到什麼線索，甚至是出面指認李顯恩的罪行。

李顯恩那幫人選擇在自己出現的時候，將林護士殺人滅口，再嫁禍給我，手法實在是太高明了！

為什麼又會有警察出現？想必他們作案後又通知警察前來，就可以將我逮個正著。

這一切還真都在他們的盤算之中！

難道那個吊兒啷噹的陳東其醫師，和李顯恩他們會有什麼關聯嗎？

看著鏡中不斷冒著冷汗的自己，突然回過神來。現在並不是思考這些事的時候，應該要先想盡辦法離開這裡。

八、少女的話能信嗎？

循著阿吉那張紙片上的地址，找到了一間偏僻的破舊公寓。我不明白阿吉要我前來此處的用意，由於很可能已經遭到通緝，也不敢擅自將手機開啟，也許會被衛星定位什麼的。

接近傍晚時分，天色逐漸暗了下來。

冷靜下來以後，確實有些後悔當初就那樣逃離現場，這只會讓自己陷入更不利的處境。

事情到了這種地步，再多想也無益。

一路上，由於深怕已經遭到警方通緝，全部選擇人煙稀少的道路避開人群。

到了公寓大門前，不覺停下腳步。到底我要找的人是誰？根本完全不知道。不是我不信任阿吉，而是這幾天累積下來的疲憊已經讓我精神非常不濟，情緒上自然也不是很穩定，任何風吹草動，都會讓我繃緊神經，疑神疑鬼。

要按下公寓大門對講機前，大門竟然自己先開了。雖然覺得十分詭異，還是硬著頭皮進去。上了三樓，才剛駐足在地址上的這間住戶前，厚重的鐵門突然打開，出現了一名看起來不到二十歲的年輕少女。

「你就是林家興先生嗎？快進來吧！」

儘管我滿臉疑惑，但這名少女還是二話不說就直接把我拉了進去。

公寓相當簡陋，只有一些破舊的家具，散亂一地的垃圾，怎麼看都和這名少女扯不上關係，硬要牽扯的話，這裡倒像是這名少女的臨時避難所。

邀請我就坐後，這名少女只是低頭不語，使得氣氛有些尷尬。

我不知道阿吉給我這個住址有何用意，他想告訴我的又是哪件事。而這個少女和阿吉又是什麼關係？一連串的問號，讓我思緒更為混亂。

少女穿著十分高雅，看起來並不便宜，而她胸前所戴的那條項鍊深深吸引我的目光。

我也有一條一模一樣的項鍊。原本我有兩條一樣的項鍊，我的那一條好好地收藏在家裡，而另一條則在二十多年前就交給了前妻惠娟。

仔細端詳少女的這條項鍊，真的和我那條非常相似，色澤有些黯淡，看起來也有一定的年代，一點也不像近年來會出現的設計款式，連刮傷的地方都和我那條位置非常相近，天底下怎麼可能有那麼巧合的事！

就在我想要詢問之時，少女率先開口。

「爸……」

「什麼？妳說什麼？」突如其來的這一聲，讓我整個人差點跳了起來。

「我……我是姍姍。」少女微抬臉龐，雙眸相當清澈。

「這是怎麼一回事？」我感到呼吸困難，隨時都有倒下的可能。

這名自稱姍姍的少女，真的就是姍姍嗎？我是不是在作夢？這樣突如其來的轉變真讓人難以接受，卻又由衷期盼這就是事實。

「爸，對不起，真的對不起。我不知道你為了我這樣四處奔波，還被牽扯進殺人事件。」少女抬頭望著緩緩起身的我，四目交接的那一刻讓我不自覺身體抽動起來。

「到底是怎麼一回事？妳真的是姍姍，那在醫院死掉的那人是誰？」我情緒激昂不已，已經失去了判斷能力，無法相信什麼才是事實，什麼才是真相。這對我來說真的太過震撼，但內心的深處卻又有個聲音不斷說服自己，眼前這名少女就是姍姍。

「這條項鍊是媽在我很小的時候就給我的！就是靠著這條項鍊，有一名在機車行工作，叫做阿吉的男生才會發現我，並跟我說他知道我親生父親身在何處。其實我很早以前就發現李顯恩不是我的親生父親，但媽從來也不跟我提起之前的事。我很驚訝阿吉怎麼會知道這麼多，後來才發現他同時也在爸的早餐店工作，之前幫忙尋找我的下落很久了。」少女有些激動，淚水不斷在眼眶打轉著。

我心中的疑慮總算消失了大半，這下總算可以知道為什麼那條項鍊會在這名少女身上。之前為使阿吉方便協尋，也讓他看過我那條項鍊，跟他說過那條項鍊的所有緣由。

想不到阿吉竟能憑藉這麼小的線索找到姍姍，更令我對他刮目相看。

「爸，我覺得我的直覺應該不會有錯。雖然我們到目前為止都不曾見過面，但打從我第一眼看到你，就覺得特別親切！」

不知道是不是心理作用，這名少女的眼神愈看愈像年輕時的惠娟，當年我便是因為這對動人的雙眸為惠娟著迷不已。這麼多年來，不管我怎麼嘗試，始終難以忘懷過去與惠娟所共織的那段情愫。我已經無法思索，跌跌撞撞地走向姍姍。

「我……我相信，我當然相信妳。」我用顫抖的雙手輕輕地抱住她。

經過多日的煎熬，想不到會出現這樣意想不到的轉變，複雜的心情已經無法用言語形容。

二十多年間從沒見過自己的親生女兒，想不到在以為失去後又能幸運重逢。一想到這裡，原本輕抱的雙手，逐漸堅定下來，為的就是深怕再失去這位日夜思念的女兒。

此刻不想讓任何思緒佔據腦袋，只想用雙手緊緊抱住眼前這最真實的一刻。激動的淚水早已潸然而下，與姍姍的眼淚互為呼應——這應該是一種父女連心的感動吧！

激動的情緒總算稍獲撫平，還是很想了解究竟發生了什麼事。

眼前的姍姍給了我一種既陌生又熟悉的矛盾感。

「姍姍，到底發生了什麼事？在醫院身亡的那人是誰？」

「爸，這真的是一段很長的惡夢！幾年前李顯恩那惡魔發現我不是他的親生骨肉，一開始還沒有怎樣，一直相安無事生活下去，直到弟弟漸漸長大以後，便開始對我施暴。不管媽怎麼阻止都沒有辦法……」姍姍眼神流露著一股哀傷，並且秀出了一些手臂上的傷痕。

那些傷痕新舊不一，甚至可以從姍姍的上衣袖口、領口縫隙瞥見背部的傷痕，李顯恩那禽獸究竟對姍姍施暴過幾次，我已經沒有勇氣去想像那些殘酷的畫面。

我感到心如刀割，痛苦不已。想要伸手撫摸受盡煎熬的女兒，卻又因為沉重的愧疚感，讓我遲遲無法行動。

「因為李顯恩那男人，跟黑道其實有著密切的掛勾，這並不是傳言。我不知道他為什麼要這樣視我為眼中釘，好歹在我有記憶以來，也乖乖當了他十幾年的乖『女兒』了……」說到這裡，姍姍的眼淚已經不自覺流了下來。「前陣子，他竟然泯滅人性，向黑道發出對我的追殺令，要將我殺掉。那時候媽叫我趕快逃走，我就這樣逃了出來，一直躲在這間破公寓裡。」

環顧四周，雖然這個臨時避難所相當殘破，但維持生活的必需用品還是一應俱全。即使如此，要一個從小就生長在富裕家庭環境的大小姐，突然換到這種地方生活，想必也讓姍姍吃了不少苦頭。

姍姍的這段悲慘往事，真讓我自責不已，真想為她做些什麼。惠娟說的沒錯，這些年來，我真的有對她們母女倆做過什麼好事嗎？

「那麼醫院的那個死者又是誰？還是從頭到尾根本就沒有這個人？」我終於下定決心，準備將左手輕放在姍姍肩上，希望給她些許的安全感。

然而就在伸出左手的同時，卻又不經意瞥見小指上的傷痕，此刻卻變得格外醒目。過去年少時代的殘暴記憶，一下就又浮現眼前，讓我又將左手收了回去。

「那個人，她陰錯陽差成了我的替死鬼。」姍姍沒有注意到我剛剛的隱忍動作，繼續說著。

「什麼意思？」

「媽知道李顯恩那惡魔絕對不會就此善罷甘休，所以在追殺令的部分動了手腳。那個人身材和我很像，又留著和我一樣的髮型，媽誘使那個人落入陷阱，將她殺害，並把臉部毀掉，還換上了我的衣物。李顯恩不疑有他，以為那就是我的屍體，之後直接將那具遺體送去醫院。何圖一醫師早與那惡魔有密切來往，一定會幫他造假，直接開立假的死亡證明，接著就可以把遺體送去殯儀館火化。」

我很難想像，惠娟竟然會作出這樣的舉動，但也許這就是母愛的力量。要是今天有誰在我面前想要侵犯姍姍，我一定也會做出同樣的舉動。

過了這麼多年，惠娟到底對我懷著什麼樣的感情？前幾天在李顯恩宅邸前，她那番話，真的深深刺痛了我的心。而今她為了姍姍，竟然作出殺人的行為，這麼做是為了姍姍，還是……為了我？難道在她內心深處，還是放不下與我數十年前的羈絆？

「李顯恩這麼大費周章是為了什麼？」我問著。

「我一開始也無法明白。不過後來想想，覺得他應該是不想讓我不是他女兒這件事曝光，這樣的醜聞會使他聲望下降。但又不能直接把我除掉，畢竟我在學校也有很多人認識我，因此和何醫師勾結，開了一般社會大眾可以接受的死亡證明，接著低調辦理後事。這樣一來，所有人都會相信我是突然患了重病病死，搞不好李顯恩還能因此獲得一些不知實情的同情票。」

「唉……」我長嘆了一口氣。「姍姍，不要再想這些痛苦的往事了。從現在開始妳不再是李姍姍，而是林姍姍。爸發誓不管怎樣一定會拚命保護妳，不再讓妳受到任何傷害！」

從來沒有盡過父職的我，竟然也會說出這種動聽的話語。也許這就是親情的天性吧！但我敢保證這一字一句都是真心話，沒有半句虛假！

「謝謝爸！」姍姍拿起了脖子上的項鍊仔細端視著。「媽那時叫我要把這項鍊也留下來，戴在那名可憐的替死鬼身上，不過我堅持不要。每次承受痛苦時，這條項鍊總是我的慰藉，不知不覺已經產生濃厚的感情。真的是冥冥之中就有註定，想不到這條項鍊是爸跟媽的信物，雖然這麼多年來爸都不在我身邊，但爸其實在精神上一直呵護著我。」

姍姍露出了笑容，笑起來的眼睛真的相當迷人，但臉上依舊留著傷心的淚痕。

父女間無私的交流，本應該是一件很快樂的事，但交談內容為何淨是些痛苦的往事？

我感到相當自責！真的！明明應該是快樂的重逢，卻讓我痛不欲生。

九、助理的話能信嗎？

又過了一晚，這一夜真的徹夜難眠。

回想著二十多年前的輕狂年少，和這二十年來的遭遇，猶如人生跑馬燈般不停重複播放著。反覆檢視左手小指上的傷痕，這一生到底在做些什麼？為了守護祕密，竟然斷送了自己大半人生，更讓自己摯愛的情人因而遠去，還讓親生女兒飽受李顯恩那惡棍的折磨，這一切真的值得嗎？

外面不知道已經是什麼狀況了。

現在凌晨五點多，天還沒亮，而姍姍還在睡夢中，神情看起來相當祥和。

我起身坐在姍姍身旁，盡可能放輕自己的動作，為的就是怕自己製造出來的聲響清擾了她的美夢。不知道姍姍已經多久沒有像現在這般安眠？

在姍姍的心目中，我這個二十年來都不曾給她呵護的父親，會是什麼樣子？難道她對我這種不稱職的父親，一點恨意也沒有嗎？

看著姍姍安睡的側臉，所有的疑慮一瞬間全數瓦解。如果能夠每天都像現在這樣，和她一起生活該有多好！但想也知道是不可能的事。

現在還要好好思考怎麼樣才能替自己洗刷冤屈！

「砰！砰！」門外傳來急促的敲門聲。

我感覺情況有些不對勁，該不會這個藏身處被發現了？

「我是阿吉！姍姍、店長在裡面嗎？」

聽到阿吉熟悉的聲音，這下才鬆了一口氣。

藉由觀察孔確認沒有危險後，我把鐵門打開，而阿吉迫不及待衝了進來。

「店長，真的是你……還好你沒事！」阿吉喘得有點上氣不接下氣。「我昨天被警察偵訊了一整晚，雖然一再向警方強調我完全不知情，但情況還是對店長相當不利！」

阿吉塞了一份報紙給我，但我連看的時間都還沒有，阿吉又繼續說著：「姍姍呢？快叫她起來，趕快逃離這裏，李顯恩那幫人已經發現事情的真相，快要追殺到這裡來了！」

「什麼！」

看著心急如焚的阿吉，我也焦燥了起來。

「爸，有什麼事嗎？」也許是剛才阿吉激烈的語調，將姍姍吵了起來，揉著惺忪的睡眼朝我們這裡走了過來。

「快啊，店長，一起逃走吧！剛剛來的路上發現很多警察。」阿吉雖然看了姍姍一眼，也許因為情況真的過於危急，還是繼續剛才的話語。

我小心翼翼從窗戶觀察屋外，確實，路上有幾名看起來很像便衣刑警的人漫無目的遊蕩著。

「爸，一起逃走吧！」姍姍聽了阿吉帶來的消息後，睡意完全消失殆盡，緊緊抓住我的手臂，眼神相當惶恐。

「店長……」阿吉有些猶豫。

看著姍姍寫滿擔憂表情的側臉，儘管很想一起逃命，但冷靜思考後覺得實在太冒險了。

「阿吉等等！不能讓警方誤認為你們也是這幾件殺人案的共犯，我會自己先躲到別的地方。姍姍就拜託你了！」

「爸，我不要，一起逃走吧！」姍姍的雙手抓得更緊。

「店長也許是對的……」經過一番思考，阿吉遲疑地說著。

「好不容易才重逢，這樣爸太危險了，我不想再和爸分別了！」姍姍不悅地瞪著阿吉。

「姍姍！不要胡鬧！」我並沒有打算責怪姍姍，但還是用了比較不好的口氣說著。

姍姍別過頭去，表達強烈的不滿。

阿吉與我相視甚久，不久後他才開口打破沉默：「店長，對不起，我們相處那麼久了，我非常瞭解你的為人，也相信你絕對是清白的！也許兵分兩路才是上策，我一定會好好照顧姍姍。明天晚上十二點，我們約在海濱公園見面，我再跟店長報備最新狀況。」

阿吉說完交給我一大袋變裝衣物。

確實，姍姍他們並不需要逃避警方盤查，只需要躲過李顯恩那幫人的追殺。然而我卻必須同時迴避警方與李顯恩那幫人的追擊。如果一同冒然行動，反而會讓我們三人更為綁手綁腳。

我實在非常感激阿吉幫了我這麼多忙，卻也很擔心把他們給拖下水。即使很想親自守護姍姍逃離李顯恩那幫惡棍的暴行，但現在情況實在過於危急，必須先力求自保，再想辦法作出反擊，迫於現實也只能先趕快逃離這個地方。

姍姍還是不願放開緊抓我的雙手，無奈之下，我只好使出自己的蠻力將她纖細的小手撥開。並不是我的無情，完全不去體諒兒女的操心，而是我真的不願意讓他們，尤其是姍姍涉入這些兇殺案中，也只能忍痛做出這樣的舉動。

在阿吉的照應下，我離開公寓。臨行前我還頻頻回頭多看姍姍幾眼，深怕我們父女倆以後再也沒有機會重逢。

平常這個時間已經在早餐店裡忙進忙出，還沒有在街道上閒晃的經驗。我小心翼翼拉高衣領、壓低帽緣遮住臉部。

街道相當冷清，偶爾才會出現幾個路人。

到底該躲到哪裡，我也沒有頭緒，只知道自己現在絕對不能被逮捕。

大約看了一下阿吉給我那份昨天的晚報，發現自己已經被警方列為何醫師與林護士殺人案的通緝嫌犯。

這樣的結果並不讓我非常意外。

遠方有幾輛警車在靜謐的街道上巡邏著，紅藍閃光格外刺眼。而附近又有一個臨檢站，看來警方這次真的一定得抓到我，否則絕不會善罷甘休。

突然一隻冰冷的手將我拉住。

回頭一看竟是姍姍，讓我看了氣憤不已。而緊接姍姍而至的，則是一路追趕的阿吉。

「店長，對不起……我不管怎麼勸姍姍不要輕舉妄動，她還是追了過來……」阿吉語帶歉意地說著。

「爸，我們還是一起逃走吧，一路上比較有照應！」姍姍努力擠出笑容。

「姍姍，妳到底了不了解爸爸的苦心！快跟阿吉逃到別的地方去吧，不然李顯恩那幫混蛋，隨時都有可能追殺過來！」看到姍姍這種固執的個性，真符合她之前千金大小姐的成長環境。不知為何，這讓我想起她那有過類似舉動的母親。

我用力甩開姍姍的手繼續前進。

「爸……不然我們去跟媽談談看，也許她會伸出援手。」姍姍還是不願放棄，又向前抓住我的手臂。

儘管姍姍投以哀求的眼神，讓我多少有些心軟，但現在真的不是兒女情長的時候，我也只能斷然拒絕。

姍姍還是不想收手，這讓我不得不使出激烈的手段。我無預警地朝姍姍「啪」的一聲，重重甩了一個巴掌，並氣憤地說著：「誰是妳爸爸，我從來就沒有過這種不聽話的女兒！」

即使姍姍承受了不小的打擊，但我內心的痛楚應該不亞於姍姍的震撼。這種心如刀割的創痛，讓我右手掌心不自覺地突然失去知覺。

我放下狠話後，頭也不回往前走去。其實內心多少還是期待姍姍會再次跟來，因為自己也很不希望這麼輕易就與久別重逢的女兒分離。但這次卻期望落空，看來姍姍真的被我無情的舉動完全嚇住。

經過一段距離後，我嘗試回頭，映入眼簾的，卻是跪坐在地掩面啜泣的姍姍。而站在一旁的阿吉，以堅定的眼神看著我離去，彷彿傳達著可以安心將姍姍託付給他的訊息。長久相處下來所建立的信任，告訴我此刻也只能相信阿吉了！

前方臨檢站正好出現一輛汽車，吸引了警方的目光。見到機不可失，我決定冒險闖關。我謹慎地低頭試圖掩飾，臨檢站的焦點很幸運地完全被那輛汽車牽引而去，讓我成功闖過這項難關。

回頭搜尋姍姍及阿吉的下落，早已不在原處，看來已逃離這個是非之地，衷心希望他們能夠順利逃到安全的避難所。

就在我即將遠離這個危險的地方，眼前突然出現一個騎著腳踏車的老人。他就是早餐店的死忠顧客，那名獨居的老黃。

這條路附近剛好沒什麼可以輕易躲藏的暗巷，如果直接逃離，反而更顯得可疑。

「該死！」我心理咒罵著，裝作沒看見繼續前進。

「你……你……」老黃臉色突然大變。「你不就是早餐店的老林！」

我沒有理會，硬著頭皮加快步伐離開。

「救命啊！救命啊！」老黃從腳踏車上跌了下來，全身不停顫抖，竭盡其聲叫了起來。「殺人兇手啊！警察大人快來抓人啊！」

老黃前一天對我加油打氣的場景還歷歷在目，如今卻說變就變。寧靜的街道上，一有動靜都格外引人注目，不到幾秒鐘，所有員警都朝這裡奔跑過來。

一時之間，刺耳的警笛響徹大街小巷。迅速發動的警車聲響，彷彿宣示捉拿犯人的強烈決心。

好不容易與姍姍重逢，我真的不能就這樣在這裡被逮捕！

我死命地往前狂奔，就像被猛獸追捕的獵物，一旦失手也只有死路一條！

不知不覺竟中了警方的圈套，逐漸被團團圍住。

我真的就這樣完了嗎？

我不甘心！我真的不甘心！為了姍姍，我一定要活著逃離這裏！

「小姐請妳要小心喔！」一名警察再三叮嚀著。

「我會的！好歹我也是未來的議員助理，不會那麼笨的！」女子笑笑地說完後又繼續開車前進。

一分一秒過去，車子已經完全駛離警車閃光所及範圍，而警笛聲也逐漸消逝。

「妳為什麼要這樣冒險幫我？」我撥開原本蓋在身上的遮蔽物，摸不著頭緒地問著蔡議員的助理小欣。就在剛才危急時刻，她剛好開車經過，讓我躲了進來。之前還在電話裡跟她大吵一架，現在想起來真的覺得無地自容。

「昨天傳出東部綜合醫院的護士命案後，蔡議員覺得太不可思議，直覺認為你一定又被李顯恩設計，這一路下來實在巧合得太過詭異。蔡議員很想幫你，卻苦於形象上的問題不能直接行事。我們這邊已經對李顯恩企圖嫁禍你的所作所為展開調查，為了去除李顯恩這個社會毒瘤，我們一定竭盡所能。但在此之前，林先生你一定要自己好好保重！」小欣專著地看著前方的駕駛道路。「剛剛警察說你又襲擊路上的老人，但我親眼看到你並沒有這麼做。你已經被大家妖魔化了！在我們查出對你有利的線索前，你一定不要被警方抓到，不然恐怕結果並不樂觀！」

我閉起眼睛嘆了口氣，小欣繼續說著：「情況真的不是很好！你現在有打算要逃去哪裡嗎？」

「這個，送我到海濱公園附近就好，剩下的我會自己打算。」我對她深深地點頭致意。「我真的由衷感謝妳與蔡議員！希望你們能早日替我洗刷冤屈，在這之前一定不會害妳跟蔡議員跟我牽扯在一起！」

從駕駛座前方的後視鏡中看見小欣的部分身影，並不像上次見面那麼面目可憎。其實仔細端詳下來，長得還算清秀。

「或許之前我們拒絕你的記者會，你會覺得我們非常現實。但我還是不得不幫蔡議員說一些話，政治前途真的需要非常謹慎，一個不小心，即使位置再高也會瞬間毀滅！蔡議員年經有為，有時候也不得不有所取捨，但他真的再也看不下萬惡的李顯恩，想盡辦法也要幫你。但你得知道還是會有一些限制……」

「之前的事真的非常對不起！」我小聲地說著，又再敬了一次禮，突然感到眼眶溼熱。

小欣沒再多說什麼，讓我們之間的話題停了下來。

繼續前進一小段路後，到了海濱公園附近，小欣把車停了下來。

「警局的那個王組長和李顯恩向來私交甚密，林先生千萬要提防，不要讓警方假藉逮捕之名，將你擊斃滅口！」小欣說完轉身把一個布包物交給了我。

「這是為了預防萬一，請謹慎使用。」小欣面色沉重，眼神卻十分堅定。「不要問！也不要說！」

我明白小欣這段話的用意，這也是為什麼我不敢相信警方的緣故。打從一開始就知道李顯恩、何醫師和王組長是同一夥人。

下車以後，把布掀開，和我猜得相差不遠。

——是一把沉重的手槍。

永無止境的等待足以消磨了一個人的全部鬥志。即使身在熟悉的海濱公園，還是有種身處異地的孤零之感。即使白晝中海岸景色相當亮麗，但一到了夜晚，一望無際的陣陣浪波，彷彿一張巨噬的大嘴，在一片灰暗的世界中，成為令人生懼的恐怖怪物。

藉著等待的時間，把阿吉和小欣給我的報紙反覆翻了幾遍。警方會對我發出通緝，除了那時目擊的警察證詞外，又在命案現場附近找到了兇刀。

那是烹飪用的刀子，上面採集到我的指紋，除此以外沒有其他人的指紋。報紙上的照片雖然不是非常清楚，但看得出來就是我平常做食物所用的刀子。

為什麼會出現在命案現場？這點我實在想不透！

李顯恩那幫人再怎麼神通廣大，又要如何把我的刀子從早餐店裡偷走？

警方在人證、物證充足之下，已在全國發佈了我的通緝令。

突然間，我想通了。昨天早上那幫惡棍的目的並不是只為了恐嚇我不要再插手姍姍的事，另一個目的，是為了在砸店混亂之時，趁機偷走我的刀子。即使阿吉沒有衝動打人，他們還是會把他打傷，如此我就不得不送他去醫院。

這樣一來，他們便可以讓我這個「兇手」和「兇刀」同時出現在東部綜合醫院。再來只要藉機行事，我就可以完成他們的戲碼，成了連續殺人案的凶手！

「哼！」我冷笑了一聲，不得不佩服李顯恩的高明。

讚嘆之餘，發現時間已經超過晚間十二點，卻還是沒有看到阿吉的身影。

他們會出了什麼事嗎？我不禁擔心起來。

沿岸的浪潮依舊不停襲來，間歇性地發出沙沙聲響，讓人心情更加為之煩躁。

這時總算看見阿吉從遠方現身，並不時觀望後方，確認沒有遭到其他可疑人士追蹤。

等到阿吉在公園內停下腳步，在確定沒有其他威脅後，我才從原本藏身的樹林中走出。

「店長，還好你沒事，平安逃過警方的追捕。」阿吉看到我後，臉上緊繃的神情總算放鬆下來。

「阿吉，姍姍呢？」我迫不及待想要知道結果。

「我已經把她安置在機車行朋友那裡打聽到的臨時避難所。」

「所以你們順利逃過李顯恩那幫人的追殺了？」

即使還沒聽到阿吉的答案，我心中懸宕足足一天的擔憂，也隨著他平靜的表情安心不少。

「店長，這一路上還算相當驚險，等會兒再詳細說明。那個避難所就在海濱公園附近不遠的廢棄住宅區，趕快跟我一起過去和姍姍會面吧。」

「我真的不能再跟你們有任何關聯了，這樣只會把你們拖下水的。」

「店長，你說那什麼話，我會分頭行動跟你約在海濱公園見面，並不是為了要與店長劃清界線，而是為了等風波稍微平息以後，再繼續會合。李顯恩那幫惡棍的囂張行徑我已經忍無可忍，長久以來又一直受到店長的照顧，如今遭遇困境，我怎麼可能這樣棄店長於不顧？」

「阿吉……」

「店長，而且我已經幫你們準備好逃離東部的交通工具。只要安然度過今晚，明天趁著人潮較多的時段，混入東部火車站，搭上離開這裡的火車，暫時前往北部避避風頭。我想等一段時間過去，或許這些混亂的風波還是會有平息的一天。」

阿吉從上衣口袋拿出兩張火車票，那就是為我與姍姍所準備的逃亡工具。

「那你不要緊嗎？」我很擔心一頭熱的阿吉，也深深陷入這淌混水。

「沒關係，我既沒被警方追捕，李顯恩那幫人應該也不知道我的存在，所以我應該還是可以繼續在東部生活下去。店長還是先顧好你和姍姍的安危，不必再替我擔心了。」

阿吉的這番話與他細心的準備，真令我感動不已。即使知道或許有可能帶給他們麻煩，但我還是想和姍姍再見一面，甚至一起逃離東部。只要親眼確認她安然無恙後，就算只是那麼短短的一秒，我也心滿意足。

十、惡棍的話能信嗎？

離開海濱公園後，阿吉與我小心翼翼避開街上的零星路人。時間已經進入深夜，許多重要路口仍舊可以看見許多警方的巡邏車，不斷在各大路口進行盤查。

步行大約十多分鐘後，進入了一排老舊的別墅。這裡的建築物外型相當奇特，本來靠海的美景，應該可以成為吸引購屋者的一大誘因。但不知道後來發生什麼緣故，從外觀不難判斷，這些建築物已經廢棄多年，沒有任何人居住在內，而外觀的色澤經過長年海風摧殘，油漆已經斑駁剝落。

「店長，就是這裡……」阿吉壓低聲音說著。

由於這附近依舊距離海岸不算很遠，還是可以聽見陣陣的海潮聲，讓這空蕩蕩的廢棄社區，更增添了幾分寂寥之息。

跟著阿吉繞過了數棟空屋後，總算在其中一棟別墅前停了下來。這棟別墅和其他棟外觀上沒有太大的差別，唯一不同的，只有相對位置屬於這數棟建築物的中央，相較之下，隱密了許多。佇立大門前，仔細一看才發現已經腐朽不堪，更隨著附近的海風不斷發出喀喀的聲響。

我已經等不及阿吉的引領，直接推開大門，往裡面走去。由於屋內空無一物，又沒有任何照明設備，一時之間讓雙眼不是很能適應。我下意識地扶著口袋內的手槍，好隨時應變任何突如其來的可能威脅。

「姍姍！」我本想壓低音量，卻還是忍不住放聲叫了出來。

即使眼睛逐漸適應屋內的亮度，還是沒有得到任何回應。放眼所見的，只有許多殘破不堪的物品堆積屋中。

大廳內其中一塊空地上的堆積物相當突兀，那些塑膠袋的包裝色澤相當鮮豔，看起來並不像年代久遠的遺留物。再仔細一看，那些東西根本就是便利商店的包裝袋，裡頭裝的都是便利食物，而附近都是散落一地的各種商品，一些食物殘渣與飲料空罐還留在原地，應該是阿吉買給姍姍的充飢物。

「姍姍！」見到久久沒有回應，阿吉也有些著急。

幾秒鐘過去，還是沒有動靜，偌大的空屋中，只有我們兩人的聲音迴盪著。

阿吉臉色變得相當難堪，但還是勉強擠出笑容：「店長，也許姍姍是在二樓，我先上去看看。」

一股低迷的氣氛強壓而下，讓我直喘不過氣。

阿吉慌張地爬上樓梯，並不時小聲喊著姍姍的名字，即使平常反應還算有些遲鈍的他，這時候也難掩驚恐之情。

「姍姍！」我已經顧不得是否身處險境，放聲叫了起來。

突然，我在那堆食物中，發現一封不顯眼卻又不合場景的信件。走近一看，可以發現上面隱隱約約寫著「林家興收」四個大字。

我伸出顫抖的雙手將信封緩緩撕開，由於屋內過於昏暗，我也無法看清楚上面寫些什麼，只好求助屋外的微弱亮光。

等到走到屋外時，我總算可以看清那封信的內容，上面寫著：

你就是李姍姍的親生父親林家興吧！你女兒現在在我手上，想要讓她活命，最好把那個祕密戶頭的帳號和密碼交出來！不要跟我裝傻不知道那是什麼，在道上混那麼久，誰不知道這件事。警方抓不抓得到你，我完全沒興趣；李姍姍在戶口上已經死亡，我的目的也已經完成。現在如果要讓她繼續活下去，我也是可以睜一隻眼閉一隻眼。

你只要乖乖把我指定的東西放到我指定的地點，我的人馬隨時都會監控著你的行蹤，等到我確認無誤後，自然會把李姍姍放走，並且撤銷對她的追殺令。

不要跟我討價還價，也別想耍花招。明天晚上十點之前，還不交出來，就別想再看到活命的女兒！

警告你最後一次，這是玩真的！

知名不具

「他媽的李顯恩！」看完以後我感到憤怒無比，直接吼了出來，將這封充滿惡意的信件瞬間揉成一團。

好一個知名不具！就算是他化成灰燼，我也知道這封信會是誰寫的！

「店長，怎麼了……」搜尋完二樓的阿吉，也許是聽見我的怒吼，趕緊跑了過來。「姍姍不在二樓……搞不好是跑到附近的其他別墅避難吧？」

我不發一語，只是將被我揉爛的信件交給阿吉。

阿吉攤開信件看完後，雙手顫抖不已，露出了難以置信的表情。

「店長！我對不起你！」阿吉突然跪了下來。「店長，我……我對不起你！」

阿吉開始哭了起來。

一向鮮有情緒起伏的阿吉，竟然出現這種少有的痛苦表情。

「她……她被李顯恩那幫人抓走了！都是我不好！」阿吉抽噎地說著。

我的情緒已經瀕臨崩潰邊緣，非常懊悔當初沒帶著姍姍一起逃走。即使造成現在這樣的結果，一點也不好責怪阿吉什麼。

「之前在店長順利逃離臨檢站後，我想帶著姍姍逃往機車行朋友那裡的藏身處躲避，想不到逃到一半姍姍竟然又吵著要折回去找店長。我一氣之下和她爭吵起來，我們可能一時過於投入讓自己的聲音大了起來，恐怕引起行人的注目。也許就是那個時候，讓李顯恩那幫人發現了我們的行蹤……我印象中有幾個路人，眼神並不是非常友善，或許他們真的就是李顯恩的走狗！」阿吉已經哭得一把鼻涕一把眼淚。「嗚……店長對不起，都是我不好，不該和姍姍爭吵的，要怪就怪我吧……」

我無法言語，緩緩抬起顫抖的右手，之前狠甩姍姍巴掌後的痲痺感，竟又再次浮現。姍姍那令人痛心又難忘的哀求眼神，彷彿就近在眼前。

年紀還小的阿吉，看來也受到相當大的打擊，用右手隨意擦拭流滿唇上的鼻涕。

「店長，對不起，都是我不好！」跪在地上的阿吉這時又開始不停磕頭，原本已經逐漸乾涸的涕淚，一下就又流了出來。「我不知道他指的祕密帳戶是什麼，不過店長拜託你就先低聲下氣，照他的指示行事。這件事會這樣，我要負最大的責任……」

看到阿吉淚流滿面，表情更是極其扭曲，讓我有些不忍，但一想到姍姍可能正在李顯恩那幫惡棍手中受難，更是難掩內心的熊熊怒火。我扶著口袋裡的手槍全身不停顫抖，突然間無法自己狂奔起來。

「店長！不要衝動啊！就照他們的話去做，不然姍姍會有生命危險！」阿吉迅速起身追了上來，一臉惶恐將我一把拉住。

「阿吉，從現在開始你不要再插手這件事了，不要毀了自己的美好前程。」

「可是……」

「什麼可不可是的！這是店長我下的命令，知不知道！」我怒氣沖沖吼著。「而且這是我與李顯恩的私人恩怨，我會自己和他做個了斷！」

說完後直接把阿吉用力推倒，而他則是一臉錯愕跪坐在地。

李顯恩那幫惡棍真是得寸進尺，我一定要堂堂正正與他對決，我發誓我一定會讓他知道我也不是那麼好招惹的！

十一、店長的話能信嗎？

祕密戶頭！二十多年來的平靜生活，我幾乎都快忘了這件事。

但帳號和密碼當然不會忘記，因為它一直隱藏在我背部的刺青圖案裡。

年少輕狂，加入北部的黑幫組織，本身還有些小聰明，一下就在幫派內迅速竄紅，成為堂主的得力助手。

幫派內部新幫主之爭，使得各堂之間內鬥不斷。經過多次黑吃黑的過程後，資金累積超過數十億，全部存在那個祕密戶頭裡。當然，這個祕密戶頭並不在國內，而是位於遙遠的其他國度，也因此一直不為警方查獲。原本已經由本堂接任新的幫主，但卻突然被異軍突起的另一堂擊潰解散，而堂主也被暗算，他們順理成章成為新的幫主。

為了替堂主報仇，也為了報答堂主的恩情，我用了一些詭計弄成過失殺人將新任幫主暗算，之後直接自首進入警局接受保護。

出獄後在北部完全無法過活，好幾次被黑幫捉去銬問祕密帳戶下落。他們用盡各種威脅手法，左手小指所留下的永久傷痕，就是那時候所造成的。儘管受盡各種折磨，但為了報答以前堂主的恩情，當然是死也不會鬆口，最後他們也只能放棄。

後來逃到這民風純樸的東部小鎮，就再也沒受到侵擾。隨著光陰的流逝，我也逐漸忘了這件事的存在。

原以為這件事只有北部黑幫才會知道，想不到竟然連毫不相關的東部黑幫也會發現，真是令我驚訝無比！

把祕密帳戶交出來，這我當然無所謂，守護了這麼多年的祕密，究竟是為了什麼，我也非常迷茫。但好歹我也在道上混過，事情當然不會那麼單純。就算我交出帳戶，姍姍還是一樣會遭遇不測。

所謂「虎毒不食子」，李顯恩再怎麼喪心病狂，也不可能丟下自己的小孩不管吧！

我指的不是姍姍，而是他那尚在就讀小學的親生兒子。

為了讓我手中也握有他的把柄，我綁架了他的兒子。過程比想像的還要容易，在他兒子的放學途中，我將他誘拐到別的地方伺機下手。該說這位公子哥兒涉世太淺，還是他太相信人性善良，不疑有他就這樣輕易跟著陌生人離去。更奇特的是，李顯恩都已經向我下了那樣的挑戰書，竟然還會放任自己的兒子任意行走。不知道是完全沒有想過我會這樣回應，還是李顯恩過於糊塗，我的反擊出奇制勝奏效了！

一路上我不時擔心會遇到警方或是李顯恩人馬兩道夾殺，看來也只是我多慮了。年少時期的道上經驗，讓我對於這種避人耳目的方法，非常在行。為了避免他們得以事先報警營救人質，我把他的兒子藏在另一個隱密處，而與他相約於一座偏僻的鐵工廠進行談判。

時間一分一秒過去，卻始終沒有見到李顯恩的蹤影，讓躲在暗處的我，不時因為涼風襲來不自覺顫抖。細細回想這麼多年來所受到的屈辱，還有眾叛親離的痛楚，一直以為自己已經能夠原諒惠娟當年的叛離，卻沒想到在見到她與李顯恩那禽獸的親身骨肉時，所有痛苦的回憶竟一湧而上。在藏匿人質的過程中，由於他們的兒子不斷哭鬧，我一時失去理智，當年混在道上的狠勁，全然甦醒。眼前出現的，彷彿是嘲笑我這落魄下場的傳話使者，而不是那個被我綁架的肉票。一想到姍姍的安危，更令我怒火難抑。等到再次回神時，雙手竟已深深陷入那無辜的細脖子上。

為了姍姍的幸福，我已經豁出去了！神來殺神，佛來殺佛，只要是阻擋、威脅我女兒生命安全的人，我一定跟他們誓死奮戰到底。

即便肉票已經成為冰冷的屍體，但我很篤定不知情的李顯恩還是會如期赴約。除非他已經泯滅人性，或該說他本來就是隻禽獸。

但過了約定時間，卻還是沒有見到李顯恩的蹤影，讓我不覺慌張起來。在我不知如何是好之際，一對中年男女的身影，從遠方逐漸顯影。等到他們踏進視線範圍內時，我終於確定他們便是李顯恩夫婦二人。

李顯恩夫婦已經如約來到這間廢棄的工地裡，惠娟會來倒不在我計畫之中。我仔細觀察四周，除了昏暗的視野外，似乎沒有警察的蹤影。看來他們遵照了我的約定單身前來談判。

但狡詐如李顯恩這樣的人物，真的會那麼輕易就落入我的陷阱嗎？或許此時廢工廠的四周，已經有許多他的小弟混入其中。

十分鐘過去，他們兩人其間除了東張西望與不停檢視手錶外，也沒有其他可疑的舉動。但我還是不敢就此鬆懈，又繼續觀察了二十分鐘。

在確認沒有陷阱與疑慮消除後，我才從廢工廠的老舊機房內步出。

「李大議員！你來了啊！」我拿著槍對準他們緩緩走去，這種脅迫的動作，已經是很遙遠以前的記憶了。

「林先生，行行好吧，放了我們的孩子！我們依照約定沒有報警。」李顯恩苦苦哀求，並把手邊的公事包打開，露出一疊疊千元鈔票，放在前方空地後又退了回去。我們之間始終保持一段不算近的安全距離。「裡面有五百萬現金，你就拿去用吧！拜託你放了孩子！」

「錢？我有說我要錢嗎？我要的是姍姍！她人在哪呢？」

李顯恩夫婦顯得相當恐懼，心虛的表情展露無疑。

「她早就已經……」

話還沒說完，李顯恩就先被惠娟制止。

「家興……家興你聽我說……」惠娟突然親切地叫起我的名字，已經二十多年不曾聽見這種呼喚了。

雖然惠娟那溫柔的聲調，在我腦海中不曾抹滅，但這二十年多間所塵封的寂寞記憶，還是讓我在聽見呼喊後，引來一陣濃烈的鼻酸。

「哼！少利用我們的過去跟我求情！」我強忍直衝腦門的淚意，故作鎮定冷冷地說著。

「我……你還記得這條項鍊嗎？」惠娟拿出我們之間的信物。這項鍊不是應該在姍姍身上，為何現在會在惠娟手上？姍姍到底出了什麼事？

「我們以前曾經那麼要好過！我一直都很珍惜這條項鍊，拜託你放了我們的孩子！算我求你好了！」惠娟雙手合十，不斷向我哀求。

「媽的！妳和這禽獸的小孩就很重要，我和妳的骨肉就不重要了嗎？妳為什麼要一直助紂為虐？」我憤怒無比，握槍的手顫抖起來，作勢就要扣下扳機。

「你到底想怎樣，喪心病狂的人！姍姍已經死了！」李顯恩對我大聲怒吼。

「你說什麼！」我將槍口指向李顯恩，恨不得馬上將他一槍擊斃。

「家興！你到底怎麼了？二十年前被捕前夕就已經開始凡事疑神疑鬼，被捕後更是完全不相信任何人。為什麼現在還是這樣無法自拔？」

「呸！你們這對姦夫淫婦，快還我姍姍來！」看到昔日恩愛的情人，而今卻為了恨之入骨的仇人不斷求情，內心有如千針萬刺直擊其中，一股既愛又恨的矛盾，緊緊圍繞我這個即將爆發的不定時炸彈。

「我不是早說過，李姍姍不是你的骨肉，而且已經死了！聽不懂嗎？」惠娟瀕臨崩潰邊緣，又哭又叫，鬧得我異常憤怒，無法冷靜。

「媽的！姍姍已經死了聽不懂嗎？你已經徹底瘋了！你這貪得無厭的傢伙，是嫌錢不夠嗎！」李顯恩冷汗直流，全身不停顫抖，緊張地將手伸入左側西裝內口袋裡。

「砰！砰！」

兩聲清脆響亮的槍聲劃過天際，李顯恩頭部中彈應聲倒地。

我感到腹部灼熱，回神過來才發現自己也中了一槍。

這熟悉的火藥味，以為自己今生已經不可能再聞到了，想不到這種刺鼻的氣味，又從遙遠的記憶中喚了回來。

「林家興！你到底在做什麼！你知道自己在做什麼嗎？」惠娟抱著倒下的李顯恩尖叫起來。

我摀著傷口搖搖晃晃走向惠娟。

「你不要過來，你這惡魔！你真的是人渣！人渣！」惠娟將項鍊往我臉上砸了過來。臉被砸並不痛，痛的卻是內心深處。李顯恩到底是餵了惠娟什麼迷藥，讓她願意跟禽獸一直同居，到現在還執迷不悟。過去年少時代兩人的美好回憶，真的只不過是一場遙不可及的幻夢嗎？

「姍姍在哪？」我強忍著腹部的傷痛，故作鎮定地問著。

「你為什麼不相信我！二十年前也是一樣。你那時變得什麼人都不相信，連我這個女朋友也不相信！你知道我有多痛苦嗎？」惠娟淚流滿面，傷心地說著。「你讓我怕你怕到已經無法安眠……連後來……連後來我流產的事也不敢告訴你……我不想再看到你這種瘋狂的樣子，每當你這樣的時候，我真的很傷心，你知道我有多傷心嗎？所以我才會選擇離開你。姍姍不是你的孩子，而且她也已經死了……你瘋了，你真的瘋了！」

惠娟開始對我又抓又打，令人十分難受。

「你真的對我什麼也不了解！什麼都不了解！」惠娟瘋狂似地對我來回抓著，斷裂的指甲已經滲出鮮紅的血漬，而我的手臂也被抓得血肉模糊。「你真的瘋了！你這個喪心病狂的禽獸！」看著惠娟這個既遙遠卻又再熟悉不過的身影，二十年前的恩恩怨怨宛如爆炸般全部湧了出來。

「哼！」我冷笑一聲。

瘋的人是她，並不是我。都和姍姍見過面了，還要對我隱瞞姍姍是我孩子的事實。

現在李顯恩也死了，姍姍也死了，連惠娟也早就對我心死了，而他們無辜的孩子因為我的失手，也已遭遇不幸。

留下她一個人在這世上發瘋也太可憐了！

二十年多前殺過人後，這之後不斷在懺悔中度過。想不到二十多年後雙手再次染紅，似乎意味著這一生已經擺脫不了這種命運了。

「砰！」

心一狠，直接朝惠娟扣下了扳機。空曠的廢工廠中，只有巨大的槍聲迴響著。

惠娟緊緊抱住我的肩膀，眼神間流露從沒見過的哀傷。

我突然失去全身力氣，雙手一鬆，惠娟順勢倒了下去。

痛苦扭曲的惠娟使盡最後力氣，努力爬向掉在一旁的項鍊，眼神雖然空洞，卻還是相當執著於眼前的目標。但由於有著一段距離，不管她怎麼掙扎，都還是非常遙遠。

——直到斷氣前，她還是觸不到我們二十年前的那段戀情。

看到惠娟靜止不動後，眼淚不由自主流了下來。以往與她共渡的歡樂時光，開始在腦海裡一一浮現。二十多年前，因為黑道的追殺，展開了我們的戀情，想不到二十多年後，卻還是因為黑道的脅迫，讓我親手結束了這段綿延數十年的糾葛。

我作夢也沒想過會親手殺了自己曾經深愛的人。

朝天空怒吼了一聲，卻怎樣也喚不回這個曾經共患難的靈魂。

短短幾天內，我到底做了些什麼？雖然除掉李顯恩這個社會敗類，但根本就沒遵守保護姍姍的承諾，而今還親手殺了多年的愛人。

撿起惠娟砸向我的項鍊仔細一看，雖然款式和姍姍之前給我看的那條一模一樣，但刮傷竟然不見，這到底又是怎麼一回事？

我感到思緒相當混亂，整個人癱坐在地。

「店長！店長！」

不知道過了多久，忽然聽見遠方傳來阿吉的聲音。

「爸！爸！」

難道我聽錯了嗎？竟然聽見姍姍呼喊我的聲音。

下一刻才確定並非我的錯覺，因為站在眼前的兩人，正是姍姍與阿吉。

「爸，你受傷了？」姍姍睜大眼睛擔心地問著。

「店長，我想盡辦法深入敵陣營救，想不到姍姍剛好自己逃了出來。當初姍姍在海濱別墅避難處被李顯恩那幫人擄走時，恰巧在路程上遇到警方的臨檢，由於他們忙於應付警方的盤查，反而大意讓姍姍藉機逃了出來。不過我們現在還是得趕快逃離李顯恩那幫人的勢力範圍！」

「這倒不用了，我已經把萬惡的李顯恩除掉了！我現在身受重傷也逃不掉了，你們還是趕快逃走，不要跟這些兇殺案扯上任何關係。」我無奈地笑了一下。

「爸……」

「阿吉，姍姍以後就拜託你照顧了！」

「爸！」姍姍緊緊抓住我的手臂。

「阿吉，真的萬事拜託了，我一直很信賴你，不要讓我失望！」

「店長，你在說些什麼？趕快一起逃走吧！」

我揮手拒絕了阿吉的請求，並勉強擠出笑容：「這是店長我下的最後一道命令，別再跟我爭論！」

「店長！」

「阿吉，你先去前面等一下，順便準備好逃亡路線，明天跟姍姍一起搭火車逃往北部避難吧！」

「店長！」

「不要跟我囉嗦！我有一些話想單獨跟姍姍說。」

我態度非常強硬，阿吉沒有辦法，也只能離開了。走遠之後，只剩下姍姍與我相視著。

我把染血的上衣脫了下來，並把背部轉向姍姍，她應該正驚訝地看著我的刺青。

「姍姍不要驚訝，爸以前有一段輕狂的年少時期，媽也是因為這樣才會離開我的。妳仔細看看那些刺青圖案，其實裡面藏著祕密戶頭的帳號和密碼。這戶頭裡存著數十億元，可以供你們以後逃亡使用。先跟阿吉逃到北部避避風頭，風波平息後，最好直接逃到海外重新生活吧！」

姍姍低著頭，仔細尋找暗藏在刺青裡的文字。不過她不可能明白，這世上看得懂這暗號的人，只有以前的堂主、陳組長和我三人。

我把帳號和密碼全部念給了姍姍，她默默抄了下來，不一會兒，就完成這項工作。

「爸真的不行了！妳自己一定要好好堅強活下去！」

「爸……」

姍姍眼眶紅了起來，強忍著淚水。

「快走吧！阿吉還在那邊等著。」

「爸，你自己一定要好好保重！」

姍姍拭去淚水，儘管依依不捨，還是忍痛轉身準備離去。

「等一下，妳真的就要這樣走了嗎？」

姍姍回過頭來，嚇了一跳。

因為我手上的槍正對準她的腦袋。

「爸……你怎麼……我……」

「哼！妳連妳媽倒在一旁都不認得了嗎？」

「這是……」經由我的提示後，姍姍臉色慘白跪在惠娟遺體旁。

「夠了！不要再演了！今天的戲根本就不在你們當初的劇本裡，演到這種程度已經非常厲害了！」

「爸，你在說些什麼？」姍姍不時顫抖，視線更是不敢與我直接相對。

「剛剛我只是在做最後的測試。一個被綁架的人，竟然還會隨身帶著紙筆，這真的太離譜了！恭喜你們，要的目的達成了！」

「爸……」

「拜託妳不要再演下去了！妳的演技真的很好，好到讓我在前幾天體驗到這輩子從未接觸過的天倫之樂。某種程度來說，我還是會感謝妳的。」

姍姍總算不再辯駁，靜靜聽我說著。

「妳根本就不是李姍姍，李姍姍早就死了！就是報上提到在醫院過世的那個人。妳和阿吉是共犯，阿吉恐怕也是個假名，利用我不會對別人身家背景多加調查，從半年前就混進我的早餐店工讀。我不知道你們從哪裡打聽到祕密帳戶的這件事，你們應該也知道不管怎麼威脅我也逼不出祕密戶頭。但阿吉真夠厲害，跟我長久相處下來，知道我有一個女兒的事情，便想利用這個把柄。於是你們兩人綁架了李姍姍，想藉此威脅我！」

姍姍看了我一眼，隨即又將頭低了下去。

「但在綁架過程中，卻由於一時疏忽而讓李姍姍不幸死亡。為什麼我會知道這點，因為今天下午我也這樣錯殺了一個人。」對於這件事，我相當愧疚，竟然斷送了一條無辜的生命。「由於你們深怕行跡敗露，直接將李姍姍遺體棄屍在李顯恩豪宅附近，讓他們自己去處裡。你們做了一個賭注，因為李顯恩身為縣議員，選舉日期又即將到來，一定不願意讓這種醜聞曝光。如果曝光必定會造成黑道報復傳聞纏身，他本來就有這些問題，這樣下去多少會影響政治前途。正因為如此，李顯恩直接低調處裡後事，和東部綜合醫院的何醫師勾結，開立普通的死亡證明，讓李姍姍遺體就此火化，讓一切真相石沉大海。」

不知道是否因為失血過多，我感到四周相當寒冷，但還是把想說的話一口氣說完：「原本事情可以就此結束，但好事的我突然開始調查，亂了你們的計畫。不知道是妳還是阿吉，深怕何醫師有一天會說溜了嘴，導致李顯恩也招出事實，因此將他滅口。而後阿吉又藉著混混鬧事，讓自己受了傷，這樣一來我就會送他去東部綜合醫院。我想混混開的那槍，阿吉是真的被嚇到了，因為遠在計畫之外。由於我與蔡議員搭上線，一旦政治力量介入，勢必會讓案子重新調查。李顯恩那邊雖然會極力否認，但東部綜合醫院卻還有一個知道內幕的林護士。你們這時被逼急，必須趕快再除掉林護士。趁著我帶阿吉去醫院的同時，他偷偷將我烹飪用刀帶了過去，殺了林護士，並且通知警方，想要嫁禍給我。阿吉從外科二樓一路找到七樓的我，讓人覺得相當匪夷所思。一般人應該會直接撥打手機尋人，雖然醫院有些地方怕儀器被干擾，可能會刻意屏蔽手機收訊，但那天為了等待蔡議員的電話，我始終很在意是否有來電，也一直注意手機訊號是否良好。他竟然連嘗試撥打的舉動都沒有，就直接在醫院裡一層一層找起我的行蹤。東部綜合醫院這麼大，樓層數又那麼多，一般人不會使用這種方式尋人，更何況如果我不在二樓，也未必會在其他樓層，也有可能是暫時離開醫院。而他卻用這種反常舉動，讓我不禁懷疑他是一開始就沿路跟蹤我。當初看到報紙寫著兇刀上只有我的指紋，看了照片，確定是我那把用刀，早上烹飪用具的準備工作都是阿吉負責，竟然沒有留下他的指紋。後來想想，才知道實在是掩飾過頭，犯案那天他刻意不在兇刀上留下指紋，這反而成為對他不利的證據！」

「不要再說了！快去醫院吧！」姍姍坐下來攙扶著我，但視線始終不願與我交會。

我感到四肢有些冰冷，有氣無力地繼續說著：「這時卻有另一部戲碼同時上演。阿吉發現我重視這素未謀面的女兒，幾乎到了一種瘋狂的地步，因此又導了另一齣戲：乾脆讓妳來飾演姍姍這角色，還編出了一堆黑道追殺令的故事欺騙我。事先偷走我擺在家裡的那條項鍊，他本來就知道那項鍊共有兩條，一條在我這，另一條在前妻那裡。只要妳戴著這條項鍊，我就會以為妳是我的親生女兒。由於我被警方通緝，我也不可能再回到早餐店的家裡，找出那條項鍊，就這樣讓我以為我的項鍊還一直好好收藏在家裡。而真的姍姍如果活到現在，年紀應該和妳相差不遠，而妳又很會演戲，因此讓我深信不疑。還不斷以若即若離的戲碼，讓我心情隨之大起大落。當初以為天底下竟有那麼巧合的事，前妻那條項鍊刮傷部位竟然和我的非常相似。現在想想才知道，那本來就是我自己的項鍊，刮傷位置當然一樣！為了讓我道出祕密戶頭，又再次策劃了綁架行動。但劇情發展並不像你們預期那般，我一時激動，直接想了別的辦法來反制被你們陷害的李顯恩，打亂你們精心策劃的劇情。後來你們也只能見機行事，臨時又編出剛剛的那些戲碼。總之，事情的經過就是這樣吧！我最後竟然還錯手殺了那兩個人。」

看到倒臥在地的惠娟，又引起了一陣鼻酸。

原本姍姍攙扶我的雙手，這時緩緩滑了下去，並輕輕嘆了一口氣。夜色相當昏暗，猶如置身在黑暗的無聲世界，周遭的景物已經成為一片黑影。姍姍就像尊石化的雕像，眼神相當茫然。

「這些騙局，全都被你拆穿了。那……那你打算怎麼處置我們呢？」沉默已久，姍姍總算開口。

「應該要問你們怎麼處置我吧？妳應該很想殺人滅口吧？其實大可不必大費周章弄髒雙手，我已經窮途末路了！你們贏了！祕密戶頭就交給你們處置吧！但我有一些話是真的只想對妳說。」

姍姍默默點頭後，我繼續開口說著：「這些日子跟阿吉相處下來，我真的很喜歡這小子，每次看到他總讓我想到一個我的舊識。儘管只是演戲也好，他刻意裝得很憨厚、很遲鈍，演技真是詮釋得太好，讓我完全相信。但我還是感覺得出來他有著異於常人的小聰明，才能把我這樣耍得團團轉，這點和我年輕的時候真的非常相像……」

說到此處，我輕抓著姍姍溫暖的手，那股暖意直入內心深處，停頓了好一會兒，我才繼續說著：「我也曾經有一個很要好的亡命伴侶……」

我不經意看向一旁，雖然已經刻意避開躺在地上的昔日情人，但淚水早已不爭氣在眼眶打轉著：「這個社會的複雜程度並不像你們想得那麼單純。當年我也是自以為了不起，設計很多騙局，並且為此沾沾自喜。直到有一天，遇到更強勁的對手，就這樣被徹底擊潰。服刑後再次踏入社會，我說的都是真實的經驗之談，大家如果知道妳有前科後，絕對不會把妳當做一般人看待，這社會並不存在什麼狗屁重生機會！所以我才會逃到這裡，過著半隱居的生活。」

我緊握姍姍的手，竭盡所能苦心勸著：「為什麼我只跟妳說？如果阿吉在場，一起說這些不是更好嗎？我想阿吉只聽得進妳的話。因為當年有個剛愎自用的年輕人，就是聽不進別人的勸，到後來誰也不相信，導致自己的人生毀滅，甚至親手錯殺了自己這輩子深愛的人……」

想到惠娟我又悲從中來，很難繼續言語下去。

低頭俯視腹部的傷勢，雖然已經不像先前那般大量出血，但摀住腹部的左手，已經被鮮血染紅了整隻上臂。看到這樣大量出血的情景，自己也已經做了最壞的打算，但有些話，還是想要說完。

「姍姍，不，我不知道妳的真名，但我知道妳和阿吉是一對亡命鴛鴦。」我深吸一口氣，藉以緩和腹部的疼痛感。「求求妳……求妳一定要勸勸阿吉，人生是不可能重來！我一直這樣睜一隻眼閉一隻眼放縱你們，就是希望你們能夠自我覺悟。我不希望你們重蹈覆轍，走上跟我一樣的人生！不管阿吉怎樣屢勸不聽，妳都不能放棄，一定要勸到他覺悟為止！即便哪一天，他不幸被捕入獄，妳一定不能拋棄他。你們的命運打從一出生就緊緊交織在一起！一定不要放棄！否則二十年後又會再出現一個可悲的林家興！我不勸你們去自首，因為自首後並沒有好處，換到的只是難以抹滅的社會標籤。但請答應我一定要就此改過自新，再繼續這樣習慣性犯罪下去，總有一天還是會遇到更強勁的敵手……」

二十年多前那個自以為是的年輕人，以為自己幹了了不起的舉動，順利替幫主奪得政權，卻反而硬生生一頭栽進另一個陷阱之中，而今卻落到這樣的下場。

姍姍一直靜靜地聽我傾訴這段話語，表情始終相當迷惘。然而這些勸告她究竟聽不聽得進去，我也不得而知了。

「哈……我真像個囉唆的老頭子……」我勉強擠出一絲笑容。「我真希望妳就是我的女兒。但很可悲的，這世界上根本沒有我林家興的女兒，從來就沒有過！」

姍姍抬頭看著我，雙唇微張十分驚訝，卻又欲言而止。

「我想說的都說完了，趕快走吧，免得待會兒警察就要來了。」

在我說完這句話後，兩人之間突然沉默下來。我再次仔細檢視姍姍的面容，但她卻盡可能地閃避我的目光。

我真的很希望她就是我摯愛的女兒姍姍！一個讓我即使素未謀面也能付出一切守護的親生骨肉。

「你……你真的一點都不恨我嗎？這樣欺騙你的感情。」姍姍怯生生地說著。

「恨妳有用嗎？我們不都走著同樣的路。被迫走在社會邊緣的我們，都有自己不可告人的苦衷。我和她都來自破碎的家庭……」我瞄向惠娟的遺體，情緒又再度受到影響，內心甚至比腹部還要劇痛。「前半生我無法自己選擇，但後面的路卻是我自己造成的。你們千萬不要再踏上我這條不歸路！」

遠方傳來隱約的警笛聲，暗示就在不遠處了。

「快點走吧！」我輕推著姍姍。

「這項鍊……」姍姍從口袋內取出我的那條項鍊。

我遲疑了一下，從口袋掏出先前惠娟砸向我的那條項鍊端視著，一股淚意又強襲而入。這是二十年前那對亡命鴛鴦的定情信物，經過二十年後，終於再次相逢。我望向一旁的惠娟，她依然維持著先前臥倒在地爬行的悲慘姿勢，伸直的右手五指微張，好似這段期間依舊沒有放棄眼前的目標物，但不管怎麼努力，卻還是沒有得到她想要的東西，看了相當於心不忍。

「送妳吧！妳要一直戴著，時時警惕自己要規過向善。」

姍姍對這個答案有些意外，但還是把項鍊戴了起來。

「不要忘記我們的約定！再見了！」我擺出道別的手勢。

姍姍什麼也沒說，緩緩轉身離去。

就在走到一半時，我使盡最後力氣朝著她大喊了起來：「謝謝妳！讓我在那一晚體會了父女天倫之樂，雖然我知道那是假的，但我那時真的非常快樂！謝謝妳……」

姍姍遲疑地回頭，淚流滿面對我做了一個微笑，緊握脖子上的項鍊，接著回身往前跑了過去。

結束了！真的結束了！

我林家與這四十多年的悲慘命運真的就要結束了！

儘管前半生過得很悲慘，但後來能認識阿吉，劇本裡面乖巧的阿吉，我真的很幸福！還有前晚的假女兒姍姍，我真的非常幸福！
我的淚水哭乾了嗎？為什麼都流不出喜悅的眼淚？這輩子竟是些悲傷的淚水，難道老天爺就不能賞賜一滴喜悅的眼淚嗎？
我就要這樣回去了嗎？
摯愛的前妻不在了！
唯一心繫的女兒打從一開始就不存在！
真的沒什麼好掛念了！
一陣冷風吹過，將李顯恩的西裝翻了起來。他右手抓著一疊像是空白支票的紙本，並不是原本想像的手槍。
那麼我腹部的那顆子彈又是從何而來？李顯恩的那把槍又跑哪裡去了？
我覺得四周愈來愈寒冷，意識也愈來愈模糊，但直覺告訴我還有一個疑惑沒有解決，然而身體卻不聽使喚般沉沉睡去……。
警笛聲好像愈來愈近，這是我的錯覺嗎？
還是我已經長眠於裹屍袋中？
再次張開雙眼，發現吵醒我的並不是警笛，而是身邊走動的一名女子，但視野相當模糊。
女子彎身弄著李顯恩的屍體。

「啊，林先生啊！我以為你已經……」女子發現我的動靜，驚訝地抬頭瞪著我，並迅速把手裡的槍枝放下。

視線逐漸清晰後，我發現她正是蔡議員的助理小欣。

看到她剛才的舉動，我突然想通之前的所有疑惑了！

「想不到你們發生槍戰，把槍給我，我幫你處裡掉，你趕快逃走吧！」

「笑話，你以為我會給妳嗎？」我撿起身邊的手槍對準小欣。

「你這在幹什麼？」

隨著警笛聲的放大，小欣愈形恐懼起來。

「如果我交給妳，妳就會馬上對我開槍，近距離射擊，偽裝成我自殺的樣子。你剛剛在李顯恩身邊，是要用你之前在遠方射擊我的手槍，在他手上再開一槍，好留下硝煙反應。這樣一來，警方事後鑑識，就會認為我與李顯恩是因為私人恩怨，發生槍戰，怎麼樣也想不到真正的幕後黑手會是偉大的蔡世新縣議員候選人，我很清楚這套把戲！一旦李顯恩死去後，蔡世新就篤定當選了，這就是你們的陰謀！我也有道上經驗，李顯恩這樣不帶任何武器和小弟埋伏在外就前來談判，真的一點也不像黑道作風。真正與黑道有掛勾的不是李顯恩，反而是你們！」

突然之間全身充滿了力量，儘管自知已經命在旦夕，但還是有了繼續活下去的使命與勇氣。

我一定要活下去揭發真正的惡棍蔡世新！

「當初好心給我手槍，並不是為了讓我防身。並在那晚派人假冒李顯恩助理名義前來賄賂，隔天再找混混搗亂我的早餐店，目的都是為了使我對李顯恩更為痛恨。不幫我舉辦記者會，我搞不好還是會經由其他管道揭發李顯恩，藉此打擊他的選情。」警笛已經近在耳邊，音量之清晰，感覺隨時都會有警察突然衝出。「對你們來說，資助我逃亡只是一項投資，我這個亡命之徒，搞不好有一天走投無路，就會去槍殺李顯恩。即使事後我抖出你們，你們還是會一概否認。因為……本來就沒有人會相信我……」

說到這裡，一股難以言喻的痛楚直上心頭。

「哼，你們真的做到了！」看著小欣不以為然的眼神，我冷笑一聲。

「不許動！」

不出所料，警方不久後迅速現身，動作整齊一致，不一會兒就將我團團圍住。

情急之下，我起身將左手直接繞過小欣脖子，拿槍抵住她的太陽穴。先前腹部的槍傷，因為起身動作的拉扯撕裂，灼熱感又再次出現。但這次的出血量明顯少了許多，也許因為自己也即將窮途末路了。

「連續殺人犯林家興，你已經被包圍了！不要再繼續執迷不悟，趕快棄械投降吧！」一名警察拿著擴音器喊著，在空蕩的廢工廠附近產生回音。

「小欣，醒醒吧！雖然我只是你們借刀殺人的工具，但蔡世新何嘗不把妳也當作他攀升的工具之一！哪天妳危害他利益時，不會把妳除掉嗎？這種人妳打算讓他繼續帶著假面具危害整個社會嗎？」我在小欣耳邊低聲說著。儘管四肢由於失血過多，已經逐漸不聽使喚，雙腳更是麻痺不已，但為了揪出蔡世新的惡行，我使盡所有力氣努力維持拖行的腳步。

小欣沒有任何表情，完全嚇呆了。探照燈刺眼的光線直入視網膜，更加重了我原有的暈眩感。警方荷槍實彈，不斷向前包圍，由於我抵住小欣頭部的槍枝相當堅決，使他們不敢冒然行動。不能就此結束，我還有該盡的社會責任！然而四肢已經不自覺微微顫抖，並不是因為害怕，而是生理上的反應，我已經不能自已。

「再不棄械我就要開槍了！」

王組長雄渾的聲音響徹雲霄，接著出現在我前方不遠處。

雙方僵持不下，但蔡世新那惡棍竟突然從人群中出現在王組長身邊，對我微笑著。

「媽的！惡魔！」我低聲咒罵。

他對王組長說了一段悄悄話，當然，我不可能聽到說了什麼。

我反射性地將槍枝對準前方，並不停來回於警方與小欣身上。

「砰！砰！砰！砰！砰！」

王組長突然連開數槍，幾顆子彈似乎擊中小欣，使她整個人癱軟下去，還有幾顆更直接進了我的胸膛。

「蔡……」我努力要大聲喊出真正幕後黑手的名字。

儘管我已經完全不再相信警方，但在場的那麼多人，即使就只有那麼一人，只要有人注意到我喊出的名字就好。

「砰！砰！砰！砰！」

又是一陣亂槍，我感到一種淋浴般的頭部溼熱。接著我失去對四肢控制的能力，四周瞬間安靜下來，眼前上演的彷彿是部沒有任何聲音的默劇。

雖然周遭一片安靜，但我還是聽到有人說著：「對付這種殺人魔，只能直接擊斃了！他挾持的那女人是他同夥，蔡議員已經找到證據了！」

這是我的想像，還是真的話語？

裝得一副正義天使，骨子裡卻是不折不扣的惡魔！

眼前頓時一片黑暗，卻浮現許多蔡世新不停竊笑著。

不只是蔡世新，所有和這些案件相關聯的人依序出現在黑暗的布幕上。

我好恨，只差那麼一步，竟然就這樣留下未盡的社會責任走了。

罷了！我徹底痛恨這個社會！

裝乖的阿吉不能相信！
拋棄我的惠娟不能相信！
愛翹班的陳醫師不能相信！
隱藏罪行的林護士不能相信！
跟醫院勾結的李顯恩不能相信！
開假死亡證明的何醫師不能相信！
假裝好心的議員助理小欣不能相信！
假冒早餐店死忠顧客的老黃不能相信！
徹底欺騙我兒女情感的假姍姍不能相信！
見風轉舵和蔡世新勾結的王組長不能相信！
披人皮的禽獸、萬惡不赦的蔡世新不能相信！

那麼，林家興就能相信嗎？
當然也不行。

那對亡命鴛鴦如果還是去動用祕密帳戶就會被警方逮捕。

因為二十年前早被北部警局的陳組長感化，供出祕密帳戶，為了維持幫派勢力均衡，陳組長一直沒有動作。但只要有人動了那個帳戶，就會馬上被逮捕。這是我和陳組長的祕密約定，去領款的人就是殺害前幫派參謀林家興的兇手！

這是給那對亡命鴛鴦的最後考驗！雖然我反對他們自首，但如果還是不知悔改，倒不如讓他們見見陳組長，也許會對他們的人生有了新的改變！

至於陳組長能相信嗎？

以前是相信的，但蔡世新這惡魔的存在，真的讓我對這社會徹底失望，再也無法相信陳組長以前跟我說過的動聽話語了！

這世上沒有一個人值得相信，

因為，

整個社會都病了。

第二部：金錢遊戲

ROUND 1.

「什麼！怎麼會這樣，又是跌停！」

看著「號子」裡電視螢幕一片慘綠，這已經不知道是第幾天的災情，讓我渾身顫抖不已。心臟早已無法負荷，隨時都有可能突然驟停，視野更是一片迷茫，再也無法順利呼吸。

幾個月前，股市上看萬點，景氣一片大好。我原本不過是個平凡的上班族，眼看周遭的人都紛紛瘋狂把身上所有的金錢投入股市，甚至還舉債投資。短短幾天只要幾進幾出，就賺了好幾個月的薪水，甚至還有人因此賺進一整年的薪資，根本就不用再看老闆臉色工作。

這些三不五時成為同事間熱門話題的真實案例，早就讓我心動不已、躍躍欲試。後來自己也抵擋不了這樣的誘惑跟著投入，不但因此嘗到甜頭，更被股市的迅速獲利所深深吸引。自此以後上班根本無法專心，只是不時手撫電話，一邊想著該如何下單進出，這樣的頻繁舉動，更因此觸怒了頂頭上司。但因為周遭能力比我還差的人都能大賺一筆，我本來就是商科背景，更自覺眼光獨到，根本不需要在這種愚蠢上司底下繼續受辱。沒多久便率性辭掉工作，專心投入股票投資，一心妄想以自己的聰明才智，必能成為股市大亨。

然而好景不常，原本賺進了數十萬元，卻因為無往不利，野心變得更大。透過「號子」內認識的人介紹，甚至向地下錢莊借了大筆貸款，即使知道那是相當不合理的高利貸，但我有自信可以從極短的時間內賺取更高的獲利，根本一點也不以為意。只是萬萬沒想到，這一片大好的美景，根本只是一戳就破的巨大泡沫。

「媽的！幹！」

我愈想愈氣，不禁縱聲吼了出來，但根本不必在意旁人眼光，因為一旁的幾位歐吉桑、歐巴桑早就不斷口出穢言、破口大罵。更有一位和我一樣二十出頭的年輕男子，憤然撕破原本緊握手中的數張傳單，撒在營業廳後轉身離去。

我不知道這些人究竟投入多少積蓄，但我前幾日早已全部「梭哈」慘賠，不信邪的我為了翻本，更還向地下錢莊借了大筆高利貸。全都是那幾個狗屁分析師信口胡言，什麼大盤已經掉到谷底就要反轉長紅，想想這種崩盤情勢才是泡沫戳破後該有的原型，而且還會繼續下探，我竟然到此刻才大夢初醒，但根本就已經窮途末路了。

「吳先生——」我所屬的女營業員面有難色靠了過來。「不好意思，今天又斷頭了，需要補錢——」

我不待她把話說完，早就伸出右掌制止，看都不看她一眼，已步履蹣跚走出「號子」。

——吳志明啊吳志明，這下真的該怎麼辦呢？

我漫無目的在街道上走著，根本不知道接下來該走向何處。早就耳聞向地下錢莊借錢不還的恐怖下場，當初真的對自己太有信心，心裡所想的只有錢財翻倍，根本不覺得會有還不出錢這回事。

這再熟悉不過的北部都會繁華街道，一轉眼竟變得如此陌生。而今的我只剩下迷惘，已然不知自己身處何處。站在十字路口邊，完全不知道該向左走，還是向右走，不禁停下腳步仰望天空。今天的陽光格外刺眼，讓我下意識瞇起雙眼。

「吳志明！」

一名男子的聲音喚醒了我，回頭一看，是一名打扮落魄、滿臉鬍渣的年輕男子。

「你是——」我滿臉疑惑打量眼前這名年輕男子。

年輕男子雖然五官清秀，但衣衫不整，頭髮又十分凌亂，這似曾相識的面孔，卻一點也想不起來他究竟是誰。

「你不認得我嗎？」這名年輕男子有氣無力地說著。

我再次仔細端詳這名男子，這下總算脫口而出：「你是林、林家興嗎？」

年輕男子這下總算點點頭，原以為他會對於我叫出名字而略顯高興，甚至因此再說上幾句話。但就在我認出他後，卻也只是毫不在乎別過頭去，接著雙眼迷茫望著對街，好似只是個在等待紅綠燈轉換的陌生人，恰巧出現在我的身旁。

我轉頭看著林家興，但他依舊只是望著遠方，沒有想再理會我的意思。這個莫名其妙叫住我的男子，又莫名其妙轉眼便不再理會我，真是讓我有些哭笑不得。

話說這個林家興，是我小學同班同學，由於位置就坐在我的隔壁，自然也會玩在一起。印象中他非常聰明，常常幫我解決很多難題，好似只要什麼問題遇到他，都可以迎刃而解。此外在玩遊戲方面，我自詡功課還算不錯，也常被老師誇獎為聰明的學生，但在遊戲方面就是完全贏不過林家興，而且屢試不爽。唯一一次贏過他後，我想這個勝利應該是來自於僥倖，雖然我並不討厭他，反而還對他的才智頗為欣賞。但我自從那次前所未有的勝利後，便決定再也不跟他玩任何遊戲，為的只是想保留那得來不易的勝利喜悅及虛榮。

不過儘管他相當聰明，在功課方面卻不是很突出，但我想那是肇因於他的單親家庭，又有一個會酗酒鬧事的問題父親，讓他總是有一天、沒一天地上學。老師明顯對他非常不友善，也因此讓他常被其他同學排擠。

或許因為這個緣故，反而讓我對他有些同情，那時還會主動送他很多我不要的玩具，或是分給他很多零食，跟他的交情應該還算不錯，至少我是這麼認為。但畢業後各走西東，自然也就沒再聯絡過，我也不知道他後來到底去了哪裡，現在又在做些什麼。不過以他的聰明才智，應該會有相當不凡的成就吧？

——不過他能夠從背影就認出我，還能篤定叫出我的名字，真的還是太厲害了。

為了打破這尷尬的場面，我只好率先開口繼續說著：「真的好久不見，近來還好嗎？」

「不好——」林家興這下總算轉過來看著我。「你還記得我爸嗎？那該死的爛人總算死了，本來值得慶賀，但——」

「啊——」我知道林家興和他父親感情非常不好，但這樣的反應還是讓我有些意外。「還請節哀，年紀大了總是——」

我說完後有點後悔，其實想也知道林家興的父親年紀不可能多大，但遇到這種尷尬的場面，我實在不知道該如何接話。

「哼——」林家興冷哼一聲。「那爛人終於有自知之明自我了斷，卻還留下一屁股債給我，害我只能準備跑路——」

「自、自殺嗎——」我不禁雙眼微睜。

「唉——」林家興搖搖頭。「他之前向地下錢莊借了一堆錢，跟著一群白痴一窩蜂去買股票，全被套牢慘賠後，自己知道根本還不出錢，總算良心發現去死一死了。但我和那老頭早就斷絕關係，不知道地下錢莊從哪知道消息，反過來開始向我討債，說什麼『父債子還』，一路糾纏到底，就是不會輕易放過我——」

我聽了以後不禁打了陣哆嗦，林家興所咒罵的對象，不正就是在下本人嗎？

「那你有什麼打算？」我緊皺雙眉問著，很想知道林家興和我即將要面臨的難題，能有什麼方法解決。或許問問聰明的他，真能有什麼可以參考的救命方案。

「還能有什麼打算——」林家興毫不在意地說著。「難道我能去搶銀行嗎？沒錢就是沒錢，還不就爛命一條。」

「你說得簡單！」我看到林家興那副事不關己的模樣，真讓我有些惱火。

「吳志明啊——」林家興搖搖頭。「我看你該不會像那些笨蛋一樣也跑去買股票，還跑去跟地下錢莊借錢，不然受害的明明是我，你幹嘛那麼激動？」

「這、我——」

對於林家興這突如其來的反問，我竟然完全語塞不能回應，更是久久無法言語。

這時紅燈已經轉綠，不待我作出回應，林家興竟轉身直接離去，跨步走上斑馬線，只留下不知所措的我呆立原地。

眼看林家興已經快走到馬路中線分隔島，我總算回過神來，拔腿就往林家興的方向狂奔而去。

ROUND 2.

「林家興，這樣真的沒問題嗎？」

我盯著林家興不禁有些質疑，但他還是一副老神在在的模樣。

那日在街頭上與林家興巧遇，好在最後有和他要到聯絡方式。果不其然，在得知我還不出錢後，地下錢莊馬上開始無情催討，而且那欠款金額愈滾愈大，早就已經成為不可能償還的天文數字。而我為了躲債，經過幾次被人毒打後，早已逃離原有的住所，一下就成為黑道追殺的目標，親友對我當然也是避之唯恐不及，根本沒有人可以投靠。其中某個最令人徹底絕望的至親，虧我從以前就一直對他小孩那麼好，真該說比他自己本人都還要疼他的小孩，結果說翻臉就翻臉，馬上不認有我這個欠了一屁股債的親人，無情拒絕我的所有聯絡，這樣的反應真讓我心寒不已。

經過一段時間的逃亡，我真的已經精疲力盡，彷彿不管躲到哪裡，都終究還是會被逮到，只能開始在街道上漫無目的四處遊蕩。原本走投無路下，真的只能想到一了百了，恍惚之中卻被一名看起來像是中學生的少年撞個正著。這名少年手中的一疊紙張散落一地，每一張都是內容相同的一長串姓名、地址及電話的表格，不難判斷這是班級通訊錄。少年只是瞪了我一眼，便匆匆忙忙撿起散落一地的紙張，我也跟著彎身撿起更遠之處的幾張通訊錄。我不知道這一切是我的疏忽，還是少年自己也沒有注意，不過就在我滿懷歉意撿拾完身邊的紙張後，少年只是一把奪走便悻悻然離去。

我原本還在想，先不論這個意外碰撞，究竟錯在誰的身上，這名少年如此無禮，還是讓我覺得很不是滋味。不過那一張張的通訊錄，倒是讓我想起了小學同學林家興，而之前跟他要到的電話號碼紙條，還擺放在我空蕩蕩的皮夾中。雖然不知道他父親是跟哪間地下錢莊借錢，但一想到他的狀況應該也不會比我好到哪去，恐怕也已經不知道躲到哪兒避風頭，那電話號碼我想或許早就已經失效。但想說只是碰碰運氣，看他有沒有什麼能耐可以解決這種逼死人的困境，不然我還真的完全想不到任何其他可以求救的人士，突然興起在路邊用公共電話嘗試撥打的念頭，不過這才想起自己早已身無分文，連半毛錢也沒有。

我回想起曾經看過有人因為身邊沒有小額零錢，為了撥打公共電話，只能一次投入五元或十元，當然這公共電話就算實際通話沒有用完所有費用，並不會自動找零。好心的撥打者通話結束後，就會將話筒擱置在公共電話上頭，以免掛上電話後剩餘的未通話金額直接被電話沒入，可以留給下一個有需要的人免費使用。

不過就在我下定決心躲在一旁靜靜等待時，只見零星幾名民眾撥打電話，但短短結束通話後便順勢掛上話筒，根本就沒有餘額可以留給後面的人使用。

半小時、一小時過去，要不是我已經沒有人生目標，正常人恐怕也不會再繼續這樣枯等下去。正當我不知道該不該再進行這了無意義的舉動時，下意識地摸摸口袋，想不到外套口袋中竟然還有幾枚銅板，自己先前卻完全沒有注意到，還以為已經身無分文。

就在我覺得幸運之神降臨，準備走向公共電話之時，卻被一名年約三十歲的男子突然插入，不過我也不以為意，因為都已經如此耐心等待多時，也不差再多等一會兒。

我不想打擾到這名男子，刻意和他保持一段距離，但還是有注意到他拿出十元投入公共電話，講沒幾句準備掛上電話。但當他回頭瞥見我也在排隊等待，便把話筒擱置在公共電話上方，並對我露出淺淺一笑，接著轉身離去。

——其實這便是我最想等到的結果，雖然我剛剛已意外發現身上還有幾枚銅板，但經過漫長的等待，終於還是讓我等到最想要的結果，甚至可以說必須運氣極好才有可能遇到。就算來得遲也無妨，總覺得我似乎還沒被幸運之神所完全遺棄，甚至這種機率極低的運氣，更讓我感覺可以順利聯絡到林家興。

果不其然，在我接手公共電話按下重置鍵撥打林家興留給我的號碼後，響沒多久，電話竟然接通。

我原本還擔心接起電話的人，恐怕會是向林家興討債的黑道份子，在對方出聲前，我根本不敢主動開口。

不過這樣的緊張氣氛一下便宣告瓦解，因為電話的另一頭傳來林家興悠然自在的聲音，我也因此總算順利和他聯繫上。

回想這整個過程，真是充滿了戲劇性。要是我沒有撞到那沒禮貌的少年、要是我沒有摸到口袋中的零錢而直接放棄等待、要是我沒有遇到那留下餘額給我撥打電話的好心男子、要是林家興正好不在電話旁，或許我真的早就不在人世。

看著眼前那神情堅定的林家興，好在這一連串的演變，真的在在顯示上天還沒有拋棄我，讓我最終還是找到了我的救星。

「吳志明，相信我——」林家興開口說著。「你看看我現在的樣子，還需要擔心被黑道追殺嗎？這種事也只有這種方式可以解決了。」

「嗯——」我點點頭，想要說些什麼話來反駁，卻也開不了口。

林家興繼續開口問著：「我記得你以前在班上功課算很好，好像都是全班前幾名，你英文應該不錯吧？」

「嗯——」我又再次微微頷首。

「這就對啦——」林家興拍著胸脯說著。「有我擔保，有我推薦，況且都是同一間公司，只是不同部門，你到底還怕什麼？你原本就是商科背景的上班族，英文程度又好，那邊要處理國際業務，這份工作一定很適合你，可以學以致用。這工作又那麼安穩，還可以邊做邊還債，他們也正好缺你這種高知識份子，不然難道你還有更好的選擇嗎？」

面對林家興的勸說，我完全無法抗拒，與其說他語帶保留而讓我自己做決定，不如說根本就沒有選擇餘地。看著眼前的林家興，和上次的模樣完全不同，不但西裝筆挺，頭髮更是梳理整齊，嘴上及下巴光滑潔淨，完全沒有一絲鬍渣，一整個看起來就像個神采奕奕的高階幹部。

姑且不論我是否會加入，他當初到底是怎麼進入這間公司，而且看起更像短時間又坐上重要的幹部位置。但能有這種徹底解決被黑道追殺的方法，我還真是服了他，不愧是我小學時期的好友兼智多星，總是能想出意想不到的解決方法。要不是有他的幫忙，我還真不知道該怎麼來應徵這間公司，更不用說還想到用這間公司的穩定收入來還債。

——雖然林家興沒有明說，但這工作的相關內容，到底又是什麼？

我左顧右盼，看著林家興還算氣派的辦公室，外頭還有幾名部下隨時待命，可以協助處理各項事務，年紀輕輕就能成為人人稱羨的主管，要說不羨慕還真是騙人的。雖然不知道他如何在那麼短的時間內成為這間公司的幹部，得到「老闆」如此器重，但我相信聰明如他，本來就有這樣的本事。日後我加入這間公司，既然他都那麼願意對窮愁潦倒的我即時伸出援手，就算在這間公司之後分屬不同部門，要是我遇到什麼困難，我想這名老同學應該也還是很願意幫我解決難題。不，既然林家興都是我的救命恩人，若同屬一間公司，反倒是我日後該好好在業務上報答他才是。

想到此處，我已經不再猶豫，直接開口說著：「林家興，謝謝你願意幫我這個老同學——」

林家興不待我把話說完，直接伸手制止我繼續說下去，反倒開口說著：「好好好，你想清楚就好，也沒別的方法，錢的事好談，我也是『老闆』先幫我還清，我再慢慢工作償還。『老闆』事業做得很大，真的很有錢，欠『老闆』錢是不會加計利息的，慢慢償還就好。你的部分我也會拜託『老闆』幫忙，這你就不用擔心。不過你到現在為止，到底欠了多少錢？」

我怯生生地把那筆天文數字小聲說了出來，只見林家興雙眼微睜，停頓了好一會兒才又開口：「嗯，這樣啊，我得去好好拜託看看『老闆』——」

看著林家興面有難色地起身來回踱步，讓我的心情也跟著沉重下來。

ROUND 3.

「惠娟，這份文件想請妳參考一下——」

我把同事賴惠娟叫進了我的辦公室，請她協助我處理一些較為複雜的文件。能有今天這樣安穩的日子，又能重返我先前逃離的住所，真的得好好感謝林家興的大力幫忙。林家興一如先前承諾，真的成功說服「老闆」幫我償還天價債務。不但如此，就連「號子」那邊的欠款也全數繳清，還安排我進入了公司專門處理帳務的部門。雖然與「老闆」簽下不計息的新借據時，心裡多少都還是有些疙瘩，不過沒想到才短短不到一個月，我不但完全擺脫了黑道的恐怖追殺，我也和林家興一樣，擁有自己的個人辦公室，這種被重用的感覺真的很棒。

這是一間專門處理貿易轉賣的公司，而我所屬的就是處理整間公司帳務的部門。雖然我不清楚林家興的部門究竟在做些什麼業務，不同於他那幾名看起來兇神惡煞的部下，我這邊倒真的很像一般上班族在做的事，幾名同事看起來也都很和善。雖然林家興口中說的是不同部門，其實在我進入這個部門後，才發現實際上是同一名「老闆」旗下的獨立公司，還有向政府登記在案。

在股市崩盤下，公司業績竟然還能逆勢成長，每天都有大筆收入，生意非常好。倒是「老闆」因為不信任國內銀行，拋下要我想辦法到國外開戶的任務，因為「老闆」行事低調，而且旗下事業真的很大，資金非常充裕，想要合理「避稅」，要求還要是那種外國電影裡常出現的祕密戶頭。當然我知道這種「避稅」一定是遊走法律邊緣的事，講明白一點，根本就是想把大筆資金藏到海外，但「老闆」都大發慈悲幫我先償還高利貸，使我獲得重生，不管究竟合不合法，我都沒有理由拒絕「老闆」的各項要求。但這任務倒是讓我有些傷透腦筋，這才想找惠娟一起來研究看看。

說到惠娟，是一名與我年紀相仿的年輕女孩，留著一頭捲曲的秀髮，五官端正，個性乖巧又相當平易近人。要不是因為知道她早就名花有主，男友又正好就是我的救命恩人林家興，我想我都會對她有些心動。

「惠娟，有妳的東西，請來簽收喔！」

一名女同事跑到我辦公室門邊說著。

我本想再和惠娟說清楚這份文件的內容，不過外頭的東西需要惠娟簽收，總也不能攔著，只好使了個眼色讓惠娟先帶著文件離開。

我站在辦公室門口，目送惠娟離去的纖細身影，她確實和林家興非常登對，看著看著內心竟不覺有些羨慕起來。不過我當然不可能對惠娟敢存有什麼非分之想，只是深深期盼待一切生活步上正軌後，我也該像林家興一樣，好好追個女朋友約約會。

等到惠娟簽收完畢轉過身來，那物件總算浮現眼前，是花店送來一大束玫瑰花，花束中少說也有數十朵鮮紅的花朵。

——應該是林家興吧？向來個性有些神祕的林家興，想不到也有這麼浪漫的一面，怪不得能追到像惠娟那麼好的女孩子。不過雖然他們兩人刻意隱瞞男女朋友的關係，但其實我也有觀察到，他們兩人都戴著款式一模一樣的情侶項鍊。

「呦，男朋友送的喔——」剛才前來請惠娟簽收的那名女同事，刻意拉高音調說著，眼神明顯透露羨慕之意。

「唉，不是啦，一言難盡——」惠娟顯得有些煩惱。

——看到惠娟面有難色，反倒讓我有些擔心起來。

這間公司業務量雖大，但這些帳務類的簡單工作處理起來還算得心應手，而且總員工數並不多。在場的員工就我、惠娟還有這名女同事，另外就是一名男同事今天請假沒來。而公司所登記的負責人，從我工作至今還沒見過，看起來很可能只是個掛名者，我想並不是真的「老闆」，「老闆」才是真正的背後金主。雖然「老闆」有解釋負責人掛病號請了長假，能找到我暫時接手真是解決了他的棘手難題。

不過說實在，我從頭到尾也沒見過「老闆」，可能是我目前層級還不夠高。從償還地下錢莊借款，到與「老闆」簽下新借據，上頭資金提供者名字是空白的，等於我也不知道「老闆」的真實名字，都是透過林家興接洽。到了這間公司上班後，又變成凡事透過惠娟向林家興聯絡，所以我剛剛才想把我目前研究國外開戶的想法先告訴惠娟，好讓她再透過林家興轉告「老闆」。

當然，我是一直深信老同學不會害我，能夠這樣獲救重生，我已經相當滿足。雖然也一度懷疑新借據與這間公司是否有什麼問題，尤其是借據上的資金提供者還是空白的，簽起來總是覺得怪怪的，不過老實說除了對林家興的極度信任外，我也別無選擇。只是在我到這間公司上班前，林家興有特別交代，要我好好照顧他的女友賴惠娟，也要對公司其他同事將他和惠娟是男女朋友的事保密。現在看到她似乎對這束漂亮的玫瑰花感到困擾，我也不得不前去好好關心一下。

「惠娟——」我將惠娟請到一旁，遠離那位女同事後，才開口小聲說著。「這束花不是林家興送的嗎？」

惠娟先是搖搖頭，停頓了好一會兒才又語帶抱怨開口說著：「不是，他才不可能做這種事，而且最近還被我發現常跑去酒店，不知道在幹嘛——」

「酒店？」我輕皺眉頭問著，我想這可能是業務上談生意的需要，但身為女友的惠娟，當然會對此非常介意。這樣聽來這束花還倒比較令人擔心，到底是誰如此不知好歹，竟敢向林家興公然挑戰，想著想著我還是忍不住再次開口。「那這束花到底是誰送的？」

「唉——」惠娟輕嘆了一口氣。「我早就拒絕過他很多次，都說我已經有男朋友了，還是一直聽不進去，我真的覺得蠻困擾的——」

我瞄向花束中的卡片，上頭寫著一段很憋腳的情詩，最後面署名的是「李顯恩」。

「李顯恩？他是誰？」我疑惑地問著。

「呃——」惠娟停頓了一下才又開口說著。「一個先前就認識的人，前陣子又不巧遇上，早說過不要煩我，卻還是——」

「需要我幫忙勸退他嗎？」我語帶關切地問著。

「唉——」惠娟又再次輕嘆了口氣。「我想為了大家著想，也還是不要得罪他比較好——」

「這有什麼好怕的，我幫妳出面跟他好好講，甚至假裝是妳的男友也可以，我一定會讓他知難而退！」

惠娟不知道是因為看到我過於激動，還是怎麼了，竟然一掃憂鬱，面露苦笑說著：「我看還是不要鬧大吧，我自己會好好處理，他畢竟是市議員助理，也不好跟他撕破臉。而且其實他人也不壞，還算善良、浪漫，就是有點煩人就是了——」

不知道是不是我的錯覺，惠娟說這段話時感覺有些羞澀。其實我倒是真的不知道惠娟和林家興感情狀態究竟穩不穩固，想起剛剛惠娟抱怨林家興最近常上酒店，難道不是單純洽談公司業務，而是真的另結新歡。這好像又跟林家興當初殷切拜託我好好照顧惠娟的印象大大不符，難不成這陣子他們兩人的感情生變？我實在不敢多想，卻也不知道該不該警告林家興，他可能已經出現競爭對手，要他最好還是小心一點。

就在我還在猶豫的當下，竟瞥見惠娟將花束中的小卡悄悄收進衣服口袋中，接著面露無奈拎著花束走向洗手間，看起來是想把這束花朵處理掉。

「惠娟——」我看著惠娟離去的身影，還是忍不住跟上去說著。「有什麼需要幫忙的話，儘管找我不要客氣，林家興是我多年好友，我一定會好好照顧妳的——」

惠娟只是回頭微微一笑，便又轉身繼續往洗手間方向走去。

看著惠娟逐漸縮小的離去身影，在我心中對於林家興及惠娟的疑惑反而愈形膨脹。

ROUND 4.

在那次「玫瑰花事件」後，我又至少三次撞見惠娟在公司內收到花店送來的花束，不過直到第三次時，惠娟竟然沒有直接將花束丟掉，反而真的收了下來。因為惠娟自從我第一次表達關切後，並沒有針對此事主動找我討論，我也不好又跑去一再關心詢問，我想搞不好我再次關切才會真正造成惠娟的困擾。

雖然後來三次的花朵均不相同，但既然惠娟都說過林家興並非會送花的浪漫男子，恐怕這些花朵又是惠娟之前說過的那名市議員助理「李顯恩」。

對於這件事，我始終放在心上，但因為平常都是透過惠娟向林家興聯絡，總不可能再透過惠娟來傳達這個警訊。當然我也可以主動去找林家興，只是想想為了這種還無法確定的事，就特別約見或撥打電話，總是覺得非常刻意。搞不好還會被誤認為是在挑撥，想破壞他們兩人的感情，只好靜靜等待其他見面的機會，再順道輕輕帶過這件事。

好在我研究好如何幫公司在國外開辦祕密帳戶的可行方法後，林家興總算主動約見我。

重回林家興的辦公室後，我這次發現他的辦公室比我當初第一印象還要小上許多，可能因為我已經坐慣我所屬的個人辦公室，空間更為寬敞。

「吳志明，這個方法確定可行？」林家興一臉正經問著。

我點點頭，因為這個海外開辦祕密帳戶的方法，我已經請教過許多曾經開過戶頭的人，其中更有在幾個月前才去海外辦好的。

回想這整個詢問過程，自己也覺得好笑。我先是向過去上班的公司表明，我已經被挖角跳槽到其他間公司擔任「代理總經理」職務。想不到以前的老闆竟然還很配合，說什麼在我離職後，確實有人不願表明身分，卻一直打來探聽我的為人處世及工作能力等情報。他當然據實以報我非常優秀，英文能力很好，他也很堅信我確實是被其他公司給挖角走。

我聽了真的不可置信，這不過隨口編出這樣的離職跳槽理由，只是想藉此拉高自己的身分地位，好來跟他探聽商場祕密情報。尤其是海外開戶這件事，想不到這名前老闆竟然還如此配合我，順口說出這樣的誇張謊言，想也知道是不可能的事。就算我學歷還算不錯，但在前公司也不是什麼業界響叮噹的人物，怎麼可能會有人特別前來打聽挖角。

不過我也不願意戳破前老闆的假惺惺個性，原本就知道他是一名相當勢利眼的人，以前更和幾名同事都不時在他背後輪流咒罵過不知多少回。只要讓前老闆看著我「代理總經理」的名片，還有我全身上下的名牌飾品及衣物，再加上我奉上的高貴禮品及厚重紅包。他第一眼見到這些東西及我出手如此闊氣後，一改以往對我的鄙視，態度迅速一百八十度大轉變。那小丑樣貌的滑稽神情，真讓我只能忍住不笑，不過他倒是非常識相，認真思考我向他請教的海外開戶議題。

沒幾天，前老闆還真的約了個飯局，介紹我認識幾名更有錢的大老闆。我在飯局中也表明，我是受雇於一名在國內有錢有勢的大老闆，礙於保密我也不便透露老闆真實身分，老闆希望我能低調幫他在海外開設一些較為隱密的帳戶。

這幾名大老闆只是笑眼瞇瞇沒有多說什麼，我原以為他們根本就沒有門道或不當一回事，沒想到飯局結束後，我反而接到他們祕書的來電。我事後才知道為什麼這幾名大老闆不願意當場告訴我，因為整個程序不但遊走法律邊緣，說起來細節還算非常複雜。我想那幾名大老闆也不可能知道怎麼開戶，一定是底下的幕僚幫他們搞定的。

「吳志明——」林家興突然站了起來。「我想我真的沒錯看你，才敢如此向『老闆』擔保推薦，『老闆』對你的表現非常滿意，吩咐要你取代原有負責人，直接擔任公司的總經理，當然薪水還會再往上調整——」

「這——」我聽了以後不禁雙眼微睜。「那原本的負責人呢？」

林家興搖搖頭：「他還是挨不過掛點了！所以『老闆』本來就有意安排你接棒，剛好藉此變更負責人，好讓你直接以負責人身分去海外開戶——」

「嗯——」我點點頭。

其實因為從未見過那個掛名的負責人，這樣的結果也不令我感到意外，原以為「老闆」可能想要自己跑一趟國外開戶，屆時我當然也會陪同。不過畢竟這種只認帳號及密碼的祕密戶頭，只要「老闆」事後再用越洋電話變更密碼就好。這間看似正派經營的國外銀行，這種專開給各國有錢人使用的祕密帳戶，早就以認帳密不認人方式行之有年，好像用誰的名義去開戶也沒有太大的差別。況且若用我這種還有政府立案的公司負責人去開辦，成功機率更高，根本就不需要「老闆」親自出馬。想想這種遊走法律邊緣的戶頭，或許由我去開辦更為適合，就算真的不幸出事也可以撇責，因此會有這樣的結果，老實說我也不是很意外。

「嗯，很好——」林家興微微頷首。「『老闆』有特別交代，等你成功開辦好這祕密戶頭，公司就完全屬於你的。只要把公司的帳務都弄好，你以後愛怎麼經營就怎麼經營，還有你欠『老闆』的債務也會直接扣掉一百萬元當作獎金。沒問題的話，你就去變更負責人吧，最好這三個月內可以搞定這個戶頭，因為『老闆』有可能馬上就會用到。」

我點點頭，本想說「老闆」願意加薪已經非常不錯，竟然還有額外的獎金。回想起當初第一次拿到月薪，雖然其中三分之一被扣去償還債務，但我還是難掩欣喜之感。

得到林家興轉達「老闆」如此明確的指示後，眼看林家興也沒有想再與我攀談的意思。我本想就此離去，但突然想起另一件重要的事，因此停下腳步。

遲疑了好一會兒，我總算還是開口說著：「林家興，有件事我覺得你還是稍微注意一下——」

聽到我又突然開口，原本低頭看著文件的林家興，這才抬起頭來說著：「怎麼了？」

「你跟惠娟最近還好嗎？」我關切地問著。

「怎麼了——」林家興輕皺眉頭，顯得有些不耐。「我知道她個性有些黏人、煩人，她有給你添什麼麻煩嗎？」

我搖搖頭：「沒有，惠娟個性很好相處，你能追到她真是你的福氣，好好珍惜啊——」

「到底怎麼了？吳志明，你到底想說什麼？」林家興繼續追問。

「唉——」我輕嘆一口氣。「林家興，你是不是常跑酒店——」

林家興聽到以後先是一愣，而後又恢復冷峻的神情說著：「惠娟那死三八到底跟你多嘴了什麼？」

「沒有——」我察覺林家興的不悅，斬釘截鐵反駁著。「我只是從別人口中得知你會跑去酒店，我想這若是讓惠娟知道一定會很不舒服的。」

「少來，她針對這件事都不知道跟我鬧過幾次，想不到還去找你投訴。真是無聊，是那死三八託你來勸我的嗎？」

想不到我的謊言一下就被林家興拆穿，我不甘示弱，還是繼續否認著：「沒有，林家興，我早說過沒有。這件事與惠娟無關，但我當然知道這是和你的業務有關，才會需要去酒店談談生意。我在上一間公司偶爾也需要如此，這我很了解。如果你有需要幫忙，我也可以去勸勸惠娟不要胡鬧，她只是不了解，這是很常見的談生意場所。」

林家興看了我一眼後，只是意味深遠地笑著：「這倒是不用麻煩，我自己的女人我自己會管好的——」

「我只是想說，好好善待自己的女友吧。像惠娟那麼好的女孩子，肯定會有很多人想追的！」

「好好好，還真是謝謝你的關心。我和惠娟的感情關係早就密不可分，沒有那麼容易被人破壞的，除非——」

「除非什麼？」我疑惑地問著。

「除非想破壞的那人是你，這才有可能發生！」

林家興雖然半開玩笑地說著，但我聽到他這段話不覺有些震驚，不過還是盡可能保持我的鎮定。

或許是見到我有些愣住，林家興趕緊以手肘輕碰我說著：「開玩笑的啦，我知道你沒有交過女朋友。下次我帶你去酒店見見世面，看看你喜歡哪一型的，算我請你！」

聽到林家興這麼說著，我總算鬆了一口氣。我不否認我還蠻喜歡惠娟，她算是我理想的類型，但對她只是單純欣賞，絕對沒有任何遐想。要是被林家興誤會，我還真不知道該怎麼解釋。

就在我轉身準備離去時，林家興突然開口說著：「對了，吳志明，其實我去酒店不是談生意，是真的去找女人。那邊的女人真的溫柔體貼，很清楚知道男人想聽什麼話，這點惠娟完全不能相比。男人若不壞點，女人是不會愛的，下次真的帶你去見識見識，我想你一定也會很喜歡的——」

我看著林家興不懷好意的笑容，想到惠娟實在可憐，對這種壞男人如此鍾情，我竟有一股很想對眼前這名救命恩人吐口水唾棄的衝動。

ROUND 5.

經過兩個多月的努力，我總算成功完成海外祕密戶頭的完整開戶。從變更負責人到申請相關文件，還有親赴海外全都由我一手包辦，更在海外待了快要一個月。當然，這期間耗費無數金錢，尤其是待在國外的那段日子花費更凶，更有一些管道需要私下付錢打通。「老闆」也很慷慨，這些費用都全數買單，也讓我毫無後顧之憂。

在我將這項好消息帶給林家興後，過了幾天，林家興告訴我，「老闆」很高興，將我的債務直接減了兩百萬，比當初約定的獎金還要高出一倍，可見「老闆」試用這個祕密帳戶後真的很滿意。算一算以我現在這個工作的收入，還有「老闆」不時給的巨額獎金，我想不出五年內，真的有機會順利還完對「老闆」的欠款。

休息幾天調整時差後，我總算再次回到公司，在街上抬頭看著這個已經屬於我這位總經理所有的公司，一切都令人覺得非常快意。

不過就在我準備踏進商辦大樓之前，見到一名身穿西裝、打扮俐落的年輕男子，看起來應該比我還大上幾歲，站在騎樓的一角，而雙眼只是直盯著大樓入口。男子右手拿著一小束花，儘管花束刻意藏在背後，還是很難不讓經過的人發現這束花朵的存在。

「有什麼事需要幫忙嗎？」我朝向這名男子邊走邊問著，男子見到後反而想要轉身就走。

「李顯恩！」我見到男子想要離去，望著背影大聲叫了出來。

男子聽到我的呼叫，這下總算停下腳步。

「我——我認識你嗎？」男子轉過身來，並怯生生說著。

雖然我先前沒有見過李顯恩，但見到男子的心虛反應，這下我更能確定他就是李顯恩。

「我知道你，也知道你想做什麼——」我走向李顯恩，並從西裝外套暗袋掏出我的新名片遞了出去。「我是這間公司的總經理，我知道你想對我的部屬惠娟做什麼事，請停止對她的搔擾。」

「我——」李顯恩欲言又止。「我才不是搔擾，我是真心的，我跟惠娟早就認識多年，惠娟明明一直對我也有好感！你們公司不讓她與我見面，逼她對我說出什麼有男友的謊言，現在又對花店說什麼她已經離職無法收貨，我就是不相信，才會親自來這裡等她。你們只想阻撓我們兩個，這才是對我們的搔擾！」

「好感！什麼好感！」我瞪大雙眼，伸手一把揪住李顯恩的衣領狠狠說著。「你真的是在搔擾我的員工，告訴你，我就是惠娟的男友，識相點就快給我滾！」

「你，不可能——」李顯恩用力掙脫我的手，先是瞄了我之前遞給他的名片，接著回瞪一眼，並語帶憤恨說著。「我警告你，我也不是好惹的，你自己小心一點！」

李顯恩話剛說完，便將那束花扔在地上，頭也不回轉身離去。

目送李顯恩悻悻然的身影，我也不甘示弱朝他的方向吐了口水，心想惠娟被這種雖然看起來相貌堂堂，實質上卻是變態的瘋子給纏上，還真令人同情她的悲慘遭遇。既然惠娟都已經動用到「離職」的方式來拒絕花店的後續送貨，想來惠娟恐怕真的已經受不了李顯恩的持續搔擾，才會出此下策。

回想起李顯恩剛才離去前撂下的狠話，我一點也不以為意，雖然惠娟總說李顯恩是市議員助理，勸我最好不要招惹。但我始終無法明白，就算是市議員助理又如何？看他那懦弱怕事的模樣，儘管年紀應當大上我幾歲，我不過狠狠說他幾句就被嚇成那種樣子，和我見識過真正黑道狠勁，相比之下真的差遠了，我更還因為欠債而被狠狠揍過。像李顯恩這種沒見過世面的人，嚇嚇惠娟這樣善良的人還可以，但對我來說根本一點也不足以畏懼。

待到我平息怒火，上樓踏進位於商辦二樓的公司後，果然只看到那名女同事而不見惠娟的身影。想必惠娟為了躲避李顯恩的搔擾，這陣子可能都是請假的狀態。

「呃——」女同事停頓了一會兒，而後才又開口說著。「應該稱呼你為吳總，這陣子的那些單據我先用之前刻好的大小印章蓋好，帳務也都先做好，放在你的桌上了。」

我只是向這名女同事點頭微笑，便走進我的個人辦公室。重回闊別月餘的辦公室，竟有一種相當懷念的感覺。拿出我的新名片，上面的抬頭印著公司「總經理」，看著看著總讓我覺得特別心曠神怡。想想這幾個月歷經了人生最大的起伏，只差那麼一點，可能就已走上了絕路。如今算是完成「老闆」交辦的艱難任務，從事後「老闆」加碼的獎金看來，應是相當滿意。往後應該很有機會獲得「老闆」重用，甚至以自己的學歷，還有機會爬到林家興上頭。

——想到此處，我不禁搖搖頭。

因為再怎麼說，林家興也是我最重要的救命恩人。雖然我擁有多項林家興所沒有的工作強項，只要假以時日，應該很容易被「老闆」重用，但畢竟林家興算是我的重要伙伴而非競爭對手。我實在不該抱有這樣的想法，想來想去難道是因為惠娟的關係，而讓我出現把林家興當成假想敵的想法嗎？

原本只是隨意翻翻辦公桌上的文件資料，但看著看著我突然嚇了一跳。

桌上的這些文件單據，押上我這負責人署名的印章當然沒有問題，但看到單據上買賣日期根本還沒到來，而且這些單據的金額，都是前所未有的大筆交易，怎麼會出現這樣的錯誤。原本以為只是一、兩張因為作業疏失而有弄錯，想不到一整疊都是，後面一半的負責人尚未蓋章，但這疊單據的日期看起來根本就是蓄意，並不像是作業上的疏失。

在我仔細翻閱後，又發現將近一半的單據，上頭廠商的負責人名字和那名女同事雖然不同名，但其實還蠻相近，讓我直覺可能有些問題。這樣龐大金額的未來單據，還要我押章負責，我怎麼可能蓋得下去，想都沒想就拿著這些文件，走出辦公室詢問那名女同事。

「嗯——」我表情嚴肅對著女同事發問。「我說這些單據金額那麼大，為什麼日期都弄錯了，交易又還沒發生，怎麼會有這些交易收據——」

「吳總啊——」女同事刻意挑眉說著。「你是真不知道，還是故意刁難啊？」

「什麼意思？所以這是故意的？」我質疑著。

「當然啊——」女同事毫不在乎地說著。「難道你真的不知道上游公司的林總，就是我的姊姊嗎？沒發現我們名字很像嗎？你以為我們公司是在做什麼的，真的會有那麼多的交易嗎？」

我緩緩點頭，並伸手制止女同事繼續說下去，其實我早就懷疑這間公司，恐怕有很多都不是真實交易。不過因為之前都是前負責人署名的單據，只是依據這些單據做做帳務，倒也不以為意。現在我已經成為這間公司的負責人，要以自己名義進行這些假交易，就會令我有些心驚膽跳。但想想都已經成為這間公司的負責人，總不可能突然收手，況且當初到海外開辦這間公司的祕密戶頭，早有心理準備會有遊走法律邊緣的事。更何況老闆都代為償還天價債務而獲得重生，就算要我犯法我也二話不說心甘情願，所以這種事也沒什麼值得追究，只要想辦法不被發現就好。

「所以我說吳總啊——」女同事冷眼看著我，接著竟停頓了好一會兒，才又繼續以酸溜溜的口吻說著。「你到底有什麼問題嗎？」

「呃——」

我本想開口隨便說些什麼理由搪塞，想不到就在我遲疑之時，竟有一名身穿制服的員警闖了進來，讓我與女同事都不禁嚇了一跳。

ROUND 6.

「吳志明是誰！」

這名突然闖進公司的員警，看起來還不到三十歲，卻是一臉兇神惡煞的模樣，不但濃眉倒叉又滿臉坑坑疤疤。這一連串的粗魯舉動，讓他看起來更像個快要四十歲的魯莽大叔。

「我就是！」我眼神堅定往前走了一步。

「嗯，你這傢伙就是吳志明啊——」這名員警上下打量著我，並秀出了警察證件，上頭寫著「王立信」三字，看起來確實是一名貨真價實的警察。但為什麼一名員警會這樣氣急敗壞闖了進來，真讓我一頭霧水，也不覺有些緊張起來。

警員王立信接著左顧右盼，沉默了好一會兒，而後才開口說著：「你們公司是不是有位職員叫做賴惠娟？」

「是的，有什麼問題嗎？」我滿臉疑惑問著。

「她人在不在辦公室？」王立信緊皺眉頭盯著一旁的女同事問著。

雖然不知道這名員警的來意，面對警察詢問，我總不能也撒謊說惠娟已經離職，要是惠娟真的捲入什麼麻煩，這種謊言員警只要再稍加調查就會真相大白。

原本我還在煩惱該怎麼回答，不過女同事反倒搶先開口說著：「這位警察大哥，賴惠娟先前就已經離職了，所以她現在當然不可能在辦公室裡——」

「離職？」王立信瞪大雙眼說著。「我堂堂一個警察接獲線報前來盤查，妳還敢跟我撒謊！」

「這位大哥——」我見到王立信對女同事的態度愈形強硬，試圖緩頰說著。「到底是怎麼回事？惠娟出了什麼事嗎？」

「哼——」王立信冷哼一聲。「出事的不是這個賴惠娟，而是你，吳志明，你惹禍上身，就要倒大楣了。賴惠娟是重要證人，我必須找到她，快告訴我她在哪裡！」

「這位大哥——」女同事再次輕皺眉頭說著。「可是賴惠娟真的已經離職好一陣子，她早就沒來上班好一段時間了，我們怎麼可能知道她會去哪裡？」

「少在那邊瞎扯蛋！」王立信怒斥著。

見到女同事如此篤定說著，我看我也只能順勢跟著開口：「這位大哥，惠娟確實離職了，到底有什麼問題嗎？」

「媽的！呸！」王立信往地上啐了一口。「出問題、倒大楣的人就是你，吳志明，少在那邊給我裝蒜！」

「我——」我見到王立信已經有些不可理喻，只是緊皺眉頭說著。「我怎麼了嗎？這位大哥請你說明白一點，不要這樣隨便誣賴人！」

「哼！」王立信又再次輕蔑地說著。「偵察不公開，你別想知道！」

見到王立信氣焰愈來愈囂張，我實在很不是滋味，不管怎麼問也講不出個所以然來，明顯就像存心來找麻煩。想想就算我這間公司有在做假帳，也不該是這名莽撞員警前來搗亂盤問，更何況除此之外我也沒做過什麼違法的事，根本不必懼怕這名身穿警察制服的「流氓」。

眼見王立言根本無法解釋，只是愣在那裡重複不知所云的話語，我反而開口大聲說著：「那我到底是有做了什麼事，需要讓『不肖』員警這樣來惡意盤查？」

我刻意將「不肖」兩字拉高音量說著，王立信見到我竟敢如此反擊，突然勃然大怒一把揪住我的衣領吼著：「就說你要倒大楣，你這智障聽不懂是不是！」

我早就見識過真正的黑道，這名小癟三員警根本嚇不倒我，我只是不動聲色緩緩說著：「王立信啊，是李顯恩要你來這裡恐嚇我的，是不是！說惠娟離職就是離職，你還說我們撒謊，顯然就是李顯恩刻意誤導你，說我們一直謊稱惠娟離職，想請你闖進我們公司來探查。你一進門明明就有看到這位女同事，但你的反應明顯確定她不是惠娟，可見你根本早就知道惠娟的大概長相。顯然就是李顯恩跟你描述過，或是給你看過她的照片。我們才一說她離職，你就有如此大的反應，更證明是李顯恩先前就提供給你錯誤資訊。你現在也親自前來查看，這裡完全沒有惠娟的身影。你要是個好警察，我還想向你報案，你那個市議員大助理，意圖搔擾我之前的女員工惠娟，你要不要好好去查一查。你最好自己好好想清楚，我這麼年輕就能當到一間公司的總經理，自然有我的能耐，背後勢力更是龐大！你不過個一線四星的廢物，我在外頭混那麼久，別以為我不會認識你的長官。你自己走著瞧，搞清楚到底是誰才要倒大楣！」

聽到我如此信誓旦旦說著，王立信倒是被我唬得一愣一愣，緊抓我衣領的手不覺緩緩鬆開，還露出一副自覺闖禍的模樣，看了真讓我只能忍住不笑。

見到自己的演技奏效，我乾脆再來個趁勝追擊，以相當嚴厲的口吻說著：「回去告訴李顯恩，我絕對不是他這個小小的市議員助理招惹得起的大人物，尤其是我背後的勢力，王立信你自己最好也小心一點，我要找高層修理你真的易如反掌！」

王立信聽到我所撂下的狠話後，似乎已經嚇傻，根本不敢再正眼看我，只是極力閃避我嚴厲的目光。接著默默轉身，而後更是放輕腳步靜靜離開，這和他當初闖進公司時的囂張模樣，簡直就是天差地遠。

不肖員警離去後，公司又再次恢復原本的平靜。其實與先前雙方劍拔弩張的場面相較之下，更可說是寂靜無比。

「吳、吳總——」女同事見到我心情稍微平復後，總算打破沉默。她對我的態度原先總是時常表現出相當不耐，這時竟然以前所未有的恭敬口吻說著。「您、您請多包涵，過去如果多有得罪，還請原諒我的無知，請務必高抬貴手——」

聽到女同事的話語，這下我總算明白，我的演技似乎過於精湛，竟然連自家人也被我給騙倒了，真讓我覺得有些難為情。但大話都已出口，其實這些狠話旁人聽來也是合情合理，更何況自己心裡多少對她先前的不恭，也頗為感冒，只是一直隱忍。如今見到女同事態度的極大轉變，想來還是有些爽快，實在也不想再多做解釋。

——老虎不發威，把我當病貓。不知為何，腦海浮現了這句耳熟能詳的話語。

我輕輕揮了揮手，接著只是微微一笑說著：「沒事、沒事，這種惡棍我真的見多了，希望沒有嚇到妳——」

「呃——」女同事顯得有些面有難色。「吳總，絕對沒有這回事，我先去忙了。您如果有什麼需要我幫忙的地方，還請不要客氣，儘管告訴我吧——」

我搖搖頭並露出苦笑，想想這位女同事都把一大疊單據丟在我辦公桌上，擺明就是看到我今天回公司上班，刻意把這些工作丟還給我。依據過往經驗，她現在怎麼可能有什麼事要忙，看來她是真的被我剛剛耍狠的模樣給嚇到了。

目送女同事戰戰兢兢的離去身影，我也再次重回個人所屬的辦公室。面對桌上那金額奇大無比的一疊疊單據，尤其是那厚厚一疊尚未押上我這總經理簽章的空白單據，不禁讓我陷入沉思。

剛才在不肖員警王立信闖入時，我還曾有那麼一瞬間，真的以為是我們這間公司的假交易，被相關單位發現。但經過不斷詢問後，才發現王立信根本說不清楚來意，這才開始懷疑他和李顯恩的關聯，想不到愈問愈多，他還真的露餡了。

不過說實在，我也真的算是急中生智，要不是因為王立信智商不高，恐怕也未必能如此順利。現在想想，惠娟當初說的確實沒錯，這個李顯恩能夠在那麼短的時間內，就動用一名貨真價實的警察前來找麻煩，的確相當不好招惹。不過事已至此，也只能見招拆招，或許更該將這件事的前因後果，全部告訴林家興，看看聰明的他能不能有什麼更好的解決方法，也算是為了他的女友好好著想。

不過在此之前，我還是想先找惠娟談談。在我前往國外出差的這段時間，那個李顯恩到底又幹了哪些好事，以至於惠娟必須以假裝離職的狀態，來躲避李顯恩的搔擾。

我想著想著又再次走出了辦公室，等到走至女同事附近，劈頭就問：「嗯，那個惠娟到底在哪，我有事想找她商量——」

「咦——」女同事瞪大雙眼說著。「吳總，您是開玩笑的嗎？您不是知道她已離職了嗎？我真的不知道她去哪裡了，當然也不知道聯絡方式——」

我聽完女同事的這句話，驚訝程度不亞於她的反應。原來惠娟是真的離職了，這到底是怎麼一回事？

ROUND 7.

「吳志明，你最好給我解釋清楚，這到底是怎麼一回事！」

林家興顯得相當不悅，一看就是在壓抑怒氣。

我微微低頭，原本就要開口，但眼前的場景，卻讓我也只是跟著努力壓下怒火，以致於一時之間有些難以言語。沒想到我們兩人會是在這種情況下，在林家興先前說過的那家酒店見面。

不過我並不是對於酒店這種地方感到渾身不自在，畢竟以前在別間公司上班，也曾經因為擔任業務談生意所需，時常陪著主管上酒店。甚至還要適度逢場作戲，在酒店小姐面前展現得落落大方，要玩什麼就跟著玩，尺度再大也不能拒絕。就算我自己也不是很喜歡，也得硬著頭皮跟著做下去，不然要是扭扭捏捏顯得身形笨拙，反而會成為被酒店小姐們合力捉弄的對象。

眼前的林家興，除了他那令我相當作嘔的身影外，主要就是他身旁正有一名面容姣好、穿著清涼、打扮非常冶豔的年輕女子，正與他親密地摟摟抱抱。而這樣的舉動，與我們正在討論的話題兩相對照下，真讓我只能說是極度反感。

「唉——」我輕嘆了一口氣，依舊不知道該說些什麼。

「哼——」林家興輕瞇雙眼說著。「不想承認是不是，我早就懷疑惠娟口中所說的人就是你，你上次跟我說的那些話根本就是不安好心——」

我輕輕搖頭，這次總算開口說著：「林家興，你自己好好想想，你不僅是我的老同學，還算是我的救命恩人，我怎麼可能會做出這種事——」

林家興先是緊皺眉頭，接著露出詭異的笑容反駁著：「我都從你們部門同事口中聽到了，你時常送花給惠娟獻殷勤，到現在還不承認嗎？」

「根本沒有這回事！」我瞪大雙眼說著。「那是真的有另一個追求她的人，前陣子還被我逮到躲在公司樓下，明顯就是想堵惠娟。我還和他起了衝突，這才被他動用關係報復，找來不肖員警鬧事。為了預防萬一，我才想找你商量——」

「哼——」林家興又是輕蔑一笑。「你以為我會相信你的鬼話嗎？」

「媽的——」我看著林家興依舊還是和那名亮麗的女子摟在一起，我再也忍受不住，終於還是發火了。「如果你真的那麼在意惠娟，那你現在是在做什麼？」

女子感受到我強烈的怒氣後，逕自收回緊摟林家興的雙臂，接著就像犯錯般的小孩低下頭去。

「羊咩，不必在意這莽撞的傢伙——」林家興以輕柔的口吻哄著。「妳沒有做錯什麼事！」

——羊咩？不知道自己是否聽錯。當然用這樣可愛的暱稱，來形容一位亮麗可人的女孩不算失當。不過這也可能只是她在酒店的藝名，但不知為何見到林家興用這種如此親暱的稱呼來互動，還有這兩人各種似有若無的親密行為，不禁讓我覺得有些噁心。

這名被林家興稱為「羊咩」的女子，聽完林家興的哄勸，只是眼帶慍怒上下打量著我，接著竟冷哼一聲便起身離去。

林家興搖搖頭，臉上掛著不懷好意的笑容，目送酒店女伴「羊咩」悻然離去，而後才以頗具責怪之意的口吻對我說著：「吳志明，你看看，你幹了什麼好事，就說你很在意惠娟，竟然還不承認！」

「在意？」我挑眉說著。「我當然在意，是你當初自己託付我要好好照顧你的『女友』惠娟，那你剛剛是在幹嘛？現在既不是在談生意，也不需要逢場作戲，你和剛剛那『羊咩』又是在幹嘛！」

我說到「女友」及「羊咩」時，還刻意拉高音調，想不到林家興根本不以為意，反倒還輕笑起來：「我和惠娟是感情很深厚的男女朋友，跟你說過我與她的感情早就密不可分。而我和剛剛的『羊咩』也是認真的，沒人規定我不能同時和兩個好對象交往。就這樣，我不想再多做解釋，我看你單身一人，又追不到惠娟，才會對我如此嫉妒吧！」

「林家興，不要亂胡扯！」我當然知道惠娟和羊咩是屬於完全不同類型的女孩，雖然不知道羊咩的個性如何，但單從外表看來，羊咩也確實是名美女。當然他確實說中了我的切身之痛，又看到他能這樣同時擁有兩位不同類型的美女，自然會令我羨慕不已。不過這也不代表林家興就能這樣恣意而為，讓我想著想著還是不禁瞪大雙眼斥著。「惠娟那麼好的女孩，你到底是在想什麼！」

「惠娟當然很好，但不代表『羊咩』不好啊！」林家興惡狠狠地說著。「你這妄想搶人女友的爛人，少跟我說教！好在惠娟根本不吃你這套，但她早就受不了，為了顧及你的顏面，才跟著你捏造一個『李』什麼什麼的傢伙。而後不堪其擾才又跟我提起想從你的部門那邊離職，就是想躲避你的搔擾，我念在你是我老同學，才沒跟你追究。想不到你只因為有點小聰明，很能討『老闆』歡心，讓『老闆』愈來愈看重你，這才讓你食髓知味。你竟還變本加厲跑來我這裡，捏造一堆虛假故事想繼續騙我，就是想再探尋惠娟的下落。告訴你，別作夢，騙不過我的，這是不可能的事！」

面對林家興這一串連珠砲似的無理推論，我真的已經聽不下去，只是猛搖著頭。到後來更是早已起身，靜靜等著他說到滿意為止。

見到他總算不再言語，我這才開口說著：「看來你對我的誤會真是大了，既然現在你無法接受我的解釋，我也不想再浪費彼此時間，我不過想好心警告你，你完全不領情就算了。我想等你自己有空時，好好問問惠娟，這一切就能真相大白——」

我說完以後根本就不願再多看林家興一眼，見到林家興也沒有想要攔下我的意思，也只能直接轉身離開這令我感到相當不適的酒店。不過就在離去前，這才發現原來「羊咩」一直躲在一旁，聽著我們兩人的後續對話。

離開酒店後，再次回到我的公司。今日女同事請假沒來上班，反倒是那名男同事有來，不過我本來和他就沒有太多互動。草草打過招呼後，便直接進入我的辦公室內陷入沉思。

回想林家興先前在酒店的言語，其實也不無道理。不過我當然不是指他對我莫名其妙的誤會，而是聰明如他，似乎也不可能沒有感受到「老闆」對我愈來愈器重。我現在只差沒有直接和「老闆」見面，目前「老闆」幾乎凡事都依照我的建議行事，林家興真的快要變成單純的傳話筒。或許也是這樣的危機感，促使他開始刻意對我挑毛病，不然以他的聰明才智，怎麼可能會出現這樣可笑的誤解。

——難不成他對我不是誤解，而是認真這麼想的？

不知為何，在我出現這樣的想法後，再回想起先前林家興述說這些話語時，那種似笑非笑的怪異表情，不覺有些不寒而慄。是不是我有什麼舉動讓惠娟發現我的心意，還是老實說比起李顯恩，惠娟覺得我先前的關心更像是在搔擾，進而去向林家興告狀。

想著想著我不禁輕輕搖頭，再看看辦公桌上的單據與帳冊，這陣子假交易金額愈來愈大，次數也愈來愈頻繁。不用問也知道，「老闆」想把他各項事業所賺的錢，藉由我這間公司的交易，一筆一筆轉往海外的祕密戶頭。截至目前為止，轉入戶頭的金額已經遠遠超乎我的預期，不難想像這些金錢的來源，恐怕十之八九都有可能是非法交易。不過畢竟「老闆」有恩於我，我也不會因此拒絕「老闆」的任何要求，就算是經由公司的假交易非法「洗白」，我也會照作不誤，還要設法幫助「老闆」避免惹上任何麻煩。

從匯入祕密帳戶的金額來看，這個素未謀面的「老闆」對我真的非常信任，畢竟這戶頭的掛名者還是我，要是我本人真的再去海外對這戶頭動了什麼手腳，也不是辦不到的事。更何況，之前不過基於好奇，更曾經以越洋電話試著登入過這祕密戶頭。想不到「老闆」真的相當信任我，儘管已陸續有大筆金額匯入，也告知過「老闆」變更密碼的方式，「老闆」依舊還是使用我當初所設定的密碼，更顯示出他對我的信任。我想如此發展下去，我恐怕真的有取代林家興地位的一天。

不知道過了多久，就在我還在專心翻閱帳冊時，辦公桌上的電話突然響起，不禁讓我嚇了一跳。

「林家興喔，有何貴幹？」我聽出是林家興的聲音後，一想到他先前在酒店的行徑，語氣不覺相當冷淡。不過聽得出來林家興語調有些慌張，只怕有什麼不好的事發生了。

沒想到在聽了林家興匆忙的描述後，我不覺瞪大雙眼驚呼著：「什麼，怎麼會這樣！」

ROUND 8.

我從沒想過在同一天內，又再次回到那間令人生厭的酒店。不同於先前的華麗裝潢，裡頭的所有裝置及設備幾乎可說是慘不忍睹，明顯就是被一群人瘋狂搗亂過。

「妳沒事吧？」我見到羊咩一臉驚恐的模樣，特意向前關切著。就算是藝名也好，我卻還是始終叫不出「羊咩」這個奇怪的稱呼。羊咩依舊還是穿著清涼，讓我也不好直視太久，但從羊咩身上明顯可以看出並沒有受到任何傷害，應該只是受到驚嚇而已。

「呃，請隨我來——」羊咩戰戰兢兢說完後，便帶領我穿過許多通道，最後總算在一間相當隱密的房門前停下。

羊咩面露警色看了我一眼，而後才又開口說著：「阿興在裡面等你，說有重要的事想談談

——」

我微微點頭，隨後將房門推開，一下就看到面色凝重的林家興，正坐在辦公桌後的一張高檔旋轉椅上陷入沉思，而一旁還有幾名面露兇光的年輕男子圍繞著。

房間內所擺設的辦公桌，一看就比我的還要大上許多，還有一組氣派的會客大茶几，明顯就像這間酒店的老闆辦公室。

「到底怎麼一回事——」我見到林家興抬頭後直接問著。

「你們都先去外頭，我有要事想談——」林家興吩咐那幾名年輕人離開後，這才輕瞇雙眼繼續說著。「就如你進門所見，這間店被人搗亂了。而且不瞞你說，我就是實際負責這間酒店的幹部，跟你接下你那間處理帳務公司的時間點差不多，『老闆』讓我接下這間酒店——」

這下倒是讓我解除了先前的疑惑，林家興前些日子開始密集跑來這間酒店，原來是因為接下「老闆」所給的新任務。不過這也不代表他可以辜負惠娟，和羊咩一直亂來。

「所以是被誰搗亂了？」我回想起剛才離開的幾名年輕男子，一個比一個還要兇惡，一看就知道有黑道背景。以前就聽說過，要經營酒店背後一定要有強大的勢力，竟然還有人敢來搗亂，不覺令人相當疑惑。

林家興停頓了好一會兒，接著眼神堅定說著：「是我們集團內部的人幹得好事！」

「什麼？為什麼會這樣？」我瞪大雙眼問著。

雖然我日漸受到「老闆」的重視，但我從林家興那頭也知道「老闆」的事業非常龐大，我和林家興恐怕也只是「老闆」事業的一小部分。渺小如我者，連跟「老闆」見面的機會都沒有，根本不可能知道這個事業帝國的版圖究竟有多遼闊。想想現在匯進祕密戶頭的金額，對我來說已經是從未想過的天文數字，或許對「老闆」來說，根本就微不足道。

「吳志明啊——」林家興語重心長說著。「雖然我之前沒有明說過，但我想你應該也有察覺，『老闆』的龐大事業都是遊走法律邊緣的，你的公司就是負責幫『老闆』打點好帳務。不過整個集團最大的『老闆』，也就是『小老闆』的『大老闆』，前陣子才剛過世，集團內各個『小老闆』都蠢蠢欲動——」

「大老闆、小老闆？」我輕皺眉頭重複著林家興的話語。

我當然知道林家興前頭所說的內容，是想表達什麼。早在一開始處理帳務時，就知道「老闆」的事業一定是遊走法律邊緣，甚至絕對跟黑道有所關聯。不但旗下有經營酒店，先前又能幫我和林家興輕易擺平地下錢莊，很難說沒有做黑的生意，這種狀況對我來說一點也不意外。

原想說這間林家興所負責的酒店，是被黑道找麻煩。但從林家興口中，不但第一次出現了「大老闆」，更又出現了「小老闆」們，還說是集團內部人找麻煩，真讓我愈聽愈糊塗，完全不懂大、小老闆的意思。

見到我神情頗為疑惑，林家興繼續開口說著：「反正就是所謂的派系鬥爭，無論如何我一定要想辦法讓我們的『老闆』坐上大老闆的位置！」

——大老闆？我和林家興的「老闆」，光是擔任所謂的「小老闆」，就有那麼多資金不斷湧入。到底「大老闆」所擁有的事業規模又是如何，我實在難以想像。

「所以說——」我疑惑地問著。「該怎麼對付這些內部的人？他們有和黑道掛鉤？」

林家興搖搖頭，接著才又開口說著：「我想你還不需要知道那麼詳細，總之我希望你小心一點。讓我更在意的不是黑道的問題，而是白道有人知道『大老闆』過世的消息，也察覺我們集團可能發生內訌，已在密切注意我們的動向——」

「白道？是指警察嗎——」我輕皺眉頭說著。「難道是王立信那個不肖員警？感覺不大可能。」

林家興突然垂下雙眼說著：「我不知道你口中王什麼的是誰，但我知道是更難纏的對手，北部警局的陳組長。我之前和他交手過幾次，真的非常難纏，一定要小心為上。尤其是你，還有你的那間公司，目前整個集團的錢幾乎都慢慢轉移到你的海外祕密帳戶，雖然我和『老闆』都極力守護這個戶頭存在的祕密。這也是為何從頭到尾都不想讓你與我們集團內的其他人，甚至是和『老闆』有接觸，但你可能還是會被其他『小老闆』盯上。這些我覺得都好解決，我會派人保護你的。要是真的被陳組長盯上，那就真的麻煩大了，你要好好記住陳勝宏這個名字！」

「陳勝宏——」我輕聲附和著。

我想林家興反應還算聰敏機靈，也讓我從小就對他非常佩服。但他竟然會如此在意這名警察，或許這個陳組長真有兩把刷子，和之前那個不肖員警王立信想必相差甚遠。

雖然我仍是有些摸不著頭緒，眼見總是神祕兮兮的林家興已不再開口，可能把想說的都說完了，我只好轉移話題問著：「惠娟呢？妳有從她口中問出你對我誤會的真相嗎？」

「唉——」林家興一反往常輕嘆了口氣。「那件事我沒問過惠娟，現在情勢不同，我們的『老闆』真的很危急了，算是我對你誤解也好，這點我可以跟你道歉。我不該如此懷疑你，只希望我們能好好合作，讓『老闆』能度過這個難關！」

「這——」林家興態度總是十分強硬，突然放下身段跟我道歉，倒是我始料未及之事，以致於讓我一時之間不知道該如何回應。

「吳志明啊——」林家興起身繞到我身旁，輕拍我的肩膀說著。「我知道你可能還是滿腹疑惑，但我真的不想讓你捲入這種可能會危及生命的麻煩事，才不想讓你知道全貌，這點希望你能諒解。再來就麻煩你把所有公司的錢，都盡可能在這幾天全部匯到祕密戶頭。已經不用管帳務交易是否合理，因為這些都不重要了，就不要再問為什麼，我不可能會害你的——」

看著林家興的堅定眼神，我只是默默點頭。因為當初要不是有他的幫忙，我也不可能在這裡與他對談。

等到我離開這間隱密的辦公室後，一眼便看到在門外守候的幾名年輕男子。從地上滿滿的煙蒂不難發現，早就不知道已經抽了幾輪煙。見到我離開後，這才魚貫式地湧進林家興的辦公室。

通過迂迴的走道，就在我快要離開這間滿目瘡痍的酒店時，突然被不知從何處出現的羊咩叫住：「吳先生，無論如何，你一定要全力幫助阿興！阿興很少會求助於人，他要我不能多說，但你應該知道他狀況很危險！」

「這當然沒問題！」我拍著胸脯打包票說著。「林家興不但是我老同學，更是我救命恩人，無論如何我都一定力挺到底！」

羊咩見到我如此說明，這下總算放下心來說著：「原來你也跟我一樣，阿興也是我的救命恩人，這樣我就放心了——」

「呃——」我見到羊咩垂下雙眼的模樣，相當惹人憐惜，不禁還是將內心的疑惑脫口而出。「我想妳應該從我和林家興先前的對談內容，可以知道林家興有交往很久的女友，他跟妳不一定是認真交往，妳這樣子也沒關係嗎？」

「唉——」羊咩微微苦笑著。「阿興要我做什麼都沒關係，就算只是看上我的身體也無所謂。反正我本來就是個要尋短的人，是阿興救了我，他要不要認真跟我交往，我也只能全都接受，但我相信——」

「相信什麼？」我見到羊咩突然停了下了，忍不住催問著。

羊咩突然露出靦腆的笑容說著：「我相信以我的條件，並不會比他目前的女友差。阿興總有一日還是會真的愛上我，我一定會想盡辦法讓他只愛我一人！」

「這——」

「吳先生——」羊咩突然緊抓我的手臂說著。「無論如何，請你一定要盡全力幫助阿興，你要我怎麼回報都可以，就算是你想要做那件事也沒關係——」

並非第一次被女性這樣碰觸，不過像羊咩這樣亮麗的女性，倒還是第一次，而她又是緊緊摟住我的手臂，這不禁讓我有些臉紅心跳。見到羊咩說完後，又緊盯著我露出意味深遠的一抹微笑，女人的事情恐怕不是林家興想的那麼單純，看著看著不知為何讓我有些不寒而慄。

ROUND 9.

雖然林家興一直不想透露更多細節，美其名是不願讓我捲入這件風波，但我直覺認為事情可能比想像中的還要嚴重許多。

幾天後，就在我將公司大部分的現金依據林家興的指示，全都轉往海外祕密帳戶後，也告知所有同事這陣子都先不要前來公司上班。果不其然，林家興不久便打電話警告我，在沒有他的指示前，暫時都先不要前去公司，這段時間最好先避避風頭。

因為我在先前與林家興的對談中，本來就知道這間公司接下來的處境。無論「老闆」是否能順利奪得集團「大老闆」的位置，早晚都還是可能會出現問題。尤其是將資金全數轉往海外，明顯就是「老闆」要奪取大位的威脅籌碼，遲早會有集團的其他人來找麻煩。先前走進公司時也特別小心，盡量不被任何人撞見，畢竟公司附近最近開始出現幾名眼神不善的不明人士四處徘徊，我實在難以分辨究竟是林家興的人，還是集團內其他敵人。又沉寂了好一段時日，看似沒有發生任何大事，但異常緊張的氣氛依舊緊緊圍繞。之後的某日我還刻意挑了一個附近沒有可疑人影的時段，快速閃進空無一人的公司內，開始整理一些較為敏感的資料，總覺得在徹底逃離此處前，還是先處理一下這些資料才會比較安心。但究竟這些資料是該銷毀，還是繼續留存，一時之間也拿不定主意，乾脆還是擱在一旁，先等全數整理完畢再說。

不知道過了多久，辦公桌上的電話突然響起，打斷了我專注整理的思緒。想想都已經準備逃離此地，公司大門也早已貼上「員工旅遊」的假公告，林家興那頭更已警告過早日遠離這間公司。再加上這公司本來就沒有真的業務往來，此時竟還有電話響起，總是讓我覺得相當詭異。

「喂——」我儘管十分猶豫，最後卻還是接起電話，並相當警戒地說著。

不過對方遲遲沒有出聲，卻又不願意掛上電話，讓我內心更為焦急。

「喂——」我再次開口打破雙方僵持的沉默。

「志明嗎？」是一個我相當熟悉的女聲，不過她會在此刻打來，還是讓我相當訝異，甚至讓我懷疑會不會是認錯人。

「惠娟？」我有些遲疑地問著。

「嗯，真的是你，太好了！我還想說該去哪找你，也只能碰碰運氣——」

「那妳到底在哪裡？就這樣一聲不響離開公司？妳真的好像是在刻意閃避我的感覺，我說過我——」

「志明，我現在不想說這件事，也說好不要再提──」

聽到惠娟那熟悉的聲音，還有她呼喚我的方式，不知為何讓我情緒相當悸動。是出於對林家興的嫉妒還是憤怒，實在也不願意再多想下去，只是不斷努力說服自己這樣的內心起伏，是源於對惠娟的同情而非動情。

「志明啊，唉──」電話另一頭的惠娟顯得相當煩惱。「現在真的不是說這些話的時候，我有我的苦衷，家興那頭似乎遇到大麻煩，希望你能去他那邊一趟──」

「什麼麻煩？又有流氓去他店裡鬧事嗎？」

「店？什麼店？我聽不大懂，他有什麼店嗎？你是指他的辦公室嗎？」

我不禁雙眼微睜，緊接著脫口而出：「難道妳還不知道──」

話還沒說完，我已先戛然而止，不過惠娟反倒繼續開口說著：「先不說這些，有人去他辦公室鬧事，而且是非常難纏的一個人。我想他可能有些無法脫身，不知道你能不能去幫忙，否則他真的難以擺脫──」

「一個人？一個人而已？誰有那麼大的能耐──」

「北部警局一個難纏的警察，我和家興都曾被他糾纏，家興更因此被捕入獄過──」

「啊？」我不禁有些愣住，這麼說來，林家興曾經因為什麼緣故而被警方逮捕，先前倒不曾聽他說過。或許這種事很不光彩，他也不想輕易提起。

「唉──」惠娟長嘆了一口氣。「說來是段很不好的經驗，家興當年入獄，或許我也有份。不過他把所有罪行全都自己扛了下來，我才全身而退，想想我真是欠他一份還也還不清的恩情——」

「這——」

惠娟這番話，真讓我震驚不已。我想起林家興先前多次和我強調，他與惠娟的感情早已密不可分，不知道是否與此事有關。但惠娟如此乖巧，竟然會曾經捲入犯罪風暴，這確實是讓我意想不到的事。但想想我也不該如此訝異，畢竟惠娟先前會在我這間遊走法律邊緣的公司工作，代表她本來就不是我想得那麼單純。這也讓我想起當初惠娟為何會不願將李顯恩的事情鬧大，因為她很可能本來就知道李顯恩和不肖警察王立信有交情。

「唉——」惠娟聽到我有些語塞，再次嘆了口氣。「總之，那名員警，我先前和家興都跟他打過交道，真的非常難纏，又非常精明。我也隱約感覺他認為之前的事我也有份，很怕家興又會再次惹上麻煩。你也知道，我們的工作本來就不完全是正當的事，我不希望家興又惹上麻煩再次被捕入獄——」

惠娟說到此處，竟開始哽咽，讓我聽了也有些難受。我並不是心疼惠娟擔心林家興的難過心情，而是心疼如此在意林家興的惠娟，根本就不被林家興好好珍惜，想到此處竟讓我對林家興相當厭惡。

——但我自己又好到哪去？還不是跟林家興一樣昧著自己的情感和人逢場作戲。

「惠娟，不要擔心——」我盡可能壓抑自己的怒火說著。「雖然我不知道妳指的北部警局員警，是否就是林家興先前要我注意的『陳勝宏』，但我一定會——」

就在我話還沒說完之時，惠娟倒是搶先開口激動說著：「是的，就是那個陳組長，我根本就不敢再跟他有任何接觸，家興也警告我不要插手這件事。之前家興已發現不對勁，才要求我不要再去公司上班，但我知道他現在不但被其他人盯上，似乎聽說又被陳組長困在他的辦公室，才會想拜託志明你是否能去看看了。」

「這——」我輕瞇雙眼說著。「當然沒問題，但妳現在到底在哪邊——」

「唉，志明，我有我的苦衷，其實家興根本不准我跟你再有任何聯絡。但我知道他陷入麻煩，因為真的求助無門，所以才想到你——」

「這當然沒問題，家興是我老同學，又解救過我，我不可能見死不救。」

「不過——」惠娟停頓了好一會兒，才又繼續說著。「這件事不管結果如何，要是告一段落，我勸你還是就此遠離家興，還有離開這間公司吧——」

「為什麼這麼說？」

「唉，我覺得家興變了，凡事都只相信自己，變得什麼人都不相信。有時候甚至連我也不相信，我覺得你還是小心一點——」

「不過我也有我的苦衷，並不能隨意離開公司——」

「啊——」惠娟突然驚叫一聲。「我真的不能再說了，還請多保重——」

原本還想向惠娟解釋，我需要償還「老闆」鉅款的事，也想再跟惠娟多聊幾句。不過卻先被惠娟匆匆掛上電話，一瞬間真讓我有些擔心，她是否真的安然無恙。

儘管我聽了惠娟的解釋，還是覺得一頭霧水。不過這個陳勝宏陳組長，究竟是何等人物？不但惠娟如此畏懼，竟然連林家興也被他弄得如此束手無策。我也不是沒有和不肖員警交手過的經驗，倒是很想會會這位神通廣大的警察，看他到底和王立信有多大的差距。

「叮咚——叮咚——叮咚——」

又過了一段時間，就在我還在收拾相關文件的同時，公司緊閉的大門口，卻傳來了急促的門鈴聲。

我直覺不妙，立即停下手邊的動作，靜悄悄地移動到大門邊，但不敢發出任何聲響，以免被發現有人待在裡頭。

「叮咚——叮咚——叮咚——叮咚——」

又是一陣相當急促的門鈴聲，而且比前一次更為緊湊，按鈴者明顯變得更為不耐。

「喂！吳志明，不要裝了，你就在裏面，快給我出來，你的靠山林家興已經完蛋了，就快被警方逮捕，你最好別想把錢全都獨吞逃跑了！不要以為躲在裡面就沒關係，你已經被我們堵住，別想逃跑！」

這個低沉而憤恨的男聲，從緊閉的大門後傳了進來，是一個我從未聽過的聲音。但從他的說話內容，不難判斷他極有可能就是集團內其他敵人。

就在我尚在猶豫是否該開門應對，或是賭上受傷風險，從二樓窗口跳下逃跑之時，門外竟突然傳來混亂聲響與慘叫。聽起來很像有一群人正在鬥毆，真不知道外頭發生了什麼事，也完全不知道該怎麼走出下一步，只能屏住呼吸不敢妄動，但也讓我全身不禁有些顫抖起來。

ROUND 10.

「叮咚——叮咚——」

一陣嘈雜的鬥毆以後，大門的門鈴再次響起。

或許見到我遲遲沒有動作，大門外傳來了較為和善的男聲說著：「快出來，吳總，我們知道你在裡面！」

就在我尚在猶豫之時，大門外的人再次開口說著：「快點，不知道能撐多久，我是林家興老大的手下。敵人已被趕跑，他們隨時都會再找人過來，快點出來啊！」

儘管我還心有存疑，但想想真的不大可能冒然從二樓窗口跳下，或許這樣自己都有生命危險，更也不可能永遠躲在公司裡，這下也只能冒險開門。至少目前聽起來，若門外真的就是救兵，還有逃跑的機會。

下定決心後，我把大門緩緩開啟。一開門便出現一名粗壯的年輕男子，確實是我在林家興辦公室曾經見過的人，後頭更還有一名先前在酒店內看過的男子。
站在前頭的粗壯男子開口說著：「吳總，你果然是在裡面，我們去你家找不到你，才想說來這邊找你。看到外面有敵人在堵你，更確定你應該是在裡面——」
另一名男子接著開口：「吳總，快去找老大，他在辦公室被北部警局的陳組長纏住，老大之前就常一直誇口說你比他還聰明。雖然他一直交代不能讓你捲入這次事件，但我們看老大真的遇上大麻煩，覺得可能只剩下你才有辦法幫助老大脫身——」
聽到林家興的手下如此透露，他常跟他們說我比較聰明，真讓我有些訝異。儘管我也不確定自己前去林家興辦公室，究竟能有什麼幫助。但我想無論是先前的惠娟，或是現在的林家興手下，都可能已經求助無門，才會想來找我幫忙。不管實際上真能有什麼幫助，畢竟林家興也是我的救命恩人，我絕對不可能棄之不顧。
我隨後跟著林家興這兩名手下，一同前往林家興的辦公室。不過一路上的伴隨，也讓我發現這兩名年輕男子，雖然他們沒有特意亮出來，但從衣服外凸起的形狀也不難判斷，其實身上都各帶了把槍，或許這也是他們兩人先前在公司外趕跑敵人的武器。
等到抵達林家興個人所屬的辦公室建物外，兩名年輕男子反倒沒有再繼續前進的意願，只是不斷推託不能讓林家興發現是他們去把我找來。不然他們事後會被老大算帳，因為已經被林家興交代過不能讓我因為這件事而有所牽連。
我能理解這兩位年輕人的苦衷，看來林家興在他們心目中確實相當具有份量，才會「老大」、「老大」叫著，當然我也不願意讓這兩人的好意，事後反被林家興責怪。

我向兩人點點頭，便獨自往林家興個人所屬的辦公室建物走去。就在我爬過樓梯，踏入林家興辦公室前的長廊時，卻發現辦公室大門緊緊關著，裡頭似乎也沒有人，不覺讓我對這件事有些起了疑心。難道林家興已被陳組長帶到其他地方，甚至可能早已不幸被帶回警局盤問。

為了消除疑慮，我拉開辦公室大門，想不到大門竟沒有鎖上。但不出所料，裡頭根本就空無一人。

面對空蕩蕩的辦公室，不禁讓我愈形緊張。恐怕無論是集團內的敵人也好，或是警方也好，我已經晚了一步，林家興可能真的已被人帶走。

不過現場看來並沒有打鬥痕跡，比較有可能是被警方，也就是陳組長帶往其他地方。不然要是像我先前在公司遇到的集團內部敵人，以對方的粗魯行徑，若是他們將林家興帶走，應該會留下不少抵抗痕跡。

但想想要是林家興一開始就被人用槍抵住，倒也很符合現在所看到的狀況。不過也可能是自己多心，林家興只是自行擺脫陳組長的糾纏而前往別處。想著想著，倒是讓我想到林家興會不會是前往他所屬的那間酒店。

我坐在林家興的辦公椅上，並翻了皮夾找出先前羊咩給過我的酒店名片。如果林家興遇上麻煩，那羊咩的安危更令我掛意。畢竟我和羊咩並非僅僅只是一面之緣的淺薄關係，後來才理解林家興當初所說的那些話語。我也不得不承認，不同於乖巧的惠娟，羊咩身上確實有著令人難以抗拒的另一種女人魅力。

就在想要撥打電話時，這才發現原來林家興桌上有兩支一模一樣的電話。這種配置對我來說相當令人懷念，因為以前在別間公司擔任業務時，也會因業務需求而被配置兩支專線。我隨意挑選其中一支離我較近的電話，並依照名片上的電話撥打過去，只是電話響了很久，卻都沒人接聽。

在我掛回話筒放棄後，突然想起皮夾還有另一個電話號碼可以嘗試。那便是先前第一次在路上與林家興巧遇，他所留給我的電話號碼。我再次拿起同一支電話撥打，想不到撥完後話筒內卻立即傳來「嘟、嘟、嘟」的聲響，代表這支電話目前正有人使用。這不就意味著林家興目前可能在他的住所，不知道正和誰通著電話。想到此處，儘管目前還沒有確認到林家興的身影，卻也放了不少心。因為如果人在住所的話，至少彎高的機率代表他可能已經擺脫陳組長而回住所休息。

掛上電話後，想不到另一支較遠的電話竟同時響起。待我接起後，電話另一端竟是讓我意想不到的人。

「志明嗎？」惠娟焦急地說著。「謝謝你真的前去幫忙，但有看到家興嗎？」

「沒有，不過不用擔心，我大概知道他在哪了，應該不大需要過於擔心——」

「是嗎？」惠娟的聲音顯得相當焦慮。「但我這邊聽到有人看到他被陳組長帶走，就他們兩人而已。現在他們兩人又要回到你那邊的辦公室，你可能還是先在辦公室等一等不要離開，我只能說到這了，還請見諒——」

不待我繼續說明為何會知道林家興的下落，惠娟竟如先前一般，神祕兮兮直接掛上電話。我實在有些無法理解，她為何可以那麼確定林家興的蹤影，當然也可能是林家興的那幾名小弟向惠娟回報，不過那我先前撥到林家興住所的電話又是怎麼一回事。難不成惠娟現在就是在林家興的住所，想想也不無可能，而剛剛會呈現「電話中」正是因為惠娟也在打電話，難道還這麼剛好就是在撥打給我這邊的同一支電話。因為惠娟那頭正好遇到我在撥號，故也出現「電話中」的音訊，這才又撥打林家興辦公室的另一支電話嗎？

為了確認我的推論，我又拿起離我較近的那支電話，開始撥打林家興住所的號碼，想不到又立即出現「嘟、嘟、嘟」的回音。再次掛上電話後，一連串的疑惑瞬間湧上心頭，到底是誰一直在林家興住所撥打電話，難道是我推論錯誤，或是實際上林家興住所根本沒人在家，是因為電話沒有掛好，才會一直呈現電話中的狀態。

不知道過了多久，正當我陷入沉思時，林家興辦公室門口的大門，突然被人狠狠踹開。映入眼簾的，是林家興的身影，不過他身旁站的卻是一名我從未見過，年約五十歲的中年男子。男子整齊的衣著及不苟言笑的面容，看起來非常具有威嚴，想必極可能就是那名讓林家興及惠娟極為害怕的北部警局陳組長。

林家興不安的神情，呈現我從未見過的緊繃，而一旁的陳組長只是相當粗暴將林家興推了進來。待兩人都進入辦公室後，這才讓我發現，原來陳組長的手中握有一把黑槍，並時時對準林家興。

「你為什麼在這裡？」林家興瞪大雙眼說著。「不是叫你躲好嗎？」

「你就是吳志明吧？」陳組長的聲音意外低沉，並將對準林家興的槍口轉向我說著。「你只要把祕密戶頭交出來，我就饒了你跟你的同夥林家興——」

看著陳組長的兇惡眼神，原以為他可能是一名正直的員警，看來真的是我多想了，也不禁為我與林家興的處境感到相當憂心。

ROUND 11.

陳組長既然身為北部警局員警，竟然敢拿槍威脅我與林家興，真的不像一般員警的作風，怪不得連林家興也拿他沒轍。

見到我一時之間沒有動作，陳組長再次開口，並伸出另一隻手指向窗口說著：「你自己從窗口往下看看，你們已經被包圍了，根本別想逃走。要是不照著我的話做，你們自己看著辦——」

我依照陳組長所指方向走去，並往窗口那兒探了一下，果然底下的街道上，已經聚了十來名男子，各個眼神兇惡，直盯著這棟建物。但與其說是一群便衣警察，更像是一群聚在外頭的流氓。不過領頭的陳組長，作風都如此不正派，想必他的手下也不會好到哪去，搞不好都和先前那個不肖員警王立信如出一轍。

「吳志明，算我求你吧！」林家興垂下雙眼說著。「他會對惠娟不利，我們在集團內的勢力已經垮台了，我們的『老闆』已經被其他內部人殺害。我們現在只能乖乖配合警方辦案，好把『老闆』仇敵一網打盡——」

「什麼？」我瞪大雙眼，有些難以置信，心裡也覺得相當難過。想不到素未謀面，對我恩情如此之重的「老闆」，竟然被人殺害，恐怕我先前對於集團內敵人有與黑道掛鉤的疑慮並非只是多心。

陳組長露出淺淺一笑說著：「好好配合辦案，我會想辦法把你跟林家興都轉為汙點證人，也會像上次一樣放過賴惠娟。你們要不好好配合，我手中已經握有你們犯罪的充分證據，你們兩人的好友賴惠娟也會一起被我逮捕入獄。」

我輕瞇雙眼盯著陳組長，不過他只是以輕蔑的笑容作為回應。我轉頭再看看林家興，他先是有些猶豫，接著只是默默點頭，表示陳組長所言不假，並對我投以前所未見的無助神情。

我到此刻終於明白，聰明如林家興，為何會對陳組長如此束手無策，原來他一直利用惠娟作為威脅，林家興才會如此言聽計從。想到林家興還是那麼愛護惠娟，心裡多少為惠娟感到一些平復。我想林家興之前被捕入獄也是因為要保護惠娟，才會和陳組長達成認罪妥協，不然以林家興的聰明才智，就算是要犯罪，也不該如此輕易就被抓住把柄。

見到我已經有所領略，陳組長繼續開口說著：「我不是要你們祕密戶頭裡的錢，而是要你幫忙撥打越洋電話更改密碼，並向那間銀行加註條件，任何人只要嘗試詢問或動用到這個帳戶，無論動機或密碼是否正確，都要留下紀錄，並通知陳警官的電話號碼，你只要向對方說明這個電話通知是保護這戶頭安全的警民合作就好。」

陳組長說完後，向林家興使了個眼色，而林家興見狀後，只是向前走來，接著輕拍我的肩膀，並以乞求的口吻說著：「唉，吳志明啊，我這次真的失算，完全栽了下去。我原本已經成功讓我們的『老闆』穩坐寶座，誰知道其他人使出狠招將他殺害，現在更想進一步染指這個祕密戶頭。若不跟陳組長合作，一舉將集團弄垮，我們日後只會被追殺，也不可能活得下去，這也算是幫『老闆』報仇。我被追殺也好，或被警方逮捕也罷，我自己是無所謂，但為了惠娟，我不可能眼睜睜看著惠娟因為我的牽連而被捕入獄。記得之前你跟我說過這祕密戶頭可以加註電話通知的服務，所以我才和陳組長一再研商，想到這種可以讓我們都平安脫身的方法。我們需要這樣動作，和警方合作，等待誘使集團內的敵人出手嘗試動用祕密戶頭後，警方就能掌握他們與這些黑錢關聯的直接證據，將他們一網打盡，一舉消滅我們的仇敵。我和陳組長算是舊識，我知道陳組長會信守承諾，之前也真的就此放過惠娟。他們警方需要的是功績，我們需要的只是自由，大家各取所需，這次陳組長一定也會依據承諾，將我們轉為汙點證人而放過我們。尤其是惠娟，我自己就無所謂了，但我真的不能讓她人生中留下任何汙點！」

見到我有些遲疑，林家興拿出一張紙條塞進了我的掌心，上頭有著一長串複雜而無意義的數字及英文字母交錯排列，下方則有一串數字，看起來就像是組電話號碼。

林家興接著再次拍著我的肩膀說著：「吳志明，萬事拜託了，你也知道惠娟是個好女孩，就照著紙條上的密碼更改，還有加註電話通知的服務，才能保全惠娟脫身——」

看著林家興如此真誠的眼神與哀求的身影，這下我真為惠娟感到高興，也讓我總算能夠下定決心。我先向林家興微微點頭，接著走向林家興的辦公桌緩緩坐了下來。

就在我坐定後，準備拿起最靠近自己的那支電話時，我看到陳組長依舊還是站在前方露出詭笑，並拿槍指著已經退向一旁書櫃的林家興，不禁讓我心中相當疑惑。看著這幅奇怪的場景，一些先前的疑點也跟著不斷浮現，心中竟突然有了一個奇怪的念頭一湧而上，而且就在陷入這個想法後，所有懸念更是一發不可收拾。

陳組長見到我沒有動作，緊皺眉頭催促著：「還在那邊發什麼呆！」

被陳組長打斷思緒後，我只是勉強擠出笑容點頭回應，接著突發奇想試著撥打林家興住所的電話。果不其然，立即又是「嘟、嘟、嘟」的回應，這下讓我更能確定自己剛剛的想法。

見到我伸手掛回電話後，陳組長反倒將手中的槍口對準我，並緊皺眉頭說著：「怎麼了，別想給我耍花招——」

看著陳組長拿槍對準我的神情是如此嚴厲兇狠，根本就是真正的死亡威脅，完全不像正派警官該有的作風。但既然這個陳組長想跟我玩這種遊戲，我也會奉陪到底，我只是假裝語帶驚恐對陳組長說著：「真抱歉，一時記錯號碼撥錯了，讓我再想想，這次不會撥錯——」

我停頓了好一會兒，接著才再次撥起一樣的號碼。不過這次放慢腳步，以相當沉穩的步調慢慢撥打，等待一段時間後，我開始說起流利的英語，我想這是我最拿手的部分。

我邊說邊捏著林家興先前給我的紙條，在適當的應對時機，我先照著陳組長及林家興先前的要求，照著紙條上的文字，以英文說出了新的密碼，並察覺到陳組長嚴厲的神情中，逐漸浮現了滿意的笑容。而後我又以英文提出了加註電話通知的服務，並看著紙條上的號碼，慢慢以英文唸出一串數字。我從陳組長及林家興的表情，可以察覺到他們兩人根本聽不懂英文，但卻時時關注我與對方通話時的神情。

就在我對著話筒以英文說出幾句感謝對方的話語後，我戰戰兢兢掛上電話，接著起身向陳組長點頭示意，表示先前要求的任務已經完成。

陳組長見狀後，這下總算露出笑容，不過手中的槍口依舊對準我再次開口確認：「密碼換過了？」

我點點頭，陳組長又繼續問著：「任何人詢問或想動用這個祕密戶頭，銀行就會留下紀錄，並通知紙條上頭所寫的電話號碼？」

見到陳組長逐漸浮現詭異的笑容，讓我內心的不安愈形沉重。原本早有料想，就算我依約完成越洋電話的帳務及服務更改，眼前這個陳組長也不可能輕易放過我，但我還是得面對接下來可能出現的結果。

「是的，沒有問題——」我語帶堅定地說著。「密碼和通知服務剛剛都已經透過電話弄好了！」

果不其然，陳組長先是滿意地微微頷首，接著突然將對準我的槍口向上移動，明顯是想瞄準我的胸口。就在我準備坦然面對自己的命運時，只聽到「砰」的一聲巨響。沒多久，陳組長的笑容瞬間停滯，接著只是瞪大雙眼往後倒了下去。

ROUND 12.

「林家興，你——」

我看著林家興手中的黑槍，槍口之處還隱約飄著白煙，不禁令我目瞪口呆，久久無法言語。原來他先前會退向書櫃旁，只是想逮到陳組長不注意時，趁機從書堆中拿出預藏的手槍。

「一切都結束了——」林家興轉頭看著我，臉上浮現相當詭異的笑容。

雖然林家興即時抽出手槍反制陳組長，讓我免於被槍殺的危機，但目睹一個活生生的人就這樣在我面前染血倒下，這樣的畫面還是讓我相當震撼。

林家興熟練地將手槍插入腰際，接著又走向辦公室門口將大門鎖上，並按上一道道鎖鏈。完成這些動作後，林家興只是癱坐沙發上，一點也沒有任何慌張的神色，可見這些行動林家興早已預謀多時，更證明我先前的推論並沒有錯。只是我沒料到他竟然會槍殺這個陳組長，讓滿腹疑惑的我不禁開口問著：「外頭陳組長的同夥怎麼辦？」

果不其然，就在我剛問完這句話，門外突然出現了急促的敲門聲。想必就是先前在窗口往下探望時，所看到的那幾名陳組長同夥，其中一人焦急地問著：「老大，沒事吧？需要幫忙嗎？」

林家興只是咧嘴一笑，起身走向門邊吼著：「媽的，老大還在問話，不要亂事打斷，問不出來唯你們是問，還不全都先退下去吧！」

門外幾名壯漢聽見林家興的吼聲，雖然停下了動作，但在一片寂靜之中，卻沒有再聽見後續任何腳步聲，顯然這幾名壯漢並未離去。

見到林家興一副老神在在的模樣，我湊到他身旁小聲問著：「林家興，你騙得了他們多久，你殺了他們的老大，這個辦公室已經被層層包圍，怎麼可能全身而退——」

林家興沒有回應，甚至根本不想與我眼神相會，逕自走向了自己的辦公桌前，接著拿起電話開始撥打。

見到林家興撥打的號碼，根本與他先前交給我的紙條下半部號碼一模一樣，不禁讓我瞪大雙眼難以置信。緊接著諸多疑惑也有了合理的解釋，但還是有些細節無法理解。

「喂，陳組長——」林家興對著話筒的另一端說著。「我要自首，我剛剛失手殺了人，地點是在——」

林家興對著話筒另一端的「陳組長」說出了這間辦公室的地址，我看看倒在地上的「陳組長」，還有與林家興通話的「陳組長」，頓時之間所有的疑慮總算想通，原來北部警局真有「陳組長」的存在。

等到林家興掛上電話後，我劈頭直接問著：「林家興，我把你當兄弟，你為什麼要騙我！」

「哼——」林家興輕蔑一笑。「兄弟？這種話你也說得出口，我怕你被槍殺，才出手相救，想不到你竟然這樣說我，這算哪門子的兄弟！」

我瞪著林家興憤恨地說著：「我已發現整件事就是你精心策劃的布局！」

林家興聽了以後根本不以為意，只是緩緩坐回沙發，並翹著二郎腿悠哉說著：「那你倒是說說看有什麼布局？」

「哼——」我冷哼一聲。「打從一開始，我會與你在馬路上相遇，根本就不是巧合，而是你早就跟蹤我的行程。最明顯的證據就是，我與你早已十多年沒有再見過面，就算你再怎麼聰明厲害，也不可能從我的背影就能認出是我。更何況你也沒有走向前來確認，也不怕認錯人，從背影就能認出我，更還能直接呼喊我的名字，後來知道你有多名可以使喚的忠心小弟，分明就是你早派人跟蹤我。」

「喔——」林家興笑著。「我就是確定是你，我本來就很會認人，就算你化成灰，我也會認得——」

「少來，我後來才終於想通，或許我借錢的那間地下錢莊和你們原本就有關聯，甚至可以說根本就是你負責的其中一間公司，我們集團本來就和黑道有關聯。我會這麼起疑，是因為你當天留給我的電話號碼，我一直以為是你住所的號碼，因為你及時伸出援手，我對此始終滿懷感激，所以那張紙條我一直留在皮夾內好好保存。誰知道原來在你給我救命電話後，我還是被你的小弟們持續監控，一方面透過地下錢莊不斷恐嚇、威脅要我還債，另一方面又不斷派人演戲，好讓我想起來可以撥打你給我的這支電話。」

林家興不以為然反問著：「那是在演什麼戲？你以為是八點檔嗎？」

「我後來為了躲避地下錢莊的黑道追殺，早已開始逃亡生活。逃命一段時間後，原以為自己總能在最危急時刻逢凶化吉，算是天無絕人之路，現在想想根本就一直被你牢牢掌控。你為了讓我想起可以撥打你留給我的這支電話求救，要你的小弟假扮成地下錢莊討債。我那時已在逃亡，根本分不清楚究竟是地下錢莊的人還是你的小弟，趁著找我討債教訓我時，就確認過我的皮夾內還留有你的電話號碼。後來更還找了個中學生模樣的人，拿著一疊通訊錄，讓他趁我不注意時撞向我，就是要讓我撿起班級通訊錄，上頭滿滿的同學聯絡電話，就是要讓我想起還有你這位『同學』可以求救。不但如此，因為你知道我已經窮途末路，身上連一毛錢也沒有，才在那名你找來的中學生刻意碰撞我時，還讓他趁機塞了一些零錢在我口袋。你其他監視我的小弟，見到我看似已經想起可以打電話向你求救，但我卻根本沒有發現口袋中已被塞入銅板，我還是一直等著公共電話是否有人餘留金額，讓我可以接在後頭撥打。你最後才又派人假裝撥打公共電話，為的只是讓他刻意留下餘額，好讓我能夠接著撥打。想想我真是太天真，原以為都是上天安排的好運，原來根本就是你林家興的驚心策劃——」

「哼——」林家興輕瞇雙眼說著。「你到底在說什麼？就算你說的都成立，那我要怎麼能確認什麼通訊錄之類的，能讓你想起我有留過電話給你。別忘了，我的電話是你硬跟我要的，那天在路上碰到又不是我主動給你的。」

「這就是你厲害的地方——」我走向辦公桌前頭，並手撫那支我相當熟悉的電話說著。「那天在路上相遇，不管如何明示、暗示，你都會想辦法讓我覺得是我自己跟你要聯絡方式。我求助無門，又遇到你也有一樣的煩惱，我一定會有很強烈的動機想跟你要求聯絡方式，就算我沒主動要，你也會給。而後來那通訊錄如果沒有順利讓我想起你，我的行蹤及行為早就被你監視及控制，你還是有很多方法可以讓我想到你。但不管如何就是要不斷透過各種暗示，好讓我主動想起、主動求救，一切就像是你廣大的恩澤，讓我日後成為你最忠心耿耿的手下。我事後回想你當天在馬路上跟我說你父親『之前』因為炒作股票失利，也向地下錢莊借錢，你很巧妙用了『之前』，根本就不是我這次遇到的股票市場泡沫。你應當是更早的時候就已經被地下錢莊追殺，但我早已走投無路，會直接當作你父親也是因為這次股災成為受害者。不然如果你與我都在差不多的時間，都遇上地下錢莊的追殺，你更不可能在那麼短的時間內，就穩坐集團內這麼重要的幹部。更何況，當初在馬路上與你相遇時，你早就是這裡的幹部，你才會留下這間辦公室的電話——」

我邊說邊拿起話筒準備撥打，不過林家興倒是先打斷我的話語：「吳志明，你是傻了嗎？我這邊的電話你又不是沒有，你在說什麼？」

無視於林家興的質疑，我逕自撥打號碼，話筒內又立即傳來了「嘟、嘟、嘟」的回應。雖然這個訊號音必須貼近話筒才能聽見，以林家興的位置來說根本無法聽到，不過就在我掛上電話後，這才開口解答：「先前我就是用這支電話，無論怎麼撥打你當初留下的號碼，永遠都是電話中的訊號。後來我才總算想通，因為這個號碼根本就是這條電話線路的號碼，難怪永遠都撥不通。我想這是一支只有你能接起的私人電話，不准其他人代接的個人號碼，恐怕這號碼連惠娟也不知道——」

我拿起一旁的另一支電話，再次撥打同樣的號碼，沒多久，原本那支我之前使用，永遠都是「通話中」的電話，總算響起清脆的電話鈴聲。我隨即掛上電話，並露出笑容，證明我的推測並沒有錯誤，接著緊盯林家興說著：「打從一開始你與我在路上的相遇，根本就是你精心安排的戲碼。我想你當年也是因為父親欠債而被地下錢莊追殺的關係，而後才加入這個集團，更成為重要幹部。而且你負責的事業可能和我借錢的那間地下錢莊有關聯，知道我也即將因為付不出借款而跑路，才會有一連串的巧妙安排，就是要讓我死心塌地認定你是我生命中最重要的救命恩人。」

「哼——」林家興只是一臉不屑。

「看你的表情，是想反駁這麼做是為了什麼吧？」我挑眉說著。「你是因為看中我是你的舊識，只要能讓我對你忠心耿耿，你就可以利用我的英文能力，這是你所欠缺的，來完成『老闆』

想要開海外祕密戶頭的極機密任務。更重要的是，你因為有前科，就算能克服英文這個障礙，也很難前往海外開設祕密帳戶。因為這在海外銀行開戶條件上是有要求的，我就這樣成為你的最佳人選，況且我想我還是你少數認為可以完全信任的人。之前我還以為先前上班的公司老闆說有人在我離職後，一再打來探聽我的工作能力想要挖角，原以為只是之前老闆胡說一通，現在回想起來，恐怕根本就是你打去確認我的英文能力，是否能勝任你所規劃的這項任務。而你因為我成功完成『老闆』的任務，日漸受到『老闆』的重視，才會對我懷有愈來愈深的敵意。甚至害怕以我的能力，終有取代你的一天，才聯合這個假『陳組長』同夥，以『老闆』已死，還有你被脅迫的情境，甚至拖下惠娟，好再次利用我來親口撥打越洋電話變更密碼。還有這個電話通知服務，根本就是鎖定這個祕密帳戶給你和你的同夥使用。其實我之前曾經嘗試過，『老闆』竟然沒有變更過密碼，還不斷要我匯入大筆金額，我想這不是『老闆』英文不好所以沒有自行撥打電話更改密碼，就是你從頭到尾根本就隱瞞『老闆』，沒跟他說過可以變更密碼，你才會那麼確定密碼開戶後根本就沒變更過。剛剛才會要我直接更改，都沒想過我根本就不知道『老闆』變更後的密碼，如果是那樣的話要怎麼透過越洋電話登入這個帳戶。還有就是惠娟，我原本還很納悶，她今天怎麼能如此精確掌握我人是在我公司的辦公室內，還有你的小弟跟集團內的敵人都如此湊巧前來我的公司，因為這些全都是你的人所假扮，也都是依循事先套好的戲路。最明顯的證據，就是我剛到你這間辦公室時，惠娟撥打電話過來確認，我都還沒出聲，她就確定是我接起，目的是因為你跟假『陳組長』不知道被什麼事耽誤到，一時之間趕不過來，才會要惠娟撥電話過來要我再等一等。可見我的行蹤都被你們所掌控，惠娟和你的小弟一直都有聯絡，好來聯合欺騙我——」

「哼，說夠了沒，我真的聽得很煩了——」林家興臉上依舊還是那副掛著冷笑的表情，想不到笑著笑著突然從沙發上起身，走向「陳組長」的遺體邊，彎身拿起他手中的手槍，接著轉身將槍口直直對準我。

「吳志明啊吳志明，這一切都結束了——」林家興輕瞇雙眼說著。「你聰明歸聰明，但人總是會被自己所迷戀或沉浸的虛像所矇蔽，你、我都不例外。對你來說，從頭到尾根本就沒有『老闆』這個人，應該說你的『老闆』就是我，而你依據我的劇本安排，是一個該死的人！」

我緊皺眉頭死盯著林家興，但卻完全無法理解他的話語。

ROUND 13.

「你在胡說些什麼！」我驚恐地問著。

「哼——」林家興冷笑一聲，掛著詭異的笑容說著。「你這個將死之人，跟你全盤說出也無所謂。從頭到尾你的推論，錯誤之處還真不少，我們集團不是和黑道有掛鉤，而是確確實實的黑道，就是北部最大黑幫。我當初只是不想讓你捲入黑幫勢力內，才盡可能把你隱藏起來，所以『老闆』徹頭徹尾都不知道你的存在。嚴格來說，我才是你的『老闆』，你的債是我還的，借據也是簽給我的，額外的獎金更是我給你的。我當年確實是因為我老爸那爛人的關係，才被黑道追殺，而後更直接加入黑幫。在一些機緣巧合下，最後和堂主成了生死與共的好兄弟，也成為北部黑幫堂主身邊最重要的首席助手，也就是我之前跟你說過的『老闆』。因為堂主對我相當信任，這些帳務的事他全都非常放心交給了我，我也不可能亂搞，但我確實因為英文能力不佳又有前科，需要一個能夠對我忠貞不二的良民幫手。因為剛好在我們這堂所屬的地下錢莊欠債名單中看到你，這才想到你是最佳人選。我在那之前早已嗅到老幫主恐怕時日不多，儘管老幫主本來就屬意讓我的堂主接棒，但幫內勢力各自為陣。如果幫主突然驟逝，堂主要是這樣直接接任，地位一定極不穩固，需要其他各堂主的支持，才會想到先慢慢把幫內的大筆金錢，全都偷偷移到海外，藉以控制其他堂主的支持——」

儘管林家興的槍口依舊對準我，我一點也不畏懼，還是瞪著林家興說著：「所以你應該成功了，不是嗎？為何還需要跟這個假『陳組長』合演一場戲碼，騙我更改密碼！」

「唉——」林家興搖搖頭。「我是成功了，各堂幾乎都因為幫內大部分金錢掌握在堂主手上，不管內心是否臣服，表面上都還是支持堂主接任，堂主也因此順利上任，成為北部最大黑幫幫主。原以為幫內金錢都在新幫主手上，只有新幫主能支配給各堂動用，就算有人不服，想搞什麼動作，要是有人膽敢把新幫主殺掉，整個黑幫長年累積下來的錢財就會因為沒了戶頭密碼全都沒了，反會成為全黑幫的罪人而被追殺。只是萬萬想不到有個自認為自己最該接任幫主的人，不知從何得知，甚至該說是用計四處捏造我這個首席助手，就是海外祕密帳戶原始開戶者，還有辦法變更密碼，才會使出這種玉石俱焚的方式，將新幫主直接殺害，順利成為後繼的幫主——」

聽到此處，我不禁雙眼微睜，指著躺在地上的屍體問著：「所以他就是北部黑幫現任幫主？你還把他殺了！」

林家興默默點頭，而後才又開口說著：「他殺我兄弟，我當然會替他報仇。我本就無意將你捲入，在我嗅到不對勁時早有提防，為怕出現變故，才先後要你跟惠娟都早早躲藏起來。想不到你的存在後來還是被他們發現，我在『老闆』被他們用計殺害後，自己也被挾持逼問，雖然我一開始沒有供出你可以直接更改密碼，但我早已下定決心一定要為『老闆』復仇。所以反而心生一計，告訴惠娟我決定跟陳組長合作，需要她配合演出，告訴她這樣才能保障我們全身而退，但其實我騙了她——」

「騙了她——」我輕皺雙眉複誦林家興的最後一句話。

「惠娟可以全身而退，但你、我不可能。我確實決定和陳組長合作，剛剛才會打電話跟他自首。但和剛剛被我擊殺的新幫主，也是跟他說要配合我演出一場與『陳組長』警民合作的戲碼，來騙取你的主動更改。否則以我對你個性的瞭解，以強硬的方式逼問，我想聰明如你，很清楚就算照做，你這個原始開戶者還是會被除掉，所以寧死也不願意配合更改密碼。不過若以我這個救命恩人及你所愛慕的惠娟為脅迫，其實我早發現你喜歡她，這點你大可不用再否認。我知道他不會放心，才讓他自己來扮演『陳組長』這角色，想不到一切都很順利，他吃定我因為黑幫的勢力早已被他掌控，我本來所屬的堂已被他完全吃下，外頭又都是他的親信，我不可能敢對他不利。他甚至因為我的才能，很想把我拉入麾下，我也刻意表現出很想要效忠他而慢慢博取信任，他這才逐漸落入我的陷阱，要他在只有你、我在場的情況下，以免戶頭變更後的密碼被其他人聽到。我不知道他是否對我過於信任，連我交給你的紙條，我都偷將聯絡電話換成真正「陳組長」的電話，他也沒有發現，反而還以為你已經幫他更改成銀行日後會通知他的服務而自鳴得意，我才能在他疏於防備的情況下順利將他殺害，現在就等待北部黑幫的瓦解了——」

「什麼意思？你這下還有辦法全身而退？」我疑惑地問著。

「我已說過你、我都無法全身而退，我本就有意在殺掉仇人後，向陳組長自首尋求保護，一來是為了惠娟，好在我欺騙仇人步入陷阱時，為了讓這戲碼更為真實，好騙取你的信任，就只有讓他一人知道惠娟的存在與我們的過往。在黑幫裡大家只知道羊咩是我的女人，沒人知道惠娟與我的關係，這也是我保護惠娟的用意，才會要你在公司那邊也絕對不要洩漏我與惠娟的關係。甚至讓惠娟順理成章成為你名義上的女友，對她可能更好，所以我始終沒有反對你對她的好感。再者因為讓我持續想待在這黑幫的人物已經消失，我也順利替他報仇，所以我只想讓北部黑幫徹底瓦解，好能讓我在意的人日後生活沒有隱憂——」

林家興說到此處，遠方已隱約傳來警車的鳴笛聲。

「老大，真的沒事嗎？好像有條子要來了？要不要小心一點，還是換個地方逼問？」

門外沉寂已久的幾名壯漢，或許懾於林家興在黑幫的地位，尤其他似乎又得到他們老大的重用，先前被林家興這麼一吼，雖不敢多問，卻又擔憂幫主安危，只好一直靜靜守在深鎖的大門外。這次因為聽到遠方傳來的警笛聲，其中一人還是按捺不住焦急問著。

林家興走向門邊突然大聲吼著：「你們的老大已經被我殺掉了！條子要來抓人了，還不快滾！」

「什麼意思！」另一名壯漢驚訝地問著，隨後大門外出現一陣急促的敲門聲。

「砰！」

林家興朝大門方向開了一槍，同時聽到其中一人「啊」的一聲慘叫，隨後這幾名壯漢知道林家興是認真的，門外馬上出現一陣慌亂的腳步聲，似乎是一個接著一個往樓下方向散去。警笛聲愈來愈近，原本還停留在樓下的小弟們，可能撞見幾名壯漢從樓梯口一湧而下，也已開始發出慌亂的嘈雜交談。

我注意到林家興剛剛所使用的手槍並不是「假陳組長」所有，而是刻意換成自己暗藏的那把槍，突然明白他想使用什麼把戲。

「林家興——」我眼神堅定地說著。「我現在終於想通你剛剛一再強調我們無法全身而退的意思了。你想製造成『假陳組長』因逼問密碼而槍殺我，而你為了自保反擊他的假場景吧——」

林家興拿起「假陳組長」的那把黑槍對準我說著：「是的，我確實無意將你捲入，但事已至此，不得不犧牲你，我想沒有犯下殺人罪的你，日後還是會成為黑幫殘存勢力的追殺對象。更何況你一定禁不住那種百般凌虐，我只是想讓你獲得徹底的解脫罷了——」

「哼——」我惡狠狠瞪著林家興說著。「說得這麼好聽，你不過是要個代罪羔羊讓自己全身而退罷了！這場金錢遊戲目前看來算你贏了，自始至終我就是贏不過你，一切都在你的算計之中——」

林家興輕輕搖頭，接著笑了起來：「我還記得你小時候因為任何遊戲都贏不過我，偶然一次僥倖贏過我後，就開始明顯逃避跟我有任何需要決定勝負的場合。老實說，我從小就很討厭你，你聰明，功課也好，老師喜歡，家境又好，常常大方請同學吃東西，偏偏又愛以嘲笑的方式，把不要的東西丟給我，好凸顯我家境不好，還有你大善人的形象——」

「林家興，你瘋了嗎——」我瞪大雙眼難以置信。「我哪是這種想法，只是欣賞你的聰明才智，才會喜歡跟你玩在一起，會給你東西也是出於好意——」

原來林家興從小就不喜歡我，虧我那時還一直對他那麼好。直到今日才知道這件事，這對我來說，真的相當衝擊。

「少胡扯——」林家興大聲吼著。「我就是無法信任你，才需要如此大費周章一步步讓你在不知情的情況下完成海外祕密帳戶。要是你一開始就知情，以你的聰明才智，一定會想辦法搞鬼的——」

「哼——」我想起惠娟跟我說過的話，不禁冷哼一聲。「不要說得那麼好聽，理由一大堆，你根本都只是在利用別人，好讓自己脫罪。更讓你出獄後可以推托只有我知道祕密帳戶密碼，但在逼問出密碼前，已經被人殺害，連你自己也不知道真實密碼，好擺脫出獄後的追殺！」

林家興確實如惠娟所說的已陷入瘋狂，什麼人也不相信。我也很篤定林家興會對我開槍，只能坦然面對自己原本就該有的命運。

「吳志明，再會了——」林家興雙眼滿布血絲，惡狠狠瞪著我。「我從以前就沒有真心把你當過朋友，完全不喜歡你這個人，不要自作多情。你必須死，這是為了我的女人，也為了我自己，更是為了即將出世的孩子。儘管我必須坐牢，為了孩子，我還是要堅強活下去——」

一想到林家興徹底把我大耍特耍後，為了讓自己全身而退，更直接把我當棄子般捨棄。我一直把他當作好友，原來只是我自作多情，想著想著不禁讓我朝林家興大聲怒吼著：「林家興，我恨你！你真敢殺我的話，我詛咒你也會跟我一樣不得好死！」

「哼——」林家興冷笑一聲。「少在那自以為是，你重獲生路後還可以吃香喝辣、極盡奢華的闊氣錢，那些都是逼死別人的絕命財。不要裝作毫不知情、自命清高，你、我不過一樣是雙手沾滿鮮血的殺人兇手，我才詛咒你會跟我一樣不得好死！」

「你——」我頓時啞口無言，只能瞪大雙眼怒視林家興。

「砰！」

一陣無情的槍聲倏地迎面而來，整個時間彷彿全都停止，眼前出現的只有林家興的訕笑表情。

罷了，林家興！你自以為聰明，讓我完全依照你寫好的劇本進行，我本來還想好心告訴你，先前我已經察覺異狀，知道那個「陳組長」並不是真的，直覺就算完成這些動作也會被你的「假陳組長」滅口，所以才在撥打越洋電話時，根本就只是刻意用你那支私人電話撥打你的私人號碼。同支電話撥打本身的號碼，話筒內不過呈現電話中的「嘟、嘟、嘟」聲響，只是因為聲音很小你們聽不見。這樣一來電話才不會因為話筒拿起後太久，沒有撥打而發出刺耳的提醒噪音，以免我假裝撥打電話的謊言被揭穿。你們還以為我真的撥了越洋電話，其實我根本就在演戲，密碼從來就沒有變更過，更沒開啟有什麼狗屁電話通知服務。

看來這個金錢遊戲的最後勝利者，還是我吳志明，你遊戲依舊還是玩不過我，我已經取得二連勝。而且這次不是僥倖，是因為你聽不懂英文，能力完全比不上我，才會被我的演技徹底騙過。

還有，你真的確定你的女人我從沒碰過，而未來若有孩子出世真的是你的，不是我的嗎？

罷了，真的罷了！林家興，你這個連會真心幫助你的朋友都不相信的人，我詛咒你最後一定會得到報應，下場絕不會比我好到哪去的，詛咒你也會不得好死！

第三部：不歸路

▲不歸路一段

「夢琪，接下來該怎麼辦？」

——這是我最常掛在嘴邊的一句話。

我叫阿諺，學歷不過國中畢業而已，更該說是好不容易混到畢業。原本就不是就讀多好的學校，要不是老師因為知道我這個他眼中的麻煩混蛋，本來就不想繼續升學，這才大發慈悲放過我，不然我想我應該會像其他幾個幹盡壞事的同學一樣早被退學。

至於我的全名是什麼，根本一點也不重要，因為這名字早就快從這世界上消失，連我自己都快遺忘。不過這個國中學歷對我來說根本就不重要，我本來徹頭徹尾就不是讀書的料子，甚至還被幾個同學嘲笑過很笨。其實畢不畢業我也不是很在乎，因為從小到大，我連自己究竟該要做些什麼都不知道，有時真的相當迷惘，實在不是很明白為何老天要讓我來到這世上。

深夜，在海濱公園邊，迎著涼爽的海風，眺望著遠方一望無際的大海，是我覺得最為平靜的一刻。隨著海浪波濤的反覆進退，心中更是舒坦無比，若就此看上一整晚也沒有問題，這也是我相當喜愛東部的原因。

「阿諺，你在發什麼呆啊——」夢琪以手臂輕碰著我，顯得有些不悅。「你真的很愛發呆，自己問我話，等我講話時你又心不在焉——」

我看著夢琪露出苦笑，確實我已經完全依賴眼前這名女孩，她幾乎可說是我生命中最重要的人。或許上天安排讓我遇見楊夢琪這個女孩一定有什麼特別用意，真的完全改變了我灰暗的人生。

夢琪留著一頭亮麗的長髮，五官相當清秀端正，是東部大學的學生，我也不清楚她究竟幾歲，不過從外表倒是看不出這樣的年齡差距。夢琪總說我娃娃臉，再加上我身高也不過一百七十出頭，骨架又小，就算和打扮總是充滿年輕活力的夢琪站在一起，恐怕也沒有太明顯的差距。而究竟她念的是什麼系，其實我也不是很清楚，或許是和戲劇相關的科系吧？至少我常常在她身上看到這樣的長才，根本就是天生的編劇、導演奇才，還會不時對我反覆嚴厲指導該怎麼做才會更好。夢琪感覺比我還要成熟許多，這也讓我時常被夢琪笑稱像個長不大的小弟弟。不過要說夢琪像個大姊姊，我覺得有時候她對我的態度還更像個有些囉唆的媽媽。

但關於夢琪學校的事，也可能是她怕我聽不懂，畢竟那種學術的東西，從以前我就不是很懂。比較起來，或許作奸犯科我還更在行，這點夢琪也很清楚，可能也因為如此，她從未跟我說過究竟唸得是什麼這檔事。總之，我也只知道她現在是東部大學的學生。

會和夢琪相遇，或許也可說是上天巧妙的安排。當年國中畢業後，根本不知道要做什麼，只想逃離那個令人生厭的老家。老爸從小就告知我叔叔因為愛賭博而欠債無數，最後甚至因此被人殺死，告誡我做人要腳踏實地，不可以投機取巧，以免沾染惡習和惹上麻煩。結果說得這麼好聽，老爸自己最後反而因為做生意失敗又替人作保，負債累累宣告破產，最後自己也拋棄家人跑路，老媽受不了也跟別人跑了。從此以後，我再也沒見過這兩人，老實說他們現在究竟是生是死也與我沒有關係。最後我只能跟阿嬤一起過著清苦無趣的生活，而一切的時光彷彿就在那一刻開始停滯，往後似乎再也沒有向前流動。

我實在很不喜歡上學，從那之後更是抗拒，中間更是休學過也不記得多少次，同學也不知道換了幾輪，到底最後念了幾年，我也不是很清楚。等到國中好不容易混到勉強畢業後，便告知阿嬤我要外出工作，實際上也不知道自己能做什麼。主要因為長年跟難以溝通又極為囉唆的阿嬤住在一起，整天只會叫我上進用功，好似這世界只有讀書才是正途，真讓我內心著實厭惡。但我即便逃離那死氣沉沉的老家，也只是渾渾噩噩四處打著零工，更常在網咖混日子，結交一群根本就不是朋友的朋友。打工領的錢，原本就是有一檔沒一檔的，一下就會花完。錢沒了就大家聚在一起去幹些壞事，大家要我做什麼，我也不會多加思考便跟著走。

這樣的日子一晃也不知道過了多久，這種生活沉悶到了無生意，真的唯有各種線上遊戲才能讓我擁有真實感，一旦脫離虛擬世界後，整個時間彷彿又變得停滯不動。雖然這中間幹了不少壞事，卻很幸運一直沒被抓到，但即使可以這樣漫無目的過活，卻也完全不知道自己生存的意義，彷彿幽靈般在這世界中遊走徘徊。

直到後來在一款主打暗黑風格的線上遊戲中認識了夢琪，才知道原來這世上還有如此吸引我的人。她不但和我一起組隊打怪練等，還會不斷替我設定目標，指導我該怎麼做，也讓我初次體驗到人生有目標是什麼樣的欣喜感。

就這樣在線上遊戲中頻繁往來與交談了好一陣子，在夢琪的提議下，我們才第一次約出來見面。原本透過線上遊戲，只知道夢琪是個相當溫柔又聰明的好夥伴，至少在遊戲中對我非常好。雙方後來甚至都以公婆互稱，在遊戲中是一對虛擬情侶，想不到見面後更發現夢琪相當亮眼，一下就被她所深深吸引。交往到後來，更是為了能與她自由見面，硬是逃離了原本應該得按規定回去的場所。那個只會讓我被所有人欺負的地方，真的不回去也罷，這也讓自己必須展開拋棄真實姓名的流亡生活，成為真正不能表明身分的幽靈。

自此以後也不敢回去老家，更不知道阿嬤後來究竟過得怎樣。不過想想我也不以為意，「生既無意，死亦何憾」，這本來就是我當初被這款與夢琪相遇的線上遊戲所吸引的主打宣傳，真的是直到遇見了夢琪，才讓我生命有了新的光輝。

我想我們發展至今，雖然夢琪有時候會突然不告而別，消失好一陣子或是聯絡不到，但我和她的關係除了在線上遊戲中已是情侶，在現實生活中應該也已算是男女朋友，而且這交往下來也已經好幾年。雖然我不清楚究竟大學該讀幾年，要是她跟我國中一樣一再休學，真也不知道她什麼時候才會畢業。因為我不過是個沒有存在感的幽靈，也不想打擾她的大學生活，更不想讓她因為我無業、犯罪的身分而受到同學嘲笑，所以我從未介入過她的求學生活，也未曾踏入過她的校園，最多就是送她到學校附近。

想想只要她願意繼續和我交往，我也不會去干涉她該有的隱私空間。雖然我知道即使和她長期維持著親密關係也不一定會是男女朋友，甚至也不保證未來會長相廝守，但我從小到大無論在家裡或學校都不討喜，甚至因為被人嘲笑笨拙而一再受人欺侮。根本就沒想過會有女生喜歡我，更還願意和我發生親密關係，光是這點我已經感到相當滿足。即使我凡事都很笨拙，夢琪也會不厭其煩指導我，就連親密舉動的點點滴滴，也會告訴我該怎麼做，和其他只會嘲弄我的人真的相差太遠。因為她比我聰明，見聞也比我還多、還廣，很多時候我也不是很瞭解她的想法。不過只要她有任何需要，我都會有求必應，就算是殺人放火也在所不辭，我想這或許就是所謂的「真愛」吧？

但不管如何，其實是不是真正的男女朋友我也不是很在乎，至少夢琪讓我感受到前所未有的自我重要性與存在感，只要能一直守候在她身邊，老實說我已經心滿意足。

「你還在想那個糟老頭嗎？我知道你很喜歡他，但我就是覺得他既囉唆又很噁心——」夢琪輕皺眉頭說著，在微弱光線中仔細一看，這才發現夢琪今天化著淡妝，不過卻有些難掩臉上的精神不濟。

夢琪時常都能看穿我的心思，不過這次倒是沒有猜中。當然，每次聽到她稱呼我之前打工的早餐店店長為糟老頭時，總是讓我內心很不是滋味。店長總是讓我想到我的親叔叔，在小時候常常給我零用錢和送我玩具，所以我對叔叔的印象一直很好。其實不僅如此，因為老爸當年生意做得好時，在外面又養著別的女人，而且還不只一個，對我和老媽總是愛理不理，還逼我不能跟老媽說出有「阿姨」這件事，總是裝得一副道貌岸然的模樣，然而卻跟禽獸沒有兩樣。三不五時心情不好，還會打我出氣，而且往往情緒一來不可控制，就是一陣又一陣的毒打，自然也讓我非常討厭他，也對破壞感情的第三者深感痛惡。而老媽不知道是不是因為老爸長期冷落，也可能早就知道老爸外遇的事，又因為我長得跟老爸很像，對我總是有股難以壓抑的怨氣。就算知道老爸一不高興便會虐打我，也對我身上那麼明顯的傷痕全都裝作沒有看見。還不時嚷著要是沒有我就好了，才不會逼不得已跟老爸這種爛人結婚，所以動不動也是打我、捏我出氣，讓我對她也是避之唯恐不及。面對這樣的雙親，反讓我跟叔叔比較親近，更讓我有種他才是真正關愛我的感覺。後來好一陣子沒再看過叔叔，老爸才跟我說出叔叔沉迷賭博而被人殺害的實情，真是讓我驚訝萬分。這麼愛護我的叔叔竟然會沉迷賭博，他的死也讓我悲傷不已，感覺此後這世上再也沒有真正關愛我的人。

就連最後在雙親分別逃離後，一同生活的阿嬤雖然不說，但恐怕也只是把我當作煩人的累贅，只會對我不斷詛咒老媽的淫亂。雖然我也不是很喜歡老媽，但長年聽下來也很不舒服，也不想想自己的兒子又好到哪去。阿嬤根本就只是勉強供我吃住，也不是真心喜歡我，這種極為孤獨的無力感，真的是直到遇見了夢琪，一切才有了轉變。

「怎麼了，你不高興喔——」夢琪察覺我的表情變化，以相當不悅的口吻說著。「我就是不喜歡那個糟老頭，還當真把我當成他女兒，不但對我摟摟抱抱，竟然還敢狠狠甩我一巴掌。要不是還沒拿到最重要的東西，我才不會就這樣隱忍下來——」

「唉——」我輕嘆了一口氣。「老實說我是真的很喜歡店長，他對我非常好，若不是為了妳，我真的不想騙他——」

雖然和這個早餐店老闆相處只有短短半年多的時間，即使知道自己資質比較駑鈍，但我還是可以感覺到店長對我真的很好。他也不時分享一些令他懊悔的年少憾事，並教導我許多人生道理，真的是把我當成自己的晚輩甚至小孩在照顧。這也讓我時常想像，若是叔叔還在世，大概就是這種感覺，真可說是除了夢琪以外對我最好的人，也算是我生命中難得一見值得敬重的人物。要不是因為夢琪對我來說，是比店長更為重要千百倍的人，我實在很難這樣步步依照夢琪的指示，一再欺騙店長，又一再犯下重罪。

我原本就不擅長撒謊，尤其是一開始又依據夢琪的指示謊報年齡及捏造身世，好測試店長是否會對身家進行調查及是否能夠瞞過他的觀察。要不是因為我真的外表較為稚氣，這樣謊報年齡，真讓我相當不適，好幾次都覺得店長就快要發現我的眾多謊言。要不是經過夢琪沒日沒夜一再嚴格訓練，我想店長也不是笨蛋，我真的很容易就會被戳破。

「唉——」夢琪猛力搖頭。「我才不相信那個糟老頭沒有趁機起了什麼色心，我媽常說男人沒一個好東西，我可是謹記在心。雖然也曾經因為不聽告誡，讓自己吃了刻骨銘心的大虧，但我從那之後可是完全相信我媽的教誨。我連我爸是誰根本就不知道，也從沒見過，都靠我媽一個人辛苦養大，她就是被她深愛的壞男人拋棄，最後才會『窮』死的。生病也沒錢看醫生，才會因為小病病死，你們這些臭男人真的都沒一個好東西！」

雖然夢琪指著我痛罵「臭男人」，但我想我反而因為個性非常單純，對感情也極度專一，這才能獲得夢琪的青睞。否則以夢琪那麼好的條件看來，她一定能輕易就找到比我更好的男人。

夢琪看著我，又突然抓住我的手激動地說著：「阿諺，我要你發誓，這輩子只會愛我一人，永遠都不會背叛我、傷害我！」

「唉——」我又再次嘆了口氣，牽起夢琪的雙手說著。「我早就發過毒誓，我絕不可能背叛妳、傷害妳，妳要我做什麼我都心甘情願，這妳大可放千百萬個心，在這世上我只會愛妳一人。既然店長都死了，就別再說這些了，我們接下來到底該怎麼辦？」

每當夢琪要我發誓只愛她一人時，我內心都相當高興。這代表她真的很在意我，其實倒是我反而還更怕她哪天突然離我遠去。

「嗯——」夢琪先是低頭沉思，接著雙眼一亮開口說著。「當然是——」

不過夢琪才剛開口，就被我直接打斷說著：「妳的手臂怎麼了？怎麼有一大塊瘀青？左眼也有點紅紅的——」

夢琪聽到我這麼說以後，趕緊抽回牽住我的手，並拉了拉衣袖遮住瘀傷，接著開口說著：「沒事的，不小心跌倒撞到的，我這陣子精神有些不是很好，所以眼睛常常紅紅的。你也知道，那件事才剛結束，要編出各種劇本也是很費力費神的——」

見到夢琪眼神突然變得如此憂鬱，我本想再說些什麼，不過她反倒開口繼續說著：「我今天累了，明天再見面吧。先讓我想一想，到時再跟你說該怎麼辦，明天一早我還要去學校上課——」

「那我騎車送妳回學校吧！」

「不用了，時間還早，所以我想自己慢慢走回去，今晚想要一個人靜一下──」

「真的不用嗎？」我再次關切著。

夢琪搖搖頭，之後便轉身離去。

即使我再駑鈍，我也知道夢琪一定有什麼心事。只是依我的個性，她若不願意主動告知，我也不會強求。凡事以她為主，這也是夢琪曾經說過喜歡和我在一起，享受這種完全沒有壓力的自由自在。沒有再勉強她的意思，我只是目送她那纖細而柔弱的身影逐漸遠離。

等到夢琪從視線中消失以後，我拿出擺在褲子口袋內的一串項鍊，凝視了好一陣子。等到再次看向那我最深愛的大海，不知為何，這片大海也沾染上了夢琪的陰鬱。

▲不歸路二段

隔日的同一時間，在海濱公園又再次與夢琪見面。自從開始在早餐店打工後，每隔幾天就會在深夜的海濱公園見面，向夢琪報告所探聽到的各項細節，並討論接下來的應變行動，這已幾乎成為兩人的例行之事。

回想那時候的種種，真是令人相當興奮。從小就很羨慕在班上可以上台表演話劇的同學，這種需要代表班級比賽所精挑細選的演員，根本就與我完全絕緣。好在夢琪對我並不嫌棄，指導我很多劇本中人物該有的應對進退，而夢琪也非常厲害，幾乎把店長可能出現的反應，絕大部分都有料中。即便後來劇情走向有時會脫離夢琪規劃好的劇本，夢琪也能迅速擬出新的劇本，在她嚴格訓練下，我也愈來愈能掌握。或許我真的很有演戲天分，只是以前學校老師都沒有這種慧眼，讓我白白被埋沒了這麼多年。有時候甚至也會幻想，要是我有上高中或大學的話，應該非常適合參加戲劇社之類的，但想想也需要有像夢琪這種很懂我的編劇和導演，才能讓我好好發揮。

不過就在店長死後，夢琪的目的也已達成，這個深夜的會面，不知為何，竟變得相當空虛冷落，現在已經完全沒人會叫我「阿吉」。說實在我還蠻喜歡這個職業與角色，就像線上遊戲開局就選到一個有趣而吸引人的角色設定一樣。或許這也很像線上遊戲的生態，在我完成夢琪規劃好的最終龐大任務後，如果夢琪沒再給我新的目標，就像遊戲失去人氣慘遭公司遺棄後，將不再更新全新的大型任務，讓我真的也不知道要做些什麼，這樣的遊戲也會變得好似已經沒有再登入遊玩的價值。

我始終搞不清楚，為何夢琪會需要那麼多錢，也不知道生活理應如此單純的大學生，竟然會知道店長的祕密。究竟是什麼樣的動機，才會驅使夢琪如此精心規劃這麼龐大的騙局，要我接近店長刺探各種情報。雖然我自始至終都不會主動詢問夢琪各種疑惑，但曾有那麼一次，夢琪倒是自己透露母親因為窮愁潦倒，做過各種工作，才會知道店長有祕密帳戶的道上傳聞。不過她也是在母親過世後，翻閱遺留的筆記時，才得知這項祕密。

一掃昨晚與夢琪分別時的陰鬱，今晚夢琪整個人看起來相當輕鬆愉快，或許也跟她綁了個清爽的馬尾有些關係。

「所以妳覺得我該不該去？」我疑惑地問著，手插褲子口袋，撫摸著擺放在內的那串項鍊。這是之前夢琪隨意丟棄的項鍊，但因為我知道這串項鍊意義深遠，在瞞著夢琪的情況下，我又偷偷把項鍊撿回來收藏著。

「當然不要啊！你瘋了嗎？」夢琪瞪大雙眼說著。「你難道沒看到之前新聞媒體報得那麼大，還想自己去惹禍上身嗎？不想想你現在的處境，之前在醫院那次和警方這麼近距離擦身而過，事後還好計畫順利，沒有被找去盤問，那次已經非常冒險。要不是當時警方的目標很明確就是那個糟老頭，你恐怕也不會那麼輕易脫身——」

那天在醫院發生的事情，到現在都還有些印象，之前幹過很多壞事，也不是沒見識過死人，甚至為了完成夢琪交代的任務，還搬運過遺體。但那次在眼前逐步消失的生命之光，感覺很不真實，還真的就像夢琪說得一樣，跟線上遊戲出任務時的打打殺殺沒有兩樣。但和那種手拿刀槍的第一人稱射擊遊戲比較起來，嚴格來說就是多了個觸感和嗅覺，而且還要自己使出極大的力氣，其餘的部分說實在也沒多大差別。反正這一切就像夢琪說的，都不過是一場虛幻的戲碼罷了，回想起來好像還是電玩遊戲的情節，配上緊湊的背景音樂，還比較真實刺激。

不過從以前就只有被人欺凌的份，也只能在線上遊戲中，找尋主宰自己和攻擊弱者的樂趣。想不到在現實中竟可以依循夢琪的劇本，就能同樣制宰他人，或許這種征服感就是以往其他強者喜愛霸凌我的快感吧。只是最後還要嫁禍給我也很喜歡的店長，真是讓我執行起來就有些痛苦。但就像夢琪所說的，我只是很敬業演好她所規劃的任務劇本，就像緊張刺激的機密特務遊戲，不需要覺得有任何罪惡感，一切都是為了我們兩人的美好未來。這也是考驗我演技好不好的任務關卡，我必須好好配合夢琪才能繼續闖關下去。

夢琪說得很有道理，何況想想這一切都是為了夢琪，只要夢琪能幸福就好，所有的犧牲奉獻全都值得。我想我這輩子真的只會愛夢琪一人，任何人都不能阻止這份真摯的愛。

回想這陣子報章雜誌的新聞，全都將店長描述為十惡不赦的殺人魔，說他年少時是北部黑幫的前幫派份子。出獄後雖然移居東部，但在黑道議員李顯恩的資助及授意下，李顯恩為隱藏女兒遭黑道內鬨報復殺害的醜聞及湮滅相關人證，不但指使店長連續殺害了當初幫助李顯恩捏造假死亡證明的醫生及護士，逃亡時又連續傷害路人。事後又因與李顯恩結算報酬時鬧翻，綁架縣議員李顯恩夫婦的小兒子威脅，而後在交付贖款時，更是一言不合開槍殺害縣議員夫妻還有殺害肉票。而蔡世新縣議員的女助理，經過蔡世新的縝密調查，才發現其實是李顯恩派去破壞選情的臥底，更是店長的同夥。所幸這些奸謀都被警方及蔡世新聯手識破，這兩人最後才在想要繼續濫殺無辜的拒捕之時，被警方即時擊斃，避免再有更多無辜民眾受害。

因為知道真相並非如此，每每看到這些胡亂報導的新聞內容，心情總是相當複雜。一方面很慶幸夢琪的布局相當成功，我們也相當漂亮完成一關一關的艱難目標，而我更像線上遊戲一般，演技的等級愈練愈高，所以每一篇報導都沒有我們兩人的身影。但另一方面，雖然知道店長確實殺人無數，但即使同樣十惡不赦的我，竟也會對店長被社會大眾如此加重污衊而感到有些難受。不知為何，我從不會想起我那無情的雙親，但反而竟會時常想起店長的身影。

「阿諺，你到底有沒有在聽啊？」夢琪顯得有些不耐。「每次跟你講重要事情時，不是發呆就是恍神，你可不可以專心一點啊！」

我搖頭否認著：「我有在聽，我知道妳的顧慮，但我還是想去上個香。跟妳說過，不管妳多討厭店長，我還是很敬重店長，只是想默默送他最後一程，我一定會小心謹慎。況且我一直在思考，之前在他的店裡打工，也受過店長照顧，完全不去上個香，這樣不是更讓人起疑？」

「唉——」夢琪無奈地嘆了口氣。「你不是說過你任何事都會遵照我幫你安排的關卡目標，你現在連身分證都沒有，你以為你這個通緝犯還禁得起任何一個警察的盤查嗎？這有什麼好讓人起疑的，警方明顯就定調那個林家興是兇手、是殺人魔。這件事已經結束了，沒有人會在意那遭老頭的早餐店，你就算不出現也不會有任何人注意——」

通緝犯？我當然很明白自己是通緝犯，不過並不是這幾起兇殺案的通緝犯，而是另一件更不可告人的祕密，也迫使我真實身分完全見不得人。好在夢琪對此並不嫌棄，還是繼續與我交往，這世上真的沒有人比她還好。確實如夢琪所說，警方對這一連串的連續殺人案已明顯結案，這個為店長在殯儀館所舉辦的簡易告別式，像我和夢琪這種知道全盤真相的人，一眼就能看穿是蔡世新為了博取美名所刻意舉辦的，好突顯他的大慈大悲，就連對店長這種殺人魔都如此寬大為懷。

「唉——」我輕嘆了口氣。「夢琪，我知道妳不喜歡店長，但我想他真的把妳當作自己的女兒，或許哪天妳當了父母就會明白——」

就在我話還沒說完，夢琪突然勃然大怒斥著：「你少跟我說教，你才不懂當父母是什麼心情！那個林家興也是，他根本就是超級爛人。別以為他是什麼好人、好爸爸之類的，是你根本就不瞭解，林家興徹頭徹尾就是個大爛人！」

我鮮少見到夢琪如此激動，也不知道夢琪為何會如此痛恨店長。雖然從與夢琪交往至今，我幾乎都不會違背她的任何意願，並不是店長的重要性高於夢琪，即便我喜歡店長，但和夢琪相比，店長還是顯得微不足道。我總覺得既然我們已經用計騙取店長，也漂亮完成這一連串的機密任務，他更還因為我們的這個騙局，失手殺了自己深愛數十年的愛人。

當晚在遠處目睹這一切的經過，我實在很難想像店長親手痛殺愛人的悲苦心情，那個震撼的畫面至今都難以抹滅。

看著眼前如此盛怒的夢琪，我想我就算已經幹過殺人放火的惡事，是個爛到底的人渣，也不管我日後是否會被夢琪傷得多深，我始終也無法想像我對夢琪開槍的場景。

——為了夢琪，要我殺誰都可以，但要槍殺自己深愛的人，這種事我真的做不到。我很確定我並不是因為良心發現或心有愧疚，而是我真的很難想像是什麼樣的絕望，讓店長能夠痛殺深愛的人，而那又是什麼樣悲傷欲絕的心情。或許也是這樣的緣故，才讓我覺得無論如何都想為店長上香致意。

「唉——」夢琪先是盯著我好一陣子，這才搖頭嘆氣，緊接著輕皺眉頭說著。「看起來你真的是鐵了心要去上香，我是覺得完全沒這必要。我們再來就是等待接洽，趁機逃往國外就好，凡事還是應該小心為上。你如果執意要去，我也沒有辦法，但其實就我分析下來，林家興這個殺人魔的告別式，很明顯就是蔡世新刻意要做給社會大眾看的，也不會有多少人去上香，甚至我想連警察也不會願意去，不然也只是去做做樣子。但你還是小心蔡世新和王立信這兩人，我很肯定他們兩人應該都會去現場作秀！」

見到夢琪對我的堅持總算有所妥協，我也算是鬆了口氣，不然要是夢琪繼續僵持不下，恐怕我也會開始有所動搖。

「這些錢先拿去用吧──」夢琪從後背包中拿出一袋厚重的信封交給了我。「因為你被通緝，我們只能搭黑船逃到國外。我會想辦法找到管道，到時候再靠你接洽了，屆時再跟你討論細節，這我真的不方便出面──」

接過沉甸甸的信封後，估計裡頭少說也有十來萬元。見到我有所疑惑，夢琪開口說著：「這些錢你放心用吧，不夠再跟我說。不用擔心，我還沒動用到祕密戶頭，我還在思考是否等逃到國外再來動用。這些錢是我之前跟你說過的，我媽遺留給我的戶頭，用我名字開的帳戶，每個月都會有人匯進來金額不一的上萬元生活費。算一算也已匯了大約二十年，期間不曾間斷過，到現在都還是如期匯入。這些我媽都只用在我身上，就連到死之前也不跟我說是誰匯的，只是默默將存摺印章交給我。後來我有次好奇透過管道查出匯款人，只記得剛好跟你一樣都姓吳，名字是什麼我也忘了，總之是個完全不認識的陌生人。看起來也不像保險金之類的東西，我媽臨死前只交代我可以放心使用，真不知道她省吃儉用存下這些錢，搞到自己沒錢看病是在想什麼，真是太傻、太不值得了。不過多年下來，也存了一些錢，總之你就放心用吧——」

不知道夢琪是否因為想起自己的母親，眼眶不禁有些泛紅。握著夢琪交給我的信封，原本還想拒絕收下如此鉅款，但今天已經算是和夢琪交往以來，首次如此堅持己見，執意要對店長上香，也不好再拒絕她的好意。只是看著夢琪悲傷的神情，自己還是很難理解她思念亡母的心情，因為這對自幼就被親生父母先後拋棄的我來說，真的難以想像。

▲不歸路三段

「阿弟仔，你是走錯，還是真的來為這殺人魔上香的喔？別開玩笑啊！」

殯儀館最為偏遠的角落，在一間最不起眼的簡易靈堂中，坐著唯一一個穿著工作人員制服的老人。原本睡眼惺忪的他，見到我走進靈堂後，只是滿臉好奇問著。看到我點頭回應後，老人滿臉橫紋一垮，明顯就是心有不甘，碎念幾句後，才開始抽出線香準備點燃。

看著老人這麼不友善的一舉一動，我只是望向店長遺照開口補充著：「我是之前他店裡的工讀生，想來上香致個意——」

——這些劇本台詞，先前夢琪早就跟我模擬過了。雖然老人沒有直接開口問我來意，但我倒想知道他對我前來上香到底有什麼好不滿的。

「喔——」老人看都不看我一眼，只是繼續自己手中的點香動作。「我在這邊顧了很久，看起來他好像完全沒有家人。不過幹了這麼多泯滅人性的壞事，我想就算有家人也不一定敢來吧？要不是年輕有為的蔡議員好心願意幫忙，我看真的就像古代大壞蛋伏法後，根本沒有人敢來收屍。還不得怪公司收了蔡議員的錢，這才又付錢叫我來，說什麼就算不會有人願意來上香，要是沒派人顧攤，會被認為沒人看管可以惡意搗亂。這種殺人魔的靈堂，我根本就不想進來顧。如果是去顧上星期李顯恩議員一家人的靈堂，或是隔壁棟另一邊那個壞女人的靈堂就算了，公司只知道欺負我這老人。我平常又不是做這工作的，還不是因為公司沒人想來，聽說連誦經師傅給錢也沒人要接，不知道真的假的，這人真是自己作惡多端造成的惡果——」

不知為何，聽見老人對店長如此冗長的咒罵，還真讓我有些不是滋味，完全不想理會。

「哎呀，不說這些、不說這些，死者為大、死者為大——」老人或許見到我根本不想回應，自己打圓場說著。

接過點燃的線香後，我朝著靈堂正中央店長的照片鞠了幾次躬，上頭的照片看起來真是陌生，就像一個我不曾見過的店長。明明先前可說每天都要相處好一陣子的店長，面貌看起來卻也有些奇怪，但就是說不上是怪在哪裡。店長過世也沒多久，那些一起工作的日子卻像很遙遠的記憶，我已經很久、很久沒有哭過，一直彷彿行屍走肉般的我，拜著拜著竟有種想哭的感覺。回想上次流淚，真的是很久很久以前的事，大概就是知道自己接連被父母親遺棄的時候，那段日子反反覆覆大哭過好一陣子，父母卻也不曾再出現過。從那之後，就算在學校被人欺負，我不是因為已經麻痹而沒有感覺，就是自己默默吞下，不曾再有任何淚水。好在我最後還是忍住這股悲傷，完成對店長的祭拜。

不知為何，替店長上香後，內心突然相當舒坦，鬱悶的心情也隨之開闊起來，好似完成了遊戲中HAPPY ENDING所該達成的一項重要任務條件。

一切完畢後，和那討人厭的老人又對看一眼，原想直接轉身離去，不過此時靈堂門口出現一名戴著大墨鏡與漁夫帽、一頭白髮的老人，明顯也是要前來店長靈堂上香。

再仔細一看，這個戴著墨鏡的老人，白髮留得還不算短，不過皮膚保養得還算不錯，想想也可能只是滿頭白髮，或許年紀還不是很大。不過他的身影不知為何讓我有一種相當熟悉的感覺，但想想我似乎也不大可能認識這種接近阿公年紀的人。

墨鏡老人不知道是因為被我盯住，還是因為對於像我這樣的年輕人，竟會前來替店長上香而感到訝異，看到我身影的那一瞬間竟有些愣住，過了好一會兒才又繼續往前步行。

見到葬儀社老人起身想要開口詢問，墨鏡老人竟先拿出一個類似證件模樣的東西，直接以相當低沉的聲音開口說著：「林家興以前的舊識，來上個香——」

「喔、喔，是陳警官啊，失禮、失禮，這邊請、這邊請——」葬儀社老人像見到大人物般，一下就變得恭敬無比，和之前對我不停抱怨的惱人態度完全不同，如此誇張的落差，看了就覺得相當噁心。

店長生前曾跟我提過幾次，自己年少無知時幹過不少壞事，我也從夢琪那頭以及事後媒體的報導，知道店長是北部黑幫的前幫派份子。或許這個陳警官是店長之前在北部混黑幫時，所認識的警察吧？不過就算店長在媒體和社會大眾的形象如此卑劣，陳警官還會前來上香致意，顯然和店長應該還算頗有交情。

基於這樣的好奇，原本打算離去的我，竟不覺停下腳步，靜靜看著陳警官的祭拜動作。不過陳警官只是相當慎重專心上香，口中好似還唸唸有詞，雖然因為他戴著墨鏡而看不到表情，但從他進來以後，根本對我和葬儀社老人完全不屑一顧，應當真的是與店長很有交情，才會如此真情與專注。

不過這個陳警官並沒有出現在夢琪規劃的劇本之中，究竟他是什麼來頭，我也看不出來。但都已經白髮蒼蒼卻還在當警察，也真是辛苦他了。

夢琪先前很慎重研擬，要是真的遇到蔡世新及王立信的應對劇本。但也不希望我會用到，只是相當慎重告誡我，祭拜完就趕快離開，以免節外生枝。

想著想著，我這才驚覺這個滿頭白髮的陳警官也是名警察，是我必須極力避開的麻煩人物。我根本就完全經不起盤查，身分證更是早就不知道丟到哪去，也同時把原本的身分一同拋棄。

就在我正想要趕緊離去之時，靈堂門口突然擁入幾名身穿葬儀社制服的工作人員，其中一名女員工還跑來對葬儀社老人說著：「阿伯，等一下蔡議員和王組長拜完另一個靈堂會再過來，後頭還跟著一群記者，老闆怕你招架不住，也怕你會處理不好，所以要我們接手這裡，就請你先離開吧——」

「什麼？我都在這顧了老半天，連待在這裡看一下蔡議員本人也不行喔！」葬儀社老人顯得相當不滿。

「是的——」女員工瞪大雙眼放聲說著。「老闆特別交代，怕你會在媒體前出洋相損害公司形象，一定要我說得那麼明白嗎！」

「哼，他媽的狗老闆，只會利用人——」葬儀社老人儘管刻意小聲抱怨，但還是被我聽到了。

葬儀社老人悻悻然離去後，而陳警官或許因為已經完成上香儀式，又看到突然湧進大量工作人員，完全忽視我的存在，也跟在葬儀社老人後面準備離去。

其實我看到這種情形，也不想遇到蔡世新和王立信，更何況聽起來還會有大批媒體記者，必須趕快逃離此處。不過因為陳警官走在前頭，我還是刻意跟他保持一小段距離慢慢走著。

等到葬儀社老人與陳警官都步出靈堂後，就在陳警官經過葬儀社老人身旁時，老人突然面露親切笑容拉著陳警官說著：「對了，陳警官，剛剛他們說的那個警局王立信王組長，聽說這次破了這個大案，又揪出想陷害蔡議員的內賊。原本外界一直流傳他和李顯恩有勾結，想不到都是流言，他可是鐵面無私的警界模範，現在可是第一紅人，聽說很有可能會高升分局長之類的高官。我想同在警界，陳警官說不定應該會認識他，算一算應該是陳警官的小老弟吧！陳警官要不要再稍等，讓我等一下牽個線，讓陳警官與這未來的分局長敘敘舊！」

「哼，免了、免了——」陳警官用力甩掉葬儀社老人的手，並以有些憤恨的語氣說著。「這個王立信我也不是不認識，更還當面接觸過，根本就和那個李顯恩一樣，都不是什麼好東西——」

陳警官話剛說完正準備轉身就走，卻見到我還在後頭，先是一愣，接著加快動作直接離去。原本還很擔心陳警官會不會跑來跟我說話，但這個顧慮真是多餘的，看起來他對我根本就不屑一顧，更像把我當作骯髒的東西，只要我一靠近，他就以更快的速度遠離。想想要是全天下的警察都跟這個陳警官一樣，視我如糞土而自行遠離就好，那我倒是真的可以非常輕鬆，根本不需要提心吊膽。

葬儀社老人見到陳警官快步離去後，發現我還在一旁也準備離開，突然眉頭深鎖對我怒罵著：「看三小喔！都是你這掃把星帶屎，今天沒一件好事！」

對於被人無禮怒罵的場景，我早就習以為常，根本就無動於衷。不過葬儀社老人見到我沒有反應後，更是怒氣沖沖說著：「現在的年輕人真沒禮貌，一副高高在上自以為是，長輩為你好才會勸說，還敢當作沒聽到——」

不過這個討人厭的葬儀社老人，真的可以去表演變臉秀，見到蔡世新與王立信遠遠迎面而來，一改忿怒的表情，竟一下又變得笑臉瞇瞇，快步迎上前去。而蔡世新更是厲害，明明就不可能認識這名老人，還像見到多年不見的老友一般，熱切上前向老人握手，後頭媒體更是發瘋似地狂按相機快門。

蔡世新依舊是那一頭俐落的短髮，再加上那副斯文的無框眼鏡，一直維持著相當清新的良好形象。再加上先前與警方聯手偵破大案，更讓他人氣扶搖直上，時常被媒體媲美為正義英雄，不但在這次選舉中順利當選，還創下東部選情史上最高的得票率。不過我很明白，他是個什麼樣的爛貨，絕不會比我這種幹盡壞事的人好到哪去。就算沒有親眼見到，從事後的媒體報導，很明顯就可以知道殺害或設局殺害店長的人，絕對就是蔡世新。就連夢琪也很認同我這樣的看法，還說那個王立信一定是眼看自己過去的靠山大勢已去，才轉而與蔡世新合作，根本也是個令人作嘔的混蛋。

見到蔡世新似乎也有想跑來跟我握手的跡象，我趕緊轉身退向一旁，好在他又被葬儀社老人纏住，緊握雙手大聲嚷著：「蔡議員，王組長，呃，不，未來的王分局長。可惜啊，剛剛有一位資深的陳勝宏警官上完香才剛走，是我多年換帖兄弟。本想留他和王分局長敘敘舊，他說他也認識王分局長——」

「喔——」濃眉大眼的王立信突然瞪大雙眼，讓渾圓的雙眼變得更大，慎重地打量眼前的老人。「陳勝宏？那還真可惜，他是我們警界有名的老前輩，我年輕時也在北部派出所待過，時常耳聞這位北部警局的神探組長。當年北部最大的黑幫就是被他一手消滅，可惜就是一直無緣見到本人，但聽說他已經退休多年——」

「哎呀，沒關係，我們有機會再慢慢聊——」葬儀社老人一臉熱情，帶著蔡世新及王立信走向店長靈堂。「我等會兒叫我們公司的那些年輕小伙子好好招呼兩位大人物，如果他們有任何怠慢，儘管跟我說，我會好好管教他們的！」

走在前頭的葬儀社老人愈說愈起勁，連走路姿態都開始變得虎虎生風，而後頭的大批媒體記者看起來完全搞不清楚老人的來頭。或許真的誤以為老人是葬儀社老闆，只是相當謹慎跟在後方，完全不敢越過老人的前線。靈堂內的葬儀社工作人員，見到老人笑容滿面領著大批隊伍，更只是猛低著頭，不敢與老人有任何的四目交接。

這麼說來剛剛那個陳警官叫作陳勝宏，應該是一名已經退休的員警，聽起來似乎頗有名氣，感覺也很厲害。還好他對我根本就完全不想理會，要不然還真可能惹禍上身。

不想再繼續觀看葬儀社老人的鬧劇，我趕緊轉身快步離去。經過另一棟樓的某間靈堂時，遠遠望見靈堂中的照片，正是那葬儀社老人口中的「壞女人」，也就是蔡世新先前的女助理。

靈堂中只有寥寥幾人，我想這麼冷清的場面，先前應該也如店長現在的靈堂一般相當擁擠。

不歸路四段

「阿諺，我想我們可能遇到麻煩人物，必須加快我們計畫進行的腳步——」

夢琪輕瞇雙眼看著窗外的夜晚街景，明滅交錯的光影，讓夢琪煩惱的神情顯得更為憂鬱。

在熱鬧的市區中，夢琪特意挑了一間座落於巷弄內的簡餐店，並特別向店家指定了靠窗的座位。我知道這一直都是夢琪最喜歡的位置，因為可以觀看窗外街上往來走動的路人。即使這間店面的外頭只是小巷，仍會不時有人經過，我想夢琪或許因為觀察力過人又很聰明，才會喜歡坐在窗邊靜靜觀察外頭的一景一物。我一直很希望能常常待在聰明人的身邊，因為這樣根本就不用多花腦筋去想接下來要做些什麼。他們都能幫我規劃好最佳安排，而我只要好好執行即可，但過去這類型的人對我都是極度嗤之以鼻，這世上真的唯獨夢琪才是真心對我最好的人。

店內雖然還是有零星幾組其他客人，但和大街上的熱門店家相比，生意明顯就有一段差距，不過這也意味著我們兩人今晚的約會可能有要事需要商量。

因為夢琪個性相當謹慎，也知道我被通緝的身分，我是覺得我當時的那個決定既沒損害到任何人，也不是什麼傷天害理的大事，這不過是不良制度所造成的結果。甚至我還算是這制度下被所有人霸凌的受害者，但這個通緝已造成我真實身分從那以後消失殆盡的結局。好在我本來在這世上就沒什麼存在感，這個我父母給的名字，對我這種被雙親狠狠遺棄的人來說，無論是姓或名，根本就不具任何意義，好似我本來就不應該來到這世上。

不過夢琪倒是非常在意我無法見光的身分，儘管一再強調約會時必須低調，以免受到警方盤查，還會刻意挑選人多的夜市一起逛著，好讓我們隱藏在人群中。若是需要兩人坐下來邊約會邊密談一些事，則會選擇生意清淡，但也不能是完全沒有客人的店家，不然這樣又會太過顯眼。

海濱公園是我們兩人最為隱密的祕密基地，而躲藏在人群中的約會，則是我與夢琪交往以來，每天最為期盼的幸福時光。

在先前與店長交手的那段期間，夢琪還囑咐我們兩人要暫時避不見面，至少也只能偷偷在深夜的海濱公園會面，以免兩人的關係被人發現，讓整個計畫露出破綻難以進行。不過就在店長死後，媒體報導及警方調查都沒有我們兩人的蹤影，但謹慎如夢琪，還是不敢直接讓我跟她一起大剌剌走在街上，還是僅止於海濱公園的祕密會面。

好不容易又過了一段時日，看似應該已經相當安全，夢琪這才總算主動開口要回復以往的約會，這真是讓我望穿秋水。

我看著餐桌上幾乎快要吃完的甜點及所剩無幾的飲料杯，確實這間簡餐店的餐點並不出色，我想這也反應在這間店家為數不多的來客數。不過只要能跟夢琪共進晚餐，不管眼前餐點再怎麼不好吃，我依然還是會覺得心情非常愉悅。

原本應該是一個闊別已久的甜蜜約會，但看到夢琪依舊還是輕皺眉頭望著窗外的街景，一想到有人竟敢如此煩擾夢琪，真讓我愈想愈氣，想都沒想就開口說著：「到底是什麼麻煩人物？需要我出面教訓誰或解決掉誰嗎？我覺得我這方面等級愈練愈高，還是有什麼新的重要任務要我去執行？」

過去若是出現令夢琪困擾的人、事、物，只要她告訴我規劃好的劇本該如何處理，輔以她執行任務前的嚴格訓練，我無論如何都一定會依據她的指示，扮演好劇本中的角色，好幫她徹底解決各項難題。這次不知道又會是什麼樣的艱鉅任務，讓已經很久沒有任務目標的我，一股突然湧入的殷切期盼，不覺讓自己的手心陣陣發癢、發麻。

不過夢琪先是沉默了好一會兒，接著只是輕輕搖頭，最後才又開口說著：「不行，我們可能真的惹上一個相當麻煩的人物，我也想不通他怎麼會找上我，還看似知道非常多事情。就算他離開工作崗位已久，不過以他過往的人脈來說，我想你也招惹不起。」

「夢琪——」我牽起夢琪的手說著。「到底是誰？可以告訴我一起想辦法嗎？」

「唉——」夢琪輕嘆了一口氣。「一個比之前那遭老頭更老、更精明的老頭子，我覺得我們還是趕快完成自己計畫要緊吧！」

儘管夢琪還是不願意明說，不過僅僅只聽她這樣簡短一句話的描述，卻讓我直覺想起前些日子在殯儀館遇見的那名老人。

夢琪繼續開口說著：「我這邊透過管道接洽得也差不多了，不過我們『新身分』的證件，我不方便出面去拿。就像當初送資料過去一樣，這部分需要再麻煩你了——」

「這當然沒問題的——」我輕拍胸脯說著。「這種事本來就該由我出面，女孩子太危險了。」

「不過還是要小心謹慎，呃，我是指——」夢琪遲疑了好一會兒才又開口說著。「對方能幫我們弄到『新身分』，一定也是不好招惹，恐怕背景並不單純，付錢拿到證件就趕快走人——」

我緩緩點頭，當然知道夢琪所指的背景複雜。當初約好時間地點，送資料給對方時，就知道對方各個兇神惡煞，看起來就像流氓，也讓我想起因為賭博欠債而被黑道殺死的叔叔，這我當然一定要盡可能低聲下氣與對方交涉。

——新身分！這真是一個我這輩子完全沒想過的事。

原本就像幽靈般過活的我，根本就不稀罕這種了無意義的虛名，但因為遇到了夢琪，她確實點點滴滴改變了我，讓我逐漸對重見光明有了些許渴望。而後更是愈滾愈大，竟會開始幻想能有與她不必再考量東、顧慮西，而是堂堂正正手牽著手，一起漫步在陽光之下。

「阿諺——」夢琪突然輕皺眉頭說著。「漁船那邊我也接洽得差不多，拿到證件確認無誤後，我也會再確認我們出發的時間。不過——」

見到夢琪突然欲言又止，讓我忍不住催著：「不過什麼？」

「阿諺，你要答應我，就算拿到新身分，一起在海外展開全新的生活，你也要愛我，絕不能背叛我。凡事都要聽我的，就算我有小孩也是一樣，都要天天愛著我們——」

「呃——」我微微苦笑。「夢琪，我已經發過很多次毒誓，絕對會天天愛妳的，妳要好好相信我——」

聽到夢琪又開始要我發誓愛她，只要一想到她還是如此在乎我，真讓我感覺相當開心。就算每次見面都會來上這一段，卻一點也不覺得厭煩，反覺得這樣的夢琪相當可愛。

夢琪繼續追問：「所以就算我有小孩，也是一樣會愛我們，保護我們嗎？」

我這次真的笑了起來：「那是當然的啦！」

「這樣不行——」夢琪嘟嘴說著。「這個你也要發誓，這你還沒有發過毒誓，我會怕怕的

——」

我實在拗不過夢琪的要求，況且我知道她並非無理取鬧。因為同樣來自不健全的家庭，尤其是夢琪的母親聽起來又是被深愛的男人狠狠拋棄，母女倆最後才會落得如此悲慘的下場，我想這多少一定都會讓夢琪對男人的承諾相當沒有安全感。

我依據夢琪所擬的誓詞，舉手一字一句念了起來。或許旁人看來只像情侶間的嘻鬧，這樣的動作也確實吸引到遠處幾桌客人的目光，有幾個人看著看著更是笑了出來，不過我一點也不以為意。

見到我完成誓言後，夢琪這下總算露出了滿意的笑容，但沒多久卻突然輕嘆了一口氣：「唉，阿諺，希望你真的履行你的誓言。我從小就相當羨慕別人能有正常的家庭，我不希望我的小孩也跟我一樣，要過著那種沒有爸爸的家庭生活，所以我才會很在意你是不是個值得依賴，能帶給我們美滿幸福家庭的那個人。阿諺，還請原諒我的不安——」

「這當然，我一定會——」

就在我還沒說完前，夢琪突然伸手制止我繼續說下去：「唉，想想再多的誓言也沒用，我媽就是被壞男人的甜言蜜語騙得團團轉，才會落得那樣的下場。而我自己也好不到哪去，也被壞男人深深傷害過——」

「夢琪——」我緊握夢琪的手說著。「相信我，我絕不會這樣的！」

「哈——」夢琪總算再次笑了起來。「我知道、我知道，所以我才會選擇跟你在一起，也只有跟你在一起才能感受到安全感。希望以後我們到海外展開新生活，遠離這個是非之地，可以每天無憂無慮陪著小孩嬉戲，要不要我們再來養隻狗啊！我從小就有個夢想，希望能養隻拉不拉多，但這個幻想從沒實現過——」

看到夢琪總算恢復往常的活力模樣，訴說著她理想中的家庭生活，讓我的心情不覺也跟著一掃夢琪先前的短暫陰鬱。

至於小孩呢？這真的是我從沒想過的事，一直覺得自己本來就不該來到這世上，更不用說什麼結婚生子的事。我只希望我所遇到的惡事，全都在我身上徹底結束，不要禍害下一代。但也是遇到了夢琪，這一切才有了改變，只不過我這種十惡不赦的亡命之徒，老實說真的不該再有後代。雖然過去在國中時，課業全都是混了過去，但和健康教育有關的常識，因為和自己的身體相關，聽說課業再怎麼爛的學生，對兩性相關的這章節，還是會提起興趣認真聽課。雖然這方面的技巧，因為我比較笨拙，所以都是夢琪教導我的，但相關基本常識我也是有的，所以在和夢琪發生親密關係時，我一定會特別小心，或許在我內心真的還是很抗拒擁有下一代這件事。

況且夢琪在我心目中，早已成為我繼續活下去的最大動力，我實在很難想像我們兩人之間還有第三者介入。就算這個第三人是自己的親生骨肉，我還是很難接受如此緊密的兩人世界突然出現別人。其實還有最重要的一點，我討厭小孩，尤其是大哭大鬧的小孩，每次只要在路上看到這樣的小孩，都讓我渾身不對勁，很容易讓我想起兒時分別遭雙親虐打的場景，彷彿就是看到那時候的自己。

我可以明顯感受到夢琪這點和我大不相同，她至少還有一個沒有拋棄她的母親，而我除了囉唆的阿嬤外，整個成長過程中什麼也沒有。不知道是不是這樣的差異，讓她對美滿的家庭充滿了憧憬，也可以感受到夢琪很喜歡小孩，想盡辦法也要給下一代帶來幸福的家庭組成。和夢琪交往至今，有時總覺得我們兩人與其說是情侶，實質上更像親兄弟姊妹般的一家人，或許這種感覺才是我所想要彌補的缺憾。這也讓我想起，之前和夢琪一起約會時，甚至有店家老闆一直誇說我們這對情侶很有夫妻臉。雖然夢琪事後有跟我解釋這是店家為討客人歡心常有的商業手法，但我聽了還是滿心歡喜。

我對夢琪投以微笑，而夢琪發現我的笑容後繼續說著：「阿諺，你真的不能騙我喔，我們所做的一切努力就是為了我們未來美滿甜蜜的家。你絕不可以像欺騙我媽的爛男人，我只能說那種爛男人真的死有餘辜！」

「夢琪——」我伸手放進褲管口袋，撫摸著那串這陣子隨時帶在身邊的項鍊，竟有一股衝動想要拿出來為夢琪戴上，作為兩人永結同心，甚至是求婚訂情的信物，以撫平她時常出現的不安感。但想想也非常不妥，這串項鍊拿起來沉甸甸的，看起來蠻有可能是純金打造，但夢琪明顯很討厭店長，更不能接受這種厭惡之人所贈予的項鍊，當初才會選擇丟棄。而我若是真有誠意，其實應該要自己挑選夢琪喜歡的項鍊或戒指，想來想去只好又將插入口袋的手伸了出來。

見到我沒有繼續說下去，夢琪反倒開口催著：「到底是什麼事？」

我露出苦笑搖搖頭：「沒有，我只是覺得妳很可愛——」

「什麼嘛——」夢琪挑眉笑著。「阿諺，你什麼時候變那麼賊了，總覺得你最近有些變了，不像以前那麼單純了，開始會有自己的想法——」

「哪有、哪有——」我連忙揮手否認。

不過確實就像夢琪所言，自從和夢琪開始交往後，總覺得身心狀態也跟著有了些許轉變。尤其是在和店長密切接觸後，不知為何，到底是被店長的一舉一動所影響，還是被店長時常和我說的一些人生大道理所感召。總覺得自己就像線上遊戲一般，感覺等級已經有些提升，讓原本強烈的時間停滯感，竟有時光齒輪慢慢向前轉動的跡象，也讓我開始偶爾會去思考和決定一些事情。這種感覺在店長死後，更有強烈的推進，這也讓我先前首次違背夢琪的安排，執意前去為店長靈堂上香。

「哼——」夢琪噘嘴笑著。「你可不要變成油腔滑調的臭男人啊！」

不過夢琪的笑容一下便宣告消失，取而代之卻是盯著窗外的驚恐神情：「啊，為什麼會這樣！」

我循著夢琪的目光看了過去，窗外小巷根本就沒有任何異常，該說此刻連人影也沒有。

夢琪發現我沒有察覺異狀，趕緊開口追問：「阿諺，你剛剛有沒有看到一個戴著漁夫帽還有墨鏡的白髮老人，站在巷口盯著我們——」

聽到這樣的描述，真的讓我再次想到那天在殯儀館見過的退休警官陳勝宏陳組長。不過假如真像夢琪所說，會在夜晚還戴著墨鏡，真的太令人起疑。

「沒有啊，我什麼人也沒看到——」我疑惑地說著。
夢琪緊接著瞪大雙眼說著：「可是——」
我本想繼續說些什麼，好安撫夢琪的驚恐情緒，不過夢琪反倒突然起身拉住我搶先說著：
「阿諺，我想這裡不安全了，我們還是趕快離開吧！」
在我還來不及反應時，夢琪已緊拉著我前往櫃台草草付了錢，並又帶著我匆匆離開這間簡餐店。

▲不歸路五段

「夢琪，沒事吧？會不會真的是看錯了？」
我將公寓鐵門小心翼翼打開，並讓夢琪悄悄鑽了進來。
這間位於較為偏遠地區的老舊公寓，是夢琪特別租來給我棲息的地方。由於相當老舊，坪數在東部這地廣人稀的地方來看，也不算非常大。再加上整棟公寓餘存的住戶也不是很多，就連我這層樓隔壁的另外半邊以及上下樓層的住戶，聽說多年前都早已相繼搬走，顯然已經沒有多少人願意住在這裡，也讓這間公寓的租金相對便宜。

其實這間公寓除了是我個人的棲息場所外，先前在與店長交手時，也扮演了相當重要的劇本場景。當時為了讓店長相信夢琪就是自己失散多年的女兒，夢琪還特意將我這間住所改造為她劇本中逃難的臨時避難所。

——除了充當劇本的場景外，這間公寓更是夢琪與我在外約會後必來的重要地方。

前幾日匆匆忙忙結束在市區的短暫約會後，離開簡餐店時，夢琪馬上要我們兩人就地分開，也囑咐我直接回到這間公寓，在沒有她進一步指示前，都先暫時不要外出，也切記不要主動聯絡。同時也要求在我回來的歸途上，務必小心提防是否有她所描述的那名老人沿路跟蹤。

就在我還想跟她確認她所在意的那名老人，會不會就是我先前遇過的陳組長。如果是的話，本想告訴夢琪，其實陳組長對我根本不屑一顧，似乎沒有必要如此擔心。但夢琪才剛交代完這些話，就直接轉身離去，好似我們真的就像在巷弄巧遇的陌生人般擦肩而過，頭也不回從另一邊急速離去。

原本我還對那天約會後的例行活動充滿期待，畢竟和夢琪也有好一段時間沒有在公寓內親熱。況且當晚又聽到她似乎對於和我一起共組幸福的家庭生活充滿期盼，讓一直相當注意安全防護的我，甚至就算夢琪過去也曾委婉暗示過可以不用防護，我也還是不敢輕易嘗試。然而我這樣的舉動，似乎也讓夢琪誤會我對她可能有所嫌棄。回想那晚約會的情景，真讓我多少都對這項堅持有所動搖，一直思考是否該跨出第一步。

但這樣的幻想一下就被夢琪所在意的那名老人所擊碎，更讓我也沾染了那份緊張氣息。假使夢琪所說的那名老人真的就是陳組長，那還真的不知道夢琪為何會被盯上。想來想去真的百思不得其解，之前的犯罪行動，無論如何夢琪都完美躲在暗處，為何還會被人察覺。尤其還被一名已經退休的警官纏上，況且還不是先來找我盤問，更是讓我完全無法理解。

即便滿腹疑惑，我還是只能依照夢琪的囑咐，這幾天全都躲在這間公寓，連半步都不敢跨出。好在原先夢琪就有預先想過，可能會遇到一些緊急狀況，所以在這間公寓內，原本就有擺放許多存糧，待在裡頭十天半月足不出戶，也完全沒有任何問題。

反倒是自己就得想辦法排解這樣的無聊時光，雖然這間公寓裡有網路、有電腦，這些設備都是夢琪提供給我的。據她的說法，這些錢也是那個不知名人物，定期匯給她的生活費所慢慢存下的，要我不必擔心相關開銷。夢琪會有這樣的貼心舉動，當然是希望我能過得更為舒適，好讓我在執行各項任務的空檔中，可以打打線上遊戲殺殺時間。

不過這幾天一再重複登入幾款以前常玩的線上遊戲，卻也遲遲不見夢琪上線的蹤影。其實自己也很明白，自從兩人開始密集交往後，因為可以經常碰面，反而很少一起玩線上遊戲。回想過往一同組隊打怪的美好時光，如今只剩孤單一人，就連遊戲伺服器內的人數也和以前人氣火熱時完全不能相比，突然一點也沒有繼續遊玩的動力。我只是滿心擔憂夢琪的安危，不知道她是否安全離去，也不知道她是否有被那個不知名的老人所纏上。但因為夢琪要我不能主動與她聯繫，我也僅能在這間只有一個人的公寓內乾著急。

時間彷彿是靜止的，那股時光停滯不前的詭異感覺，這幾日又不斷強襲而入，好不容易慢慢開始運轉的齒輪又戛然停止，甚至還有倒轉的感覺，真讓我感到異常痛苦。

——好在今晚夢琪那期盼已久的身影，總算出現在這間公寓的鐵門前。

夢琪相當謹慎從半開的鐵門探頭而出，確認樓梯間內沒有其他人的身影，這才靜悄悄將鐵門小心關上。

「唉——」夢琪輕嘆了一口氣，坐在客廳內簡易的雙人沙發上，沉思了好一會兒後，才又繼續說著。「我想我們計畫真的得做些修正，還要加緊腳步——」

我輕輕點頭，並緩緩坐在夢琪身旁，接著伸手輕摟夢琪的肩膀，靜靜等待夢琪的進一步說明與指示。

見到我沒有打算開口，夢琪繼續說著：「後天前往廢工廠拿取我們新證件的交易要照常進行，你必須更加謹慎小心。我是指提防對方外，也要慎防我先前說過的那名白髮老人，這點我等一下再詳細跟你說明——」

夢琪將手伸進一旁的後背包中，接著拿出兩袋都很厚重的信封袋交給了我，並指著較為厚重的那袋說著：「先前的訂金在交付資料時你已經先付過一半，這是剩下的尾款。不用擔心我，既然我們都要離開這裡，我會把我媽遺留給我的那個戶頭全部領光。而另一袋是我後來跟對方加訂的另一項貨品，現在狀況有些危急，還是先買來以備不時之需。之前給你的那些錢，如果不夠用，或有什麼需要就儘管開口，我自己這邊也還留有一大筆錢。」

「夢琪，這——」

見到我有所遲疑，夢琪將兩袋信封都壓向我說著：「就是這樣，不要跟我爭辯，乖乖聽我的安排，這是你自己一再答應過我的承諾。我現在要說那個麻煩的白髮老頭的事了——」

「是、是不是——」我本想忍住不說，但這個謎樣的老人，這幾天不斷在我腦海中重複出現，還是讓我忍不住脫口而出。「妳說那名戴漁夫帽的白髮老人，該不會是指陳勝宏陳組長嗎？」

「啊？什麼？」夢琪驚叫一聲，雙眼瞪得奇大。「你怎麼可能會知道這號人物！」

「這——」我看到夢琪反應如此之大，著實也有些嚇了一跳。「我、我之前在店長的靈堂中有遇過他，聽妳的描述很像就是他的感覺——」

「你真的是——」夢琪顯得情緒相當激動。「你為什麼之前都沒說過這件事，只說有遇到蔡世新和王立信，不是跟你說過任何事都要告訴我！」

面對夢琪的責怪，不禁讓我微微低頭說著：「我想說他那天對我根本就不屑一顧，想說多講了這件事，怕妳又會想東想西白擔心一場——」

「你在胡說什麼，我是不是早跟你說過——」夢琪緊皺雙眉大聲斥著。「任何細節都要告訴我，讓我來決定該怎麼做，不要自己下判斷，你之前不是都做得很好嗎？我們才能一起聯手擊敗那個糟老頭，順利拿到祕密帳戶。如果你那時沒有什麼事都如實報告，只要我遺漏掉任何細節，我就無法做出最好的判斷，我們極可能事成前就被那精明的糟老頭發現破綻！難怪我一直很納悶我怎麼會被陳勝宏盯上，原來是因為你那天在靈堂上被他撞見。所以我早勸過你不要去，根本就這沒必要，你看看現在是不是惹禍上身，而且——」

不待夢琪絮絮叨叨說完，我已忍不住搶先開口打斷：「才沒有這回事！那個陳組長根本目中無人，即便我就在他附近，根本連看都不看我一眼，我就是知道妳愛白操心，才刻意不讓妳憂心的——」

過去每當我做得不好時，夢琪也會像這樣責罵我，但我都會虛心接受她的所有教導，畢竟她真的比我聰明。但不知為何，最近要是她出現類似的狀況，都會讓我感覺口氣就像在哄小孩、罵小孩或騙小孩一般，簡直有種把我當成笨蛋的感覺，這讓我真的愈來愈無法忍受。

面對我的爭辯，夢琪有些愣住，我想並不是我的論述很有道理，而是這應該算是我前所未有的強力反駁，一定也會讓夢琪感覺相當受傷。不是沒有想過夢琪會有這樣的反應，自己也有點後悔做出這樣的舉動。但說實在我也搞不清楚為何無法像過去一樣沒有感覺，甚至也該隱忍下去，我想不知道會不會和一個人在這裡悶了好幾天有所關聯。

「唉——」夢琪先是看著我搖頭嘆氣，而後別過頭去，根本不想再看到我，接著只是低頭說著。「所以我才說你最近真的變了，真不像以前的你了——」

見到夢琪如此難過，我不禁相當懊悔自己的莽撞舉動，心急之下，我只好舉起右掌說著：「夢琪，對不起，我發誓我以後——」

夢琪始終還是不願意轉頭看我，這真讓我感覺心如刀割，不過她還是伸手輕壓下我所舉起的右手說著：「現在不是說這種事的時候了，你還是快說那天到底發生什麼事——」

我用力點點頭，並如實將那天在店長靈堂中遇見陳組長的大致情形，簡短向夢琪說明完畢。

「唉——」夢琪聽完後搖了搖頭。「我想你真的不知道那個陳勝宏是多可怕的人物——」

「難道、難道妳認識他嗎？」我疑惑地問著。

夢琪輕閉雙眼，而後才又開口說著：「不是我認識，而是我媽知道這號人物，他真的非常難纏。當年北部最大黑幫就是被陳勝宏一手消滅，而林家興那糟老頭也算是被陳勝宏逮捕入獄的，他算是當年在北部警局叱吒風雲的神探——」

聽到夢琪這樣描述，我總算明白為何已經退休的陳組長，還會特地前去店長的靈堂祭拜，原來還有這樣一段淵源。

「那我就真的不懂——」我輕皺眉頭說著。「陳組長都已經退休，根本就不認識我，連看都不看一眼，更像是看到我就很鄙棄直想遠離。很明顯我對他來說，根本就是不重要的無名小卒，他又怎麼可能纏上妳呢？」

「這就是我最擔心的地方——」夢琪輕瞇雙眼說著。「前些日子，算一算應該是你去靈堂的後幾天，我走在市區路上，這個戴著漁夫帽及墨鏡的白髮老人陳勝宏，突然把我叫住，而且還叫出我的全名。接著秀出他的員警退休證說有事想要請教，證件上頭寫著『陳勝宏』三字，上面的照片也確實是和他外型一致的白髮老人。我原先就從我媽遺留的筆記知道北部警局『陳勝宏』陳組長這號人物不好招惹，也知道他曾經逮捕過林家興，甚至可能多少都知道一些海外帳戶的祕密。他會這樣突然找上門，更還知道我的名字，恐怕早已有備而來，直覺恐怕相當不妙，我才心生一計把他趕跑。」

夢琪似乎心有餘悸，先是吞了口水，才又繼續說著：「我想他既然都已經退休，也不是現職員警，根本沒有權力這樣盤問。我完全不想回應他，先請他把墨鏡拿下讓我核對證件照片是否為本人，不過他解釋因為嚴重眼疾極度懼光，恐怕不方便拿下，否則會淚流滿面及重度暈眩。聽他這樣好聲好氣說明，我實在也無法強迫他拿下，只好警告他，我無法相信他是真的退休警官。如果敢輕舉妄動繼續搔擾我或再跟上來，我就會當街大叫色狼，一定會有路人打抱不平將他扭送警局。沒想到跟我預料的一樣，我反將一軍的威脅奏效，就算他是退休警官也好，叱吒北部的名探也好，旁人不知道他的眼疾，只看他這一身奇怪的裝扮，根本禁不住我這麼一叫。要是前警官真的被這樣當作色狼扭送警局，我想他自己也會承受不起。既然他過去在警界還算小有名氣，恐怕也不想以這麼狼狽的姿態和他認識的晚輩們相遇，所以他果真就此打住，完全不敢再跟上來。」

「呼——」我聽到此處總算鬆了一口氣，這下也明白為何陳組長會一直戴著那副墨鏡。倒是這個陳組長還是相當詭異，既然都能知道夢琪的全名，但對我卻不理不睬，真讓我有些想不通他的用意。

夢琪說完後，陷入短暫沉思，而後才又開口說著：「那晚在簡餐店外的巷子裡，我確實又見到陳勝宏的身影，我想我應該沒有看錯。我原以為上次的方法，已讓他不敢再輕易接近我，至少在市區會是如此，所以只敢遠遠觀望。如果真如你所說，他根本就還不知道你這號人物，應該是衝著我而來。但當晚若是他有撞見你和我在一起，又把那天你去祭拜糟老頭的事，把我們和林家興串聯在一起，恐怕會對我們相當不利。所以我思考了幾天，想修正我們的劇本，我想新身分的證件應該不會有問題，這我已經有過嚴密的探聽。我也直接訂了交易隔天的偷渡漁船，要是證件有問題的話，我們到時候就再見招拆招。不過我也無法確定那晚在簡餐店外的陳勝宏是否有看到你，但我還是想先跟你約定，若日後你撞見我又不幸被陳勝宏纏上，千萬不要冒然現身，我目前並沒有任何可以被警方抓住的把柄。反倒是你，因為被通緝的身分，千萬不要再輕易出現在陳勝宏面前，就算他已經退休，還是要小心謹慎。總之，我覺得我們不能冒險繼續拖下去，顯然那個陳勝宏有可能已經注意到我們兩人了。我覺得他比那糟老頭還精明許多，我沒把握每次都能順利化險為夷——」

我緩緩點頭，夢琪的思慮確實比我周詳太多。如果真想要順利逃到海外，重新展開兩人的新生活，我想一切真的都得完全遵照夢琪的安排。

「咦，這是——」

我注意到夢琪上衣袖口處，因為她抬手的動作，隱約露出了一個藏在衣袖內的新瘀傷。夢琪似乎也發現我注意到這個瘀傷，一下就又伸出另一隻手將袖口拉低遮住。

夢琪不待我繼續追問，匆忙拿起後背包起身說著：「我想時候不早了，謹慎起見，我也不要在這裡待太久。我們必須凡事小心，只差最後幾個關卡，後天的事就拜託你了，一定要慎防陳勝宏。等到我們安全搭上偷渡漁船，到海外就可以安心慢慢動用祕密戶頭，展開我們的新生活了——」

我知道夢琪身上時常會突然出現這樣的不明瘀傷，先前在我的追問之下，才說出是為了欺騙店長預作準備，必須留下大大小小的新舊瘀傷，好取信店長相信這些傷口都是受到李顯恩長期凌虐所造成的。

不過店長都已死了好一段時間，這件龐大的任務關卡也已經結束，為何夢琪還會不時出現這樣的瘀傷，真讓我不覺懷疑夢琪是否因為先前太過入戲，已造成她養成自虐的習慣。還是說為了規劃逃往海外，說不定她可能承受我所無法想像的極大壓力，才會造成她如此怪異的偏差行為。

夢琪沒有再多做解釋，臉色明顯變得不是很好看，只留下滿腹疑惑的我逕行離去。

等到夢琪離開後，整間公寓彷彿突然死去，又只剩下孤零零的一隻幽靈，獨自徘徊在這狹小的空間。整個時間彷彿又重回停滯不前的狀態，真讓我渾身痛苦不已。

▲不歸路六段

深夜，在伸手不見五指的廢棄工廠外，我獨自一人躲在陰暗的一隅。

雖然這間廢棄工廠並不是當時店長最後的喪命之處，不過這種類似的場所，總是會讓我想起店長最後斃命的那一晚。

快到約定的時間，仍舊沒有看到交易對象的身影，讓我不覺有些莫名緊張起來，下意識伸手撫摸放在褲管口袋中的那串項鍊。不知為何，這已經成為我這陣子心情混亂時的慰藉之物。

前次交付訂金與資料時，也是約在這間廢棄工廠。一如往常，夢琪還是相當謹慎，事先挑了個深夜帶我到現場勘察，並教導我交易時不但要先到場，還要在約定地點附近觀察一陣子。就算比約定時間再晚幾分鐘出現都沒關係，最好看到有其他人安然無恙完成交易後，再現身也不算遲，畢竟對方沒有拿到錢也不會輕易離去。

上一次碰面交易時，我謹守夢琪的指示，等第一位客戶交易完畢後，才慢慢走到交易地點。不過夢琪有特別交代，這次未必會有其他客戶，又說或許我等級真的有所提升，要我好好見機行事。

幾分鐘後，遠方總算隱約傳來了幾台機車行駛的聲響，而後這些聲響又逐漸放大清晰。對方確實還是相當準時，不過我還是沒有馬上現身。到了約定時間，仍舊沒有看到其他客戶的身影，或許今晚真的只有我這名客戶需要交貨，畢竟這種變更身分的新證件，也不可能天天都有需求。

「喂，那個傻裡傻氣的小子會不會忘了今天要取貨啊？」一名滿臉橫肉的男子聲音非常宏亮。

「哈，有可能，那小子看起來真的傻呼呼，另外加訂的東西，交給那種笨蛋想想還真是危險啊——」另一名面露兇光的男子大聲訕笑著。

「哎呀，那傻子明顯只是負責取貨的車手，這種被人利用的笨蛋我們也看多了，根本就不會知道當初送來跟要拿走的東西裡面裝的是什麼！」最後一名戴著眼鏡的男子以相當譏諷的口吻說著。

話剛說完，聚在一起的三人只是縱聲而笑。

聽到這樣的嘲笑，我根本不以為意，我才不是被人利用，而是為了與夢琪一同闖關逃往海外的忠實夥伴。這三個明顯看起來就是混混、流氓的男子才是真正的笨蛋，根本完全搞不清楚狀況。不過他們也不是我招惹得起的對象，而且因為叔叔的關係，真讓我對黑道有莫名的強大恐懼，要不是因為要執行夢琪編好的劇本，我還真的不想和這些兇神惡煞有任何交集。更何況從小到大，類似這樣的嘲諷，我早就習以為常，真的沒什麼好值得生氣的。不過這幾分鐘觀察下來，今晚似乎真的只有我一名客戶。

「喂，聽老大說，那個蔡世新好像有意把王立信那混蛋推上去當分局長。那混蛋以前明明跟李顯恩好得很，而李顯恩還真煩人，三不五時就提什麼加強掃黑專案，大家都知道是他在指使王立信和我們老大作對，只能說死得好！但那個王立信真的說變就變，這混蛋也真是就太沒義氣了！」

「哼，豈止王立信那混蛋，我聽說我們老大上頭的大老闆也想向東部最有人氣的新科議員蔡世新靠攏，還聽到大老闆可能想犧牲幾個小弟來換取王立信的功績，好順利把他推上分局長的寶座。這樣既可以做人情給蔡世新，還可以永保王立信那混蛋轄下的所有條子，日後不會找我們大麻煩！」

「這我也有聽說，好像是想犧牲阿虎那幾人——」

「幹，真是一群陰險小人！不說這些，那傻子該不會真的忘記今天有約定，我們是要乾等到什麼時候啊！」

聽到這幾人等得已經有些不耐煩，我趕緊起身快步走向交易地點。

「呦，阿弟啊，你看看現在已經幾點了啊——」滿臉橫肉的男子刻意指著腕上的手錶說著。

「大哥，對不起、對不起，路上有些耽擱了——」我照著夢琪之前教我的台詞說了出來，並將兩袋厚重的信封交給了橫肉男。

橫肉男接過後，馬上打開信封，並抽出裡頭的鈔票開始數著。

「嘖，上次也是這樣遲到，趕快帶著你們三人的新證件滾到海外去吧！」另一名戴著眼鏡的男子用力拍著我的肩膀說著，並將一份牛皮紙袋交給了我。「對了，就算你可能聽不懂，我還是要例行聲明一下，那個證件雖說是我們信譽保證，但有問題不要找我們，我們只負責交貨，製作是別的人搞得，不關我們的事。也就是說，日後不能用的話，就自認倒楣，別來找我們——」

三人？為什麼是三個人的證件？這確實讓我完全摸不著頭緒。

「嘿嘿——」兇光男不懷好意笑著。「小子我看你豔福不淺啊，你老婆的長得很漂亮啊！看你們年紀輕輕，竟然已經有小孩了啊！」

「哼——」眼鏡男冷哼一聲。「想也知道是假身分，這兩個人的照片一看就像姊弟或兄妹，那小孩應該也是假的，根本就是拿那女的小時候的照片多辦一個假的證件，你想太多了啦！」

兇光男挑眉說著：「是嗎？我倒覺得三個人都是兄弟姊妹，那小孩應該是這一男一女年紀最小的弟妹，一家人裝成夫妻帶著小孩逃到國外，大概是為了躲債避人耳目，連家庭組成都刻意改變，這種案例真的看多了——」

「哼——」眼鏡男相當不以為然。「啊不然我們直接問這阿弟不就知道了！」

兩人看向我，不過我真不知道該如何回應，因為這兩人的對話已遠遠超過我的認知與理解，還有夢琪事前研擬的劇本根本沒有這樣的類似橋段。

「嘖——」眼鏡男見到我無法回應，只是露出勝利的微笑說著。「我早就說過這阿弟只是車手，其實看本人好像也跟那女的不是那麼像。或許兩個人真的沒有關係，大概是同一間照相館的攝影師，就只會那一百零一招修圖術，把兩個人照片修得太神似了。這阿弟根本就不知道自己拿的是什麼，搞半天根本只是那女的要辦假證件，其他都是幌子呢！」

聽到眼鏡男的這段話，我整個人真的有些愣住，這世上只有夢琪一人真心對我最好，我實在不相信夢琪會做出這種欺騙我的事而自己一人逃走。況且被通緝的人是我，夢琪即使沒有逃到海外，繼續在這裡生活也不會有任何問題。更何況夢琪每個月還有不知名人士的生活費，要不是為了我，她大可繼續在此安然度日，這群人根本就在胡說八道。

「好啦，好啦，別再抬槓啦——」橫肉男完成數錢動作後，總算打斷這兩人的對話。「欺負一個傻阿弟算什麼男人，錢我都數過，這兩袋都沒有問題。」

橫肉男說完，又示意要眼鏡男將另一袋沉重的布包物交給我，並開口對我繼續說著：「這是你們後來加訂的貨品，我們只管交貨，不負責教你怎麼用，反正很簡單，看過電影就知道怎麼使用。」

我收下沉重的布包物，實在不知道裡頭裝的是什麼東西，只是小心翼翼將牛皮紙袋及布包物一同收到後背包中。

「啪擦！」

一陣清脆的響音，讓黑暗的廢工廠一下就變得宛如白晝。

「在幹什麼非法交易！全都給我站住！」

燈光來源的不遠處，傳來擴音器的聲響，隱約看到大批人馬守候在刺眼的探照燈周圍，顯然原本早有準備，而一旁甚至更誇張出現幾台一看就是媒體記者的大攝影機。雖然僅僅只有那麼一瞬間，但如此突兀的景象，我想我應該沒有看錯。

儘管透過擴音器所發出的聲音已有些轉變，但我還大致認得出來，這應該是王立信說話的獨有語調。

眼鏡男面露惶恐喊著：「幹！要被犧牲的不是阿虎他們，我們被耍了啊！」

兇光男二話不說直接轉身騎上放在一旁的機車準備發動，眼鏡男雖然動作稍慢，也趕緊跨坐上去，而橫肉男匆匆收起錢袋後，也騎上自己的機車。

我見到苗頭不對，早就拎著後背包往燈光來源的另一頭狂奔而去。

擴音器又再次傳來了宏亮的聲音：「還不快快束手就擒，剛剛的非法交易我們已經蒐證完畢，你們已經逃不掉了！」

錯不了的，這次我更為確定那個聲音來源，就是那王立信沒錯！非常明顯今晚的這個交易，很可能就像先前那三個流氓所言，是被他們老大與王立信合謀之下所做得利益交換。否則在沒有確切情報下，警方怎麼可能會如此大陣仗，埋伏在這麼偏遠的廢棄工廠。

不知道那三個流氓究竟會騎車逃往何處，因為我前來此地所停的機車是放在更遠的地方，只能靠著自己的雙腿使命往另一頭的草叢中奔跑。這是事前與夢琪一同前來探勘場地時，早已演練過的突發狀況，也就是這個非法交易，如果不幸遇到警察追捕的隱密逃亡路線與躲藏處。

我在雜草叢生的泥濘地上一路狂奔，過了好一會兒，不但沒有警方追過來的跡象，那片混亂的囂鬧聲反而愈離愈遠，恐怕大部分的警力全都去追捕騎車往另一頭四散逃離的那三個流氓。

一路跑到草叢邊緣，我身體微微後傾滑下陡坡，來到了極為隱密的海灘邊。四周除了間歇不斷的海浪聲外，剩下的只有空無一人的寧靜，我這下總算可以放下心來稍作喘息。但停下劇烈動作後，身上的汗水反而愈流愈多，我想起夢琪提醒過的一件事，迅速打開後背包，並從裡頭拿出一套明顯與現在不同款式的衣物換上，並拿出預先埋藏在石頭堆下的釣具袋。好在雖然經過一段時日，還是沒有被人發現拿走，這些都是夢琪事先幫我準備好的東西。

看著眼前一片昏暗的夜晚海景，聽著富有節奏感的浪濤，那潮水的氣息近在身旁。我輕閉雙眼沉浸在那遠比海濱公園距離更近、更有感覺的浪潮，微涼的海風拂面而來，只有說不出的清爽暢快，要就此停留此處坐上一整晚，我想絕對沒有任何問題。不過因為隔天晚上就要踏上遠渡海外的最終旅程，無論如何還是得盡快脫離此處，好把新證件交給夢琪確認是否有誤，否則偷渡漁船的行程恐怕還是需要延期。

細細回想剛才真是有驚無險，原以為今晚交易並沒有什麼大不了，好在前一次交付訂金時，夢琪就有先預想好緊急逃跑路線。本想說應該用不上，但警方這突如其來的夜襲，真是讓我們全都慌了手腳，好在我早已有所準備，才能在慌亂中以本能反應迅速逃離。

回頭仰望先前跑過的地方，已經逃到如此偏遠黑暗的海邊，這條來時路既已滑下斜坡也無法回頭，更不可能再冒著被警察抓到的風險，繞回去找尋停放在另一頭的機車。

就在我準備將先前換下的衣物塞回後背包時，原先放置其中的布包物，卻一不小心因為收拾衣物的擠壓而掉了出來。

掉落的布包物碰撞石頭發出清脆的聲響，顯見裡頭的東西應該相當堅硬。但因為真的不知道包的是什麼，尤其布包物經過撞擊後，看起來還有些散開，真讓人相當擔心裡面的東西是否會因此被我摔壞。

等到我重新撿起時，半開的包布中出現了黑色的L型長條物，還有兩條分離的條狀物。再仔細一看，這才發現原來裡頭包的是一把黑槍及兩條彈匣。

也不是沒在槍戰線上遊戲中看過這樣的東西，只是見到實體物，尤其以夢琪交付的交易金額來看，應該是真槍實彈。但這還真是完全出乎我意料之外，不知道夢琪為何會想購買這樣的武器，或許是為了提防明晚航行途中發生變卦，才想買個武器自保，想想這也很符合夢琪凡事謹慎的沉穩個性。

不過我實在不敢再推測下去，也怕耽誤太多時間，趕緊再將布包物塞回後背包，並用衣物層層包住。接著揹起一旁的釣具袋，依據夢琪的規劃，喬裝成一名釣客。

我小心翼翼走在滿布石子的海灘上，這條路線因為事先經過探查，所以也很清楚該怎麼往前，繼續向上走去一般道路。不過就在我剛起步之時，竟看到前方不遠處有個詭異的人影坐在大石頭上。

——這種時間和這種地方，怎麼會有人想要待在此處。

如果這人手拿釣具在此等待魚兒上鉤還算合理，這也是為何夢琪要預先在此處埋藏釣具袋的原因。至少要是在此時遇到警方盤問，還可以假裝是來此處夜釣，但空手而回的失望遊客。

但眼前這頭戴漁夫帽的詭異身影，手中並沒有釣具，身邊也沒有類似的工具，倒是胸前掛著一副類似望遠鏡的東西，看起來只是坐在大石頭上不停喘息。

這名詭異的身影微微轉頭，並停頓了一下，似乎像是注意到了我，但卻又好似沒有看見。因為沒一會兒，他伸手從上衣口袋的位置附近拿起一副眼鏡戴上。

但這眼鏡不戴還好，原先因為視野昏暗，根本看不清楚這人的面孔。但這眼鏡戴上後，即便雙方還有一段距離，那個大墨鏡相當好認，一整個看起來就很像那個令人熟悉的陳組長。

不知為何，原先對陳組長並沒有太大的感覺，但上次經過夢琪這麼分析以後，現在再次見到疑似陳組長的身影，卻讓我不覺緊張萬分。尤其是在今晚這種場合撞見，極有可能這個逃亡路線早被極為精明的陳組長所料中，才會特意在此等待我的上鉤。

看著這個疑似陳組長身影所坐的位置，完全阻擋住我的去路，讓我既不能刻意攀爬繞過他背後，若走在前方因為路口狹窄，一定會經過他眼前。當然如果為了躲避他而走入海水中，如此誇張的舉動更會引起他的注意。想來想去他真的早已精心盤算過，才會坐在那顆位置絕佳的大石頭上。

戴上墨鏡後的陳組長，只是凝視著遠方的大海，先前聽夢琪描述，陳組長似乎有著嚴重的眼疾因而非常懼光，所以即便是在黑夜，還是會戴著大墨鏡。如此想來，陳組長可能還有嚴重的視力問題，或許剛才在沒戴眼鏡的情況下，他根本無法睜大雙眼，很可能因此沒有注意到我。

但我實在也不是很確定，他究竟是否已經知道我的真實身分，所以也不敢妄自停下前行的動作，以免引起他的注意，只是放慢步伐緩緩前進。我不斷思索究竟是否該賭上一把，或許他真的只是因為追查夢琪的事，還留在東部，恰巧也來海邊散心，很可能根本就尚未發現我與夢琪的關係。我可以像上次一樣直接大喇喇走過，甚至為了避免陳組長起疑，也許還可以刻意和他打聲招呼問好；或是這根本就是陳組長所埋下的陷阱，我還是乾脆先拿出放在後背包中的那把手槍，只要苗頭不對就直接做掉這個麻煩人物。

因為這些情境已完全超出夢琪所規劃的劇本，讓我根本就不知道該如何是好，眼看我停不下的腳步，已讓我愈來愈接近陳組長。因為距離已經拉近，這下總算真的看清楚，坐在大石頭上的正是陳組長本人，他依舊還是動也不動凝視著遠方大海。我想他不可能沒有聽到我走在碎石上所發出的摩擦聲響，但他這樣旁若無人的怪異舉動，反而讓我渾身都不對勁，冷汗不斷從身體各處直冒滲出。

我緊抓揹在肩上的釣具袋，另一手不自覺伸進褲管口袋中握住那串項鍊，不停盤算是否要轉頭問好。不過就在我經過他斜前方之時，他依舊還是望著遠方，就像一尊凝視大海的石造雕像。

不對！我突然打了個冷顫，驚覺自己徹頭徹尾錯了，我根本就看不到陳組長隱藏在大墨鏡後的雙眼，他極可能打從一開始就假裝看著前方，但其實一直注視著我的一舉一動。他刻意裝作沒看見我，到底是有何盤算？眼看自己已經穿過他面前，陳組長依舊還是不動如山，不知道他究竟在想些什麼，真讓我連微微擺頭的勇氣也沒有，更不用說是刻意和他打起招呼。

等到我穿過他前方後，依舊沒有任何動靜，而我既不敢再回頭，也不敢加快腳步。甚至還要努力壓抑內心的恐懼與狂奔逃離的衝動，只是繼續一手緊抓著釣具袋，而緊握在另一手中的項鍊，則已快要深深陷入掌心，但還是只能踏著僵硬的步伐慢慢前進。

會有埋伏員警從後頭衝出嗎？還是陳組長會趁我背對他時，開始準備發動襲擊？想著想著我內心早已陷入一陣混亂，緊握項鍊的手早已失去知覺而完全無法鬆開。

夢琪，我接下來到底該怎麼辦？

歷經了恐怖而漫長的黑夜，因為失去了代步工具，我沿路上戰戰兢兢不敢有絲毫鬆懈，全以步行前進，就怕後頭突然冒出陳組長所設下的埋伏陷阱。沿途不時回望，根本就空無一人，偶爾才遇到幾名路人擦身而過，總共走了不知道幾個小時的路程，我才安全回到了租屋處。

我始終不能明白，坐在海邊那顆大石頭上的陳組長，究竟在想些什麼。從事後的結果推斷，或許陳組長真的就只是單純前去海邊散心。一如往常，他對我這種無名小卒根本就不屑一顧。當然想想也可能是他的眼疾已經非常嚴重，造成他在如此昏暗的場景下，根本就無法看清楚任何事物。就算他真有看見我從前頭走過，可能因為還不知道我與夢琪的關係，也不過是把我當做一般路人，甚至也沒有想起在店長靈堂見過我這回事，就這樣讓我靜靜從眼前走過。

見到陳組長如此專注凝視大海的樣貌，不知為何，回想起來還真有一種強烈的孤寂。再加上先前在靈堂看見他對王立信的鄙視，我甚至想像或許陳組長的個性跟我一樣相當孤僻，然後也很喜歡看著大海沉靜心思，就算看上一整晚也永不嫌累。想著想著，我竟對陳組長不再那麼畏懼，取而代之的反而是另一種莫名的好感。

——不過心境會有這樣的轉變，都是安全回到租屋處後才出現的怪異想法。先前在回來的路上，對陳組長只有滿滿的恐懼。

在我一回到租屋處後，由於已經放盡氣力，只是癱坐在地，下意識將放在褲管口袋的項鍊拿出來把玩，接著開始胡思亂想。就像歷經一場浩劫重生般，也彷彿完成了一件不可能的任務，將夢琪要的新證件及手槍，在眾多警察的追擊下，竟都平安無事帶了回來。這股前所未有的成就感，更讓自己感覺就像線上遊戲越級擊敗大魔王後，等級直接往上大幅提升。或許真如夢琪所言，我已經擁有可以自行判斷和處理一些事情的能力，很想將這驚險的過程馬上與夢琪細細道來。

儘管我腦袋內不斷思索著這些離奇的遭遇，還有那股難以壓抑的興奮，但身體因為疲憊不堪，早已動彈不得。不知道什麼時候，這些思緒也全部帶入夢鄉之中，而且還是個印象清晰的美夢。

在夢中我和夢琪已經身處異國，在一個陽光燦爛的海邊手牽手漫步，後來還跑出一個我沒看過的幼童跟著我們倆。但畢竟這只是個夢境，我也不清楚這幼童會不會就是我們的小孩，至少我在夢中是一反往常沒有排斥這名幼童，三個人接著只是並肩嬉鬧著。

等到我再次醒來時，窗外早已透進刺眼的陽光，而我更發現自己先前已是躺在地上沉沉睡去，身上還蓋著一件放在公寓內的薄外套。當然我知道這件外套不可能是我自己蓋上的，顯然應該是夢琪在我熟睡時曾經來過。

我緩緩起身伸了一個大懶腰，這才發覺自己全身肌肉都很痠痛，尤其是雙腳的小腿肌肉更是疼痛不已。

喚醒擺放在身旁的手機，竟然已經接近下午兩點。因為昨晚平安歸來後，也不曾注意過時間，更也不會知道自己到底睡了多久。輕輕將這支夢琪給我的手機放回地上，雖然我不知道這支手機門號究竟是登記誰的名字，但至少不可能是用我這通緝犯的名義辦理，況且我的身分證早就不知道跑哪去了。

環顧四周，這間公寓已是空無一物，這也是為何我一睡醒，雖然知道夢琪應該曾在我熟睡中來過，卻可以很確定她已經離開，因為四周根本空無一人。由於今晚就準備離開這裡，夢琪相當謹慎，還特別多付了兩個月的租金，也託付可信之人，預計一個月後向房東表明退租，並於兩個月後寄還鑰匙，讓這一切看起來就像自然而然的退租，就算房東事後察看，現場也會像不急不徐提早搬離。所以前些日子我們已經將這間公寓內所有自己搬進來的簡易家具全部處理完畢，僅剩下原本房東當初所提供的一些簡單設備。

其實我覺得夢琪大可以不必這麼麻煩，因為過了一個月，按照計畫我們早已在海外重新生活。或許連祕密帳戶都已經順利動用，這裡的警方再怎麼神通廣大，也很難跨海追查。不過夢琪為了不希望留下任何可疑痕跡，還是把所有家具都事先清除完畢，也預先安排不被起疑的正常退租方式。

揉了揉惺忪的睡眼，我突然想起我昨晚的戰利品，想要拿出來觀看。不過就在我彎身前去察看時，這才注意到後背包上頭留有一張字跡工整的小紙條，一旁還有一大袋乾食與瓶裝飲料。紙條上夢琪表示已確認過新證件，大致上沒有問題，手槍就留給我防身，以備不時之需，今晚將依約行事，先在老地方碰面，再一起步行到漁船碼頭。留言中還囑咐我絕不要出門，因為昨晚警方在廢工廠的追查行動，不但已經登上各大新聞媒體，進行非法黑槍交易的三名幫派分子已被全數逮捕到案，目前還在追尋進行交易的另一名在逃人士。

我當然很清楚警方所指的在逃人士是誰，不過我倒是很懷疑僅是如此匆匆一瞥，警方是否能發現這個在逃不明人士的真實身分。

紙條的最後頭，夢琪還特別註明務必要一如往常將這張紙條徹底銷毀，以免留下任何未來可能自找麻煩的證據。

看到夢琪紙條上的附註，不禁讓我微微一笑。夢琪凡事謹慎小心，若不是逼不得已，也絕不會輕易留下紙條。即便真的使用紙條，也一定會交代我看完後要徹底銷毀，事後更會一直跟我確認是否確實執行。若非必要，她也鮮少透過電話與我聯絡，有要事一定約見面口頭討論，因為透過電話會留下通聯紀錄。即便我懷疑兩人聯絡的門號，可能都不是用她的真實姓名申辦，但她還是放不下心。不過若是真的得緊急通話，她也只會使用手機裡的通訊軟體，因為夢琪說過通訊軟體的通話功能，目前還不像手機通訊可以直接監聽，這樣比較有安全保障。

「呼——」我看完夢琪的紙條後，先是將紙撕得粉碎，並用力捏成一團，接著又意興闌珊躺回地上。

仰躺在地左顧右盼，望見的只有空蕩蕩的牆壁，和先前還有簡易家具的室內模樣相比，還是有很大的差別。面對這樣空寂的場景，整個時間又彷彿停滯下來，讓我的心情又開始變得灰暗無比。昨晚彷彿算是戰勝警方及陳組長的喜悅成就，竟全然消失殆盡。

「只要等到深夜，順利搭上漁船，這個前所未有的艱難任務就可以漂亮完成，一切就可以獲得解脫——」

——我只能這樣不斷告訴自己。

簡單吃完夢琪所帶來的幾份乾食，覺得還是有些飢餓，好在原本房東就有提供一壺老舊的電熱水壺，讓我還可以燒熱水來煮泡麵。

就在用完餐點後，面對這間寂靜無聲的公寓，不知為何，明明知道只要挨到深夜，就可以獲得解脫。但卻覺得這漫長等待，比先前躲藏此處長達數日足不出戶的情況更加難熬。

難道是因為電腦及網路設備已被夢琪處理掉的關係嗎？即便如此，夢琪給我的手機也有上網功能，但我就是提不起勁打開手機，也不想玩裡頭夢琪原先就幫我安裝好的幾款手機遊戲。這些都是我先前躲藏此處消磨時光的最佳工具，如今卻變相當索然無味，一心只想趕快等到深夜，永遠逃離此處。

原本我對於遠渡海外沒有什麼特別的想法與期待，一切都只是聽從夢琪的規劃與安排。其實自從和夢琪交往至今，一直都是這樣的相處模式，甚至連設局欺騙店長，我也只是依據夢琪的劇本執行，從來都不會有什麼特別的支持或反對意見。但在夢琪的影響下，我卻也開始對新生活有所期待，不知道昨晚的夢境，那名幼童是否代表我已在夢琪幸福家庭理念的宣導下，開始慢慢接受未來擁有我們自己小孩的規劃。

因為兒時的遭遇，讓我真的很討厭小孩，尤其是動不動就愛哭鬧的小孩，更會讓我想起過往受虐的痛苦經驗，很容易讓人想抓狂發瘋，也多少有些體會過去老爸為何會想暴打我的原因。看到自己的雙親如此無情，深怕自己也流著這種無情血液，更不覺得自己會是夢琪理想中的爸爸。但這些感受與想法，每次見到夢琪對建構美滿家庭總是如此充滿期待，都讓我很難脫口而出自己的真實感受。只能努力告誡自己，是夢琪給了我生存的意義，也給了我生命的光輝。無論我過去如何討厭孩童，都應該要竭盡所能，成為夢琪理想中的最佳情人與生命中的靈魂伴侶。

我躺在地上想要放空，明明身體還有些疲憊，卻怎樣也止不住腦中的胡思亂想，更還想起兒時被老爸關在廁所反省的情景。我猶記得我當時根本就沒有做錯什麼事，老爸不知道是哪根筋不對勁，就一直說我頂撞他，讓他非常不爽。先是將我毒打一頓，而後又把我關在漆黑的廁所不讓我出來，外頭更是擺放我怎麼樣也推不開的重物。就算我哭天喊地還是一樣置之不理，我依稀記得老媽也在一旁目睹整個被冤枉的經過，卻也不來幫忙勸阻老爸的暴行。

直到後來，這兩個無情的人更是為了別件事吵起架來，並紛紛負氣離去，就這樣把我繼續留在狹小的廁所裡。

一直等、一直等、一直等，卻也沒人前來開門，就算我已經哭乾淚水，還是沒有任何回應。我至今都還是相當懷疑，最後如此狠心拋棄我的父母，當時根本不是忘了我被關在廁所的事，而是兩個人都刻意假裝忘記，好擺脫我這個煩人的累贅。

直到最後，就在我已經絕望之時，竟然是一直對我疼愛有加的叔叔，出現在廁所前，二話不說就搬開重物讓我重獲自由。我到現在都還記得叔叔前來搭救我的那一幕，有如大力士般移開沉重的阻礙物。叔叔除了將我救出外，並一再安撫我不安的情緒，之後更為了老爸虐待我這件事和他大吵一架。從那之後我確實好一陣子沒再看過叔叔，原以為是因為和我的事有關，後來才從老爸那知道叔叔是被人殺死。這件事真的對我造成了極大的震撼，除了叔叔的死讓我極度傷心外，更重要的是，我從那之後再也沒有會來搭救我的正義騎士，往後的苦日子更是可想而知。

——想著想著，我又將店長生前最珍惜的那串項鍊拿出來把玩。

我常常在想，為什麼我會對店長甚有好感？除了他在我打工時對我很好以外，我想叔叔若是當年沒被人殺害，或許也是跟店長差不多大的年紀，這讓我真的很容易將兩人的影像重疊在一起。即使店長已經過世一段時間，我還是會常常想起他的面貌。雖然我已經忘記叔叔的確切模樣，但在我記憶中的叔叔，現在回想起來，卻都會是店長的面孔。我想這也是為何每次聽到夢琪數落店長時，我心裡都會覺得相當不舒服的原因吧。

躺在地上繼續胡思亂想一通，不知不覺我竟然不小心睡著了，等到再次醒來，竟是被身旁的手機鈴聲所叫醒。本來白天的室內還有窗外透進的日光，所以沒有開燈，等到再次張開眼睛，四周卻已陷入一片昏暗，也不知道已經過了多久的時間。

手機上的螢幕顯示，在昏暗的室內中顯得更為刺眼，雖然上頭出現一個男子的名字，但我知道這是夢琪藉由通訊軟體直接撥打過來，是夢琪刻意設定的男子名稱。一般除非逼不得已，不然夢琪幾乎不會直接藉由手機通話，可見狀況似乎有些緊急。

由於才剛睡醒，又見到夢琪的緊急來電，我心裡直覺不妙，該不會是一不小心睡過頭，已經到了約定時間，我竟然還在這裡呼呼大睡。要是偷渡漁船時間過了，也不可能繼續只等我們兩人，因為搞不好還有其他人也要搭船，一定會依據原定時間航行出發。我原本就已經大感不妙，而夢琪所幫我設定的美妙鈴聲，如今聽起來卻是急促催人，這讓我一時之間真的有些慌了手腳，拿在手上的手機還不小心滑落地面。

撿起手機後，好不容易靜下心來，這才接起了夢琪的來電：「喂——」

「呼，阿諺，被你嚇死了——」夢琪的口氣急促，顯得相當不安。「你在睡覺喔？我打了好多次電話，你都沒有接，真擔心你出了什麼事，你沒有出門吧？」

「對不起，夢琪——」我語帶沮喪說著。「對不起，我睡過頭了，是不是錯過漁船的時間？現在該怎麼辦？」

「唉——」夢琪輕嘆了一口氣。「現在時間還早，不過今晚深夜的行程取消了。」

「什麼？為什麼？」我驚訝地問著。

「因為對方說，昨晚才剛發生警方搜索非法交易這件事，還是想要暫時避一下風頭。不過我想對方真的只是暫時關閉這條航線，或許一、兩個星期後，警方若有別的行動或方案轉移焦點，或是那個王立信順利當上分局長，大概會有很長一段時間都不會再有什麼大動作。至少對方不是因為你被通緝這件事而取消，我想他們還不知道，也很難知道我們兩人的真實身分。」

「通緝？什麼意思？我不是一直都被通緝，而且都已經那麼多年了——」

「唉，阿諺——」夢琪停頓了好一會兒，才又開口說著。「這就是我為何一直打緊急電話給你的用意，這陣子千萬不要出門，一步也不要踏出。我明晚深夜會再拿一些食物、飲料和生活用品給你，因為你又被通緝了！」

「什麼意思？」

「昨晚廢工廠的交易，警方雖然沒有抓到你，但你的真實身分已被查出來，現在已正式對你發佈通緝了——」

「怎麼一回事，這怎麼可能！」我瞪大雙眼久久無法置信。

▲不歸路八段

原本滿心期待遠渡海外的最終任務，不但突然落空，又只能關在公寓內足不出戶，並過了將近兩周的時間，完全可說快要悶到發瘋。

雖然後來夢琪又帶給我許多食物、飲料還有生活用品，甚至還再給了我一個已經插上行動網卡的平板電腦，又預先安裝了許多她知道我可能會有興趣的手機遊戲，但這種時間完全停滯又度日如年的痛苦日子，真讓我已經瀕臨崩潰邊緣。

我曾經好幾次在深夜的夢中醒來，恍惚之間面對空蕩蕩的公寓，都以為自己已經被捕入獄，正在監獄中服刑接受懲罰。

這一切的痛苦來源，都肇因於警方已掌握我的真實身分，並把我列為先前非法交易的可疑在逃嫌犯發佈通緝。

我真的相當驚訝警方竟能夠查出我的所有來歷，原以為再來就剩下之前搭船偷渡的最終任務目標，卻突然殺出隱藏關卡，讓我們差點面臨GAME OVER的處境。

後來用手機查看夢琪傳給我的新聞連結，才知道警方那晚在廢棄工廠大規模搜索，先後抓到了三名從事非法黑槍交易的幫派份子。又在距離廢工廠有很長一段距離的雜草堆中發現一台機車，因為停放位置可疑，直覺和廢工廠非法交易有關。經過警方系統比對，發現是台失竊車輛，這才再採集上頭指紋，發現騎乘者本身就是在逃多年的通緝犯，故直接當作本案嫌疑犯發佈通緝，也證明這名通緝犯現在可能還躲藏在東部。因為據被逮捕的幫派份子透露，此名通緝犯身上持有成功交易的非法黑槍，警方不敢鬆懈，將派出大批警力人員全力搜索。新聞後頭還有王立信出來宣示，將全力掃蕩東部黑幫，並獲得新科人氣議員蔡世新的大力支持，最後更報導王立信組長因近期接連破獲大案，又有向黑道宣戰的氣魄，已獲得多名上頭長官的極力賞識，謠傳已內定成為下一任分局長。

新聞中這兩人的合照，均擺出一副下定決心打擊犯罪的凜然模樣，若之前那三名流氓所言屬實，這兩人根本就不會比我這種作惡多端需要四處躲藏的罪犯好到哪去。不過就是在光天化日下作奸犯科，只是美化得夠好、夠漂亮，卻反而成了正義化身，竟還能獲得那麼多民眾的喝采與掌聲，想來就是極為可笑。

雖然我只有勉強從國中畢業的程度，新聞中有些專有名詞看得也不是很懂，但要瞭解整個新聞內容大意並不是一件很困難的事。不過已經很久沒再看過自己的名字，沒想到還是直接出現在新聞媒體上。

好在一切真如夢琪所言，那晚漁船停止航行後，不到兩周的時間內，王立信又親自率隊接連破獲好幾件黑幫的非法交易，最後也如媒體推測順利當上分局長。就在王立信坐上分局長寶座後，隔沒幾天就接到夢琪以手機通訊軟體來電告知，警方的查緝行動確定會暫告一段落，漁船也預計要再次開始航行，今晚就要進行最終任務。這下漫長而痛苦的等待，總算獲得解脫，不然這樣遙遙無期等待下去，每天面對的只有牆壁，都快分不清楚自己究竟是生是死。

——不過這也意味著，確實如先前進行交易時的那三個流氓所言，這陣子警方之所以有密集查緝，又一直能夠順利破案，似乎真的可能是蔡世新、王立信和東部黑幫早有合謀。其實他們這幾人要怎麼搞，老實說也不關我們的事，只希望這個共犯結構是真的，至少能確保今晚遠渡海外的最終關卡能夠不被警方打擾順利進行，而且也非常希望避過前陣子的風頭後，陳組長也會放棄對夢琪的持續追查。

就在接近深夜的約定時間，我依據夢琪過往所教導的方式，提早到了事先約定會面的海濱公園，等著之後再與夢琪一同步行到附近搭船的碼頭。在離開租屋處時，我很細心將所有東西都清理完畢，以確保日後房東進來察看時，沒有留下任何可疑異狀。

離開租屋處後，一路上我小心翼翼避開所有人潮，盡可能繞著偏僻的小路前往海濱公園，也很注意沿路上是否被人跟蹤，尤其是夢琪一直很在意的陳組長。因為知道夢琪可能還是會徒增憂慮，那晚在廢工廠取得證件逃離警方追捕後，在海邊遇到陳組長的那件事，原本滿心只想趕快告訴夢琪我成功瞞過陳組長，從他面前安然無恙走過的所有細節。但就在得知自己再度被通緝後，我決定還是將這段奇特的經歷，保留到我們安全搭上漁船後再告訴夢琪。不然依我對夢琪的瞭解，她一定會對此耿耿於懷困擾不已，卻也無能為力。既然經過近期的這些事件後，夢琪都對我判斷和處理事情的等級提升有所認可，我決定還是替她分憂解勞，等到適當時機再向她分享這件驚險的歷程。

躲在海濱公園的暗處，我只是靜靜等待夢琪的現身。既然沿路上都沒有遇到什麼可疑人士與巡邏員警，或許真如漁船那頭所言，警方在王立信當上分局長後已經收隊休息，我想今晚應該沒有什麼太大的問題。

抬頭仰望天空，從一出公寓就發現烏雲密布，卻一直還沒下雨。看過氣象預報，今晚深夜可能會下大雨，雖然早有為此準備雨具，但還是希望雨勢不會影響到船隻的航行。

「轟——隆——隆——」

天空開始飄起細雨，我從後背包拿出了折疊雨傘。

眼看約定時間已經到了，卻不見夢琪的身影，不覺讓人有些擔心。一向都很準時的夢琪，曾經跟我說過，只要她過約定時間還沒到來，就有可能是遇到什麼麻煩。

「嘩啦——嘩啦——嘩啦——」

雨變得愈來愈大，讓我不得不撐起雨傘。海濱公園邊的浪潮，因為這陣風雨的關係，浪勢變得相當高。

我撐著雨傘走出暗處，在約定的老地方，看著這狂風捲起的陣陣大浪，又等了大約十分鐘，夢琪依舊還是沒有出現，我直覺真的出了什麼事。

拿出手機查看，也沒有任何夢琪的來訊或電話，就在我不知道是否該使用通訊軟體撥打給夢琪時，我注意到不遠處有兩個撐著雨傘的人影，其中一人看起來就像是夢琪。

我直覺有異，另一人恐怕來者不善，必須先好好觀察，再決定是否適時對夢琪伸出援手。我小心翼翼藉由還不算太小的雨勢掩護，移動到兩人附近的暗處躲著，好在兩人專注於交談，並沒有發現我的蹤影。

該說自己真的非常幸運，在我躲藏好後雨勢剛好逐漸變小，讓我既能與他們保持適當安全距離，又能稍微聽到他們兩人的交談內容。

「拜託你不要再糾纏我了好不好！」夢琪的語氣顯得相當不耐。

「楊小姐，妳可否好好聽我說完！」

原本還很納悶這名糾纏夢琪的男子究竟是誰，但這說話的聲音異常低沉，讓我想起了某個麻煩人物，但卻也無法僅就這短短的一句話如此確認。

等到男子撐傘角度有些改變時，我這才看清楚他的面貌，真讓我差點嚇得叫了出來，便是那一直都是戴著漁夫帽與墨鏡的陳組長。

——為什麼他們兩人會在一起，難道夢琪和陳組長本來就是一夥的嗎？不可能，這絕對不可能，我甚至也不知道我怎麼會突然冒出這種懷疑夢琪的想法。

不過這樣的疑慮還不待繼續思索，夢琪便直接反駁著：「你到底想說什麼？我才不認識林家興，他不就是前陣子媒體大肆報導的那個殺人魔，我怎麼可能認識他！」

「楊小姐，不要再裝了，咳、咳——」陳組長講到一半咳了幾聲。「林家興是我的舊識，我不覺得他會是那種殺人魔！」

「哼，你要怎麼想都不關我的事——」夢琪話剛說完便轉身準備離去。

陳組長眼見夢琪就要離去，也跟著快步向前追上，並大聲說著：「楊小姐，我也認識妳的母親！甚至知道妳和一名年輕男子幹得所有事情！」

聽到陳組長所說的這些內容，不禁令我相當震驚，夢琪也慢慢停下腳步顯得有些遲疑。

陳組長繼續開口說著：「妳母親楊梅我也認識，我想林家興以前在北部黑幫的事，妳是從妳母親那邊知道的吧！」

夢琪轉身望向陳組長，停頓了好一會兒，才又開口說著：「你到底在說什麼！」

「咳、咳——」陳組長輕咳了幾聲，而後又再次以極為低沉的聲音說著。「不，依我所瞭解楊梅的個性，就算她再怎麼憎恨林家興，也不可能把祕密帳戶這件事告訴妳，這難保不會讓妳惹上麻煩！我覺得妳是從妳母親遺留的筆記中發現這些祕密的，我知道楊梅一直都有寫筆記的習慣！或許她臨死前早已忘記曾經記下這些東西，不然她不可能會想讓妳捲入祕密帳戶的麻煩，這是二十多年前一切麻煩的根源！」

——祕密帳戶！為什麼陳組長也會知道這件事？不對，陳組長原本就是當年逮捕店長的人，他當然可能會知道這件事。但陳組長為何會知道夢琪與這件事有所關聯，還有剛剛陳組長口中的年輕男子指的應該就是我。這點我真的想不透，也搞不清楚夢琪母親到底和這幾人是什麼樣的關係。不過這個陳組長真的非常精明，雖然我不瞭解全貌，但他所言確實和夢琪跟我說過的相去不遠，他果然是個麻煩人物，怪不得夢琪一直要我好好提防。想想他一定早已跟監夢琪好一段時間，只是礙於在市區可能會被夢琪大喊反制，今晚總算逮到這個杳無人跡的海濱公園，才會現身直接當面纏住夢琪。

想到此處，我已悄悄從後背包中拿出那把夢琪後來購買的手槍，並緊緊握在手中。

夢琪只是緊盯著陳組長沒有回應，不過陳組長繼續說著：「我當初從新聞中看到林家興成為連續殺人魔，在東部小鎮被警方因拒捕而直接擊斃，就覺得事情並不單純。而那個他所殺害的賴惠娟我也認識，總覺得這不像我所認識的林家興會做出來的事情，所以藉著弔唁林家興的契機，我直接前來東部調查真相。我先從東部綜合醫院的命案開始調查，同時也前往林家興生前開設的早餐店詳細訪察，並一一詢問相關目擊證人。因為我有員警的退休證件，也表明林家興是我的舊識，想要再進一步瞭解案情來撰寫個人回憶錄，所有人聽到後都會主動配合，甚至還很熱心提供非常多的細節，我想恐怕可能還比當初辦案員警得到更多線索——」

聽見陳組長說到此處，真的不知道他對案情掌握到什麼程度，我竟不自覺開始冒出冷汗，握住手槍的手掌更是有些發麻。

「哼——」夢琪以相當不屑的口吻說著。「陳組長，你有什麼話可不可以直說，我還有要事，沒辦法跟你慢慢耗下去！」

「咳、咳——」陳組長輕咳幾聲。「阿吉是吧？我剛剛說跟妳一起聯手欺騙林家興的年輕男子叫做阿吉對不對？他混進林家興的早餐店工讀了好一陣子，附近的常客也都認識他。聽他們說阿吉看起來很憨厚，是林家興的得力幫手，但我想林家興當時根本就沒想過會被你們聯手欺騙。我四處打聽得知林家興的早餐店之前被人搗亂過，甚至還被人開槍恐嚇，附近民眾還很好心幫忙報警。我想這個環節事出突然，並不在你們計畫之中，所以才臨時改變計畫，決定當天就要見機行事，殺害護士林秀雯滅口。這樣既可避免被林家興追問出其他線索，又可以嫁禍給林家興。」

我緊緊握住手中的槍，雖然陳組長不曾親眼看到案發經過，但聽著陳組長的一字一句，腦中卻開始浮現當時的所有場景。其實當時會有議員助理前去店長早餐店行賄封口，夢琪也有料到類似情境，也指導我該如何應對進退。不過後來早餐店被一群混混胡搞瞎搞就已超脫夢琪規劃過的劇本，而那時的場景真讓我完全吞不下這口氣，但因為我一時衝動，卻招來混混開槍報復。而後又被店長強行帶去醫院檢查，這些完全都在劇本之外，也真的讓我不知所措，好在後來趁機和夢琪聯絡，她又迅速應變出新的劇本。

「妳自己看看——」陳組長從外套口袋中拿出幾張彩色列印的圖片，不知道是否因為有些距離，上頭的圖片看得不是非常清楚，看不出來印的是什麼東西。「東部綜合醫院的陳東其醫師在我出示證件及表明來意後變得相當熱心，授權讓我自由調閱醫院的所有監視器錄影。我後來才知道他為何年紀輕輕權力卻如此之大，一切都得歸功於他的大力相助，我才能發現你們兩人關聯的直接證明。」

陳組長將其中一張紙交給了夢琪，並繼續開口說著：「當天混混在早餐店搗亂開槍，林家興又堅持要帶阿吉前去醫院檢查，真的讓你們亂了手腳。雖然你們事先早有預備一把只有林家興指紋的刀具，準備日後在適當時機能嫁禍給他，但當天過於匆忙，阿吉還來不及攜帶這把刀具，就被林家興直接帶去醫院。所以妳這個一直身處暗處的同夥，才不得不現身東部綜合醫院，將這把事先準備好的兇器，親自趁林家興離開阿吉身旁時，趕緊將這重要工具交給阿吉。妳當天帶東西前往醫院與阿吉會面的這個影像，都被我找到錄影證明，就是我剛剛給妳的這張圖片。另外我回推日期往前調閱，也調到在何圖一死亡那天，阿吉出現在東部綜合醫院的錄影紀錄。」

聽到此處，我已經按捺不住，很想衝出去叫陳組長閉嘴，但我一直惦記著夢琪交代過，即便撞見她被陳組長纏上，也不要莽撞現身，她自己可以想辦法解決。但我眼見夢琪臉色愈形慘白，因為陳組長所言幾乎不假，我想這也讓夢琪難以反駁。

就在我猶豫是否要出面時，陳組長繼續開口：「我之前看到新聞報導，殺害林秀雯的兇刀，上頭只有林家興的指紋，我直覺有些奇怪。親自訪察此處後，才知道早餐店還有個男工讀生阿吉，兇刀上完全沒有阿吉的痕跡，說是巧合也不是沒有機會。如果這是把只有林家興個人專屬的刀具，其他人任誰都不能碰觸，就可能會有這樣的結果，只是想來還是覺得有些不自然。當初警方原先就一再鎖定林家興，也想以林家興為全案主嫌迅速結案，根本不想去管這些細節。我想你們思慮那麼縝密，都能騙過聰明的林家興，一定也有想過這個環節。後來才想到一種可能性，是這名阿吉有絕不能留下指紋的理由，那便是因為阿吉是名通緝犯，根本經不起警方的指紋比對，對吧？阿吉的本名就是吳清諺，是一名已經被通緝多年的逃犯，也是前陣子警方追緝黑幫非法交易還沒抓到的那名可疑嫌犯！」

——吳清諺！已經多久沒再聽過有人說起這三個字，真讓我聽了渾身都不對勁。

我再也忍受不住，已經緊握手槍站了起來，不過見到夢琪走近陳組長，又讓我停下腳步。

「陳組長——」夢琪輕瞇雙眼說著。「我沒興趣聽你一再胡扯，你這樣一直糾纏我到底有什麼目的？」

「咳、咳——」陳組長伸手遮口咳了幾聲。「我沒什麼特別目的，也不是有義務要破案的警察，只是想知道林家興死亡的真相。然後更想讓妳知道人外有人、天外有天，不要以為自己很聰明，沒人知道你們做了什麼。最重要是想奉勸你們最好不要去動那祕密帳戶的歪腦筋，那個帳戶是動不得的！」

「哼——」夢琪或許見到陳組長愈說愈激動，情緒也跟著有些激昂，以極為憤恨的口吻說著。「說了那麼多，我早知道你最終目的就是那祕密帳戶！」

「楊小姐，那個帳戶真的動不得，妳以為妳從林家興身上騙到的密碼是真的嗎？這世上只有我才知道真正的密碼，但那帳戶還是動不得的！」

「哼——」夢琪緊皺眉頭說著。「想騙我那密碼是假的，好讓我傻傻把真正的帳密交給你確認嗎？我想你當年也沒有成功從林家興口中得到密碼，這恐怕是你這輩子最大的遺憾。要不是我們精心布局，林家興恐怕會將這密碼永遠埋藏下去，這是林家興虧欠我媽媽的，我媽媽就是被林家興狠心拋棄後所害死的！」

「咳，不是這樣的！」陳組長揮手說著。

——什麼？這樣聽來夢琪的母親和店長似乎也曾有一段淵源。

儘管陳組長看起來還有話要說，但夢琪並不理會，只是左顧右盼大聲喊著：「阿諺，我知道你在這附近，不必再躲藏，趕快出來吧！」

我原本就一直很想衝出來替夢琪解圍，聽見夢琪這麼說著，得到明確指示後，我二話不說直接拿槍對準陳組長，並緩緩走了出來。

陳組長見到我的出現，先是倒退一步，發現我手中的槍正對準著他，只是停下動作不再言語。不過因為他戴著墨鏡，我實在也不清楚陳組長的真實表情。

雨勢又開始逐漸加大，夢琪看到我現身後，這下總算鬆了一口氣，並露出滿意的笑容，接著慢慢走到我的身旁。

我見到陳組長也想跟上前來，趕緊開口威嚇：「陳組長，不要動，小心我開槍！」

陳組長聽到我語帶威脅後，這才停下腳步。

夢琪先是冷冷看了陳組長一眼，接著轉頭對我說著：「阿諺，我們已經耽誤不少時間，交給你最後一個任務，就是殺掉這煩人的糟老頭！」

▲不歸路九段

「這——」

即便聽到夢琪明確下達了這樣的指示，她一定也想過後續該怎麼處理，這也不是我第一次聽令夢琪要我除掉麻煩人物，但還是讓我有些遲疑。畢竟我從以前就聽過，也忘記是在哪邊聽到，殺警察是會犯大忌的。不過想想，陳組長已經退休多年，嚴格說來現在也不算警察，但還是讓我無法下手。

「阿諺，你還在猶豫什麼？」夢琪不耐地催促著。「時間已經不早了！」

「這——」我握槍的右手，不知為何開始顯得有些顫抖，但看到陳組長想要繼續向前，不禁又讓我大喊出來。「你不要妄動，我真的會開槍！」

到底是怎麼一回事，連我自己也不知道為什麼會這樣。就算沒用過真槍，但在線上槍戰遊戲早已習慣各種殺戮，更何況也殺過人，不過眼前的陳組長，卻是讓我難以扣下扳機。

夢琪輕皺眉頭繼續催促：「阿諺！他知道太多了，絕不能留下活口，我們就只剩下一起走過去旁邊碼頭搭船的最終任務，不要讓我們過去那麼大的努力全都前功盡棄啊！」

「咳，清諺！你千萬不要衝動！」陳組長開口叫著我，那個聲音不再那麼低沉，讓我渾身都不對勁。「你們兩個都聽我說——」

為什麼陳組長會這樣叫我？搞不好他從頭到尾就一直知道我的身分，之前都只是假裝不認識，故意讓我從旁經過，只是為了使我有所鬆懈，真不知道陳組長當初如此到底有什麼樣的盤算。

「吳清諺！」夢琪不待陳組長說完，搶先拉高音調尖叫著。「你不是發過毒誓說什麼都會聽我的！我們只差最後一步就要去海外重新生活，這個麻煩人物真的非除不可！」

「夢琪，妳真的有所誤解，請聽我說——」陳組長轉向夢琪以幾近懇求的語調說著。這跟先前低沉的聲音完全不同，真讓我想不透眼前的陳組長到底發生了什麼事。

「吳清諺！快點，別讓他耍什麼花招！」夢琪以幾近尖叫的方式命令著我，這種拉高音調使喚我的方式，讓我直想起兒時母親對我咆哮的痛苦場景。

「轟——隆——隆——」

雨勢愈來愈大，卻也掩蓋不住夢琪的尖銳叫聲，這真是我從未見過的夢琪。這麼猙獰的表情，真的是我所認識的那個夢琪嗎？

看著只敢站在原地向夢琪苦苦哀求的陳組長，還有不斷在我身旁咆哮的夢琪，持續落下的大雨，讓兩人的身影在我視線中逐漸模糊。

「吳清諺！快點！」夢琪繼續叫著。

我感到頭疼欲裂，轉頭看向夢琪，卻發現夢琪後頭出現一名穿著黃色雨衣，大約四、五歲模樣的小孩，在大雨中直奔而來。

由於大雨不斷，視線也不是很清楚，我真的相當懷疑那小孩是否只是我的錯覺。不過夢琪似乎沒有察覺，難道只有我看到這小孩的身影？

夢琪用力拍打我的手臂，並繼續尖叫著：「吳清諺，我錯看你了，你真沒用！」

——可惡！為什麼我心愛的夢琪會像老媽以前咒罵的方式那樣對我咆哮，這真讓我難以接受！

我看向陳組長，他依舊還是撐傘站在大雨中望著夢琪，但發現他似乎又趁我不注意時悄悄往前移動了幾步。或許真如夢琪所言，精明的陳組長真的想要耍什麼花招，讓我高漲的情緒又更為緊繃，況且我再也無法忍受夢琪在我身旁以極為尖銳的聲調，持續不斷對我疲勞轟炸。

「砰——砰——砰——」

我總算扣下扳機，並朝著陳組長連開三槍，由於真實的手槍才不像線上遊戲還有滑鼠準心可以瞄準，我只能朝陳組長所在的約略位置開槍射擊。

見到陳組長悶哼一聲，手中雨傘掉落在地，接著只是緩緩倒下，這讓我想起了某個熟悉的身影，突然有些後悔自己的衝動。

我拋下手中的傘，衝去察看倒在地上的陳組長，雖然他腹部一再被大雨沖刷，卻還是因為不停滲出鮮血，衣物上呈現一片不斷擴大的暗紅。

回頭看向夢琪，她竟然轉身抱起先前看到的那名黃色雨衣孩童。看來並非我的錯覺，只是這名孩童到底是誰？

「嗚——哇——嗚——哇——」

儘管雨勢不斷，四周都是淅瀝嘩啦的雨聲，卻還是可以聽見這名孩童微弱的哭喊。

陳組長手撫不斷冒血的腹部勉強坐起，另一手拿著一張染血的證件交給了我。我原以為是他的員警退休證，不過再仔細一看，才發現是張身分證。

證件上頭的照片是一名我似曾相識的中年男子，名字雖然跟我一樣姓吳，卻是個陌生名字。陳組長示意要我翻過背面，我竟然依照他的指示翻了過來。

這不翻還好，一翻卻發現這個身分證件背面配偶欄雖是空白，但母親欄位登載的，竟然跟我阿嬤同名同姓，世上竟有這麼巧合的事！

待我看完陳組長想讓我知道的訊息，陳組長推開頭上的漁夫帽還有臉上的墨鏡，竟同時將銀白長髮也一同拿下，這才發現原來那是一頂假髮。

我看著陳組長慘白的面容，覺得這個面貌非常熟悉，又看向手中的身分證件。見到我有所疑惑，陳組長揮手要我靠近一點，我竟不疑有他靠了過去。

「阿諺，快點走啊！」夢琪抱著那名孩童開始催促。「我看陳組長已經不行了，你做得很好，不要管他，我們快點去搭船啦！」

儘管夢琪站在後頭不斷催著，我卻被陳組長微弱的耳語嚇得驚恐不已。

——他到底在說些什麼！

我瞪大雙眼難以置信，但我卻無法否認他道出的所有事實。

——真的是這樣嗎！

滂沱大雨淋濕了全身上下，但我卻有一股想要吶喊的衝動。

「吳清諺！你快一點——」夢琪顯得相當不耐，又開始先前那咄咄逼人的催促方式。「已經完成所有任務了，我們快點去搭船！」

「嗚——哇——嗚——哇——」

夢琪抱著的那名孩童，不知為何開始大哭，就是那種我最受不了的幼童哭鬧聲。

儘管夢琪還是一再催促，但她尖銳的聲音早已被那孩童的哭喊聲所蓋過。而我雖被這種自己最懼怕的哭聲弄得渾身不適，卻還是繼續細聽將死之人的最後言語。

「吳清諺，你再不走我就自己上船了！」

夢琪不知道是否也被孩童的哭鬧弄得更為暴躁，竟又開始歇斯底里對我吼叫。

背對著夢琪，我完全沒有理會她的意思，只是靜靜聽完這名被我槍殺受害者的最後一段話語。他的一字一句都讓我煎熬不已，不知道又過了多久，他最終還是敵不過大量失血倒了下去。

我緩緩起身走向夢琪，真的已經對她這種哄騙小孩的方式極度厭煩，簡直把我當成笨蛋一樣。見到我終於依照她的指示走了過去，夢琪總算勉強擠出笑容說著：「阿諺，快點一起去搭船吧，上船後我再跟你慢慢解釋這個孩子的事——」

「不用了，我全都知道了——」我對夢琪冷冷說著。

「你這是在做什麼！」夢琪瞪大雙眼說著。

夢琪的驚恐並非空穴來風，因為我正拿槍對準著她。

「楊夢琪！妳為什麼要騙我！還要逼我殺害根本不想殺、也不該殺的人！」我雙眼泛淚大聲怒吼，這大概算是我與夢琪交往那麼多年來，第一次對她如此凶悍。

我從來沒有如此愧疚過，更該說這真的是我第一次在殺人後，湧現如此沉重的罪惡感。或許這根本就是過往在夢琪的洗腦下，一再壓抑麻痹的所有罪孽，終於在此刻全然爆發出來，讓我完全無法喘息。

「你是在發什麼神經！」夢琪也不甘示弱喊著。「快點一起去搭船，漁船不可能等我們那麼久的！」

那名孩童原本在夢琪不斷安撫下，情緒總算有些平穩，但聽見我們兩人的爭吵，似乎受到了驚嚇，又開始大哭起來。

「這是妳的孩子，對吧！」我拿槍指向夢琪抱著的那名孩童。「妳其實已經結婚多年，更還有小孩，為何還要這樣瞞著我，欺騙我的感情！」

我實在無法接受，在我對夢琪如此真摯的感情世界中，竟然還有其他人介入，而且還是打從一開始就有。但嚴格說來，介入別人感情世界的那個爛人，似乎才是我這個惡棍。

「阿諺，求求你，不要讓我們都在這裡一直淋雨——」夢琪苦苦哀求著。「這孩子身體不好，我怕會承受不住的。我絕沒有刻意欺騙你，我是真心愛你，才想要和你一起前往海外展開新的生活，這孩子需要一大筆錢治療特殊疾病！我本來打算在船上再慢慢跟你解釋，但這孩子在船上等得不耐煩一直哭鬧，才被漁船老闆放下來找我，就是想要讓這孩子趕快催我們上船。我的所作所為都是為了你和這孩子，一定要相信我啊！」

「聽妳在胡扯！」我瞪大雙眼說著。「這孩子的爸爸是誰？是不是就是常常虐打妳的爛人，妳過去一直閃躲，不願意告訴我身上瘀傷的事實，原來都是被你正牌老公虐待，說到底我不過就是個替代品！為什麼不告訴我那個爛人是誰，我去把他殺掉就好！」

「我——」夢琪欲言又止，眼淚早已流了下來。「我知道他是爛男人，當初就是被他甜言蜜語欺騙才會失身，後來又被一路哄騙，更才有了這個孩子。但他根本就不愛這孩子，明知道孩子身體有問題，還是放手不管，只會跟我一直討錢花用，一不如意或酗酒後就會拿小孩威脅或動手打人。每次施暴後又是放下身段不停道歉和發誓悔改，我最後就又心軟原諒，你不會瞭解這種人有多厲害，這根本就是永無休止的痛苦循環！真的是直到遇見那麼真誠純潔的你，才是我最理想的對象，我充滿痛苦的世界才有了改變。所以我才會下定決心要帶著孩子遠離那惡魔，就是想和你一起共組我心目中最嚮往的理想家庭，這孩子需要一個懂得珍惜我們的好爸爸——」

「胡扯，是妳才想用甜言蜜語欺騙我吧！」我再次拿槍對準夢琪，並憤恨地說著。「若那男人真的那麼爛，妳早就可以告訴我是誰，讓我去把他殺了。妳遲遲不敢告訴我這件事，就是怕我會去殺了他，對吧！」

「不是這樣的！」夢琪繼續哭訴著。

「妳心裡到現在還是愛著他對不對，妳就是想這樣保護他，不忍心看到他被我殺害。我不過是個妳逼不得已，需要到海外重新生活，甚至只是治療照顧妳孩子的理想替代品，妳根本就不是真心愛我，對吧！」

「不是這樣的！」夢琪還是一樣的話語。「先別管這件事，我們趕快上船啊！」

我實在無法容忍，夢琪心裡面還有其他男人的存在！不，不只是心裡，一想到過去和另一個根本就不認識的男子共同擁有夢琪，想來就是一陣噁心。還有這個不知道從哪來的幼童，就只會一再哭鬧，愈看愈令人厭惡，真讓我勾起許多兒時的痛苦回憶。

「阿諺，我是真心為了你！」夢琪邊哭邊說，和那名幼童的哭聲吵得我頭疼不已。「你有沒有想過你都已經快三十歲了，為什麼行為舉止一直還很像國小高年級或國中生。我查過相關資料，我想你可能因為年幼的痛苦經驗，尤其是父母親後來雙雙狠心拋棄你的嚴重打擊，讓你心智年齡停止成長。我知道海外對這方面的治療很有經驗，像你最近的一些行為，我就覺得你已經有所成長，變得很有想法，可以自己判斷和決定一些事情，而且也都處理得很好。以後我們到海外生活，等到順利動用祕密戶頭後，我會再幫你找到適當的醫生治療。我相信未來你還是可以變成跟正常人一樣，目前我已經有先鎖定幾個那邊的國際知名醫生——」

什麼？我快三十歲了？我雖然已經過著不知道自己實際上到底幾歲的生活，卻一直以為最多才快二十歲，頂多也只是二十出頭。到底是怎麼一回事，那將近十年的時間，究竟是怎麼平白無故消失，這跟我一直反覆出現的時間停滯感是否有所關聯？

「阿諺，求求你快跟我走——」夢琪繼續哀求著。「你是逃兵，是被通緝的身分，你絕不能留在這裡！我所做的一切都是為了你和孩子！你自己發過誓，就算我有孩子還是會一樣愛我、疼我，難道都是騙我的嗎！」

——哼！說得這麼好聽，原來當初要我發誓的內容早有算計，虧我還以為是指我們兩人未來所生的小孩，更為這樣的規劃連日煩惱不已！說什麼是東部大學的學生，這一定也是騙我的，什麼都可以欺騙我，我的那些誓言又該算數嗎？

至於逃兵這件事，我當年因為國中畢業後，就過著漂泊不定的生活，根本就不知道被徵召入伍這件事，遲了好幾年才被抓去當兵。不知道是因為這件事，還是因為我本來看起來就很好欺負，在軍中一直成為眾人欺凌的共同目標。但因為當時已經和夢琪交往，即使身不由己關在軍中，但中間放假時，因為太過想念夢琪，想一直陪在她身邊，才會逾假未歸。既然知道逾期不歸所要面臨的嚴厲懲罰，更讓我完全不想再回到那個只會虐待我的軍營。就這樣我直接成為逃兵，這一逃也不知道過了多少年，從此成為拋棄真實身分的無名幽靈。

這麼說來，我到底和那個爛男人同時與夢琪發生親密關係有多少年了？想到這裡，我又是一陣噁心，心中更是湧起一股憤恨。到底如此聰明的夢琪，現在是說真話，還是又再把我當作笨蛋哄騙，我實在已經分不清楚，想著想著不覺又拿槍對準夢琪。

「嗚——哇——嗚——哇——」孩童再次縱聲大哭，這讓我真的無法專心思考。

夢琪見到孩童大哭，而我又拿槍對準她，這次竟已失去耐性大聲怒罵：「吳清諺，你是在鬧什麼脾氣，成熟一點好不好，真是個無藥可救的廢物，我不跟你這白痴再耗下去了！我的孩子比較重要，不想管你了，你這智障自己留在這裡等著被抓吧！」

眼見夢琪撂下狠話後，抱著孩童準備轉身離去。不知為何，見到夢琪的背影，我想起那晚店長槍殺愛人的那一幕，還有店長而後懾人的怒吼，讓我拿槍的手不覺開始有些顫抖，而另一手竟下意識伸進褲管口袋，緊緊握住那串一直放在裡頭的項鍊。

夢琪沒有回頭，一手撐傘，一手抱著孩童，這個充滿母愛的堅毅形象，就是我這一生從沒體驗過，也一直是我最渴望的。如今卻讓我渾身都不自在，一陣深不見底的絕望感強襲而入。

我猛然想起先前被我槍殺那人所說的最後一句話，這下也總算想通那句話所代表的意義，讓我感到一股前所未有的痛心與噁心，緊握的手早已讓項鍊深深刺入掌中。就算夢琪沒有騙我、沒有拋下我，也是真心愛我，我們終究還是不會有任何光明的未來，這根本就是一條自始就沒有絲毫光明的黑暗道路。

大雨持續下著，已經多少年沒再哭過的我，臉上的熱淚早已被雨水沖刷掉不知多少回，卻也止不住這狂流不止的淚水。

楊夢琪，這些年來，妳的所作所為根本就只是為了妳的孩子。不，搞不好還有為了妳最摯愛的正牌老公，你們根本就一直聯手欺騙我。要是我跟著妳上船也只是會被你們合力除掉，或是到了海外順利動用祕密戶頭後，妳還是會把妳心愛的正牌老公接了過去，並把此後再無利用價值的我狠心除去。妳編了那麼多騙人的好劇本，又那麼嚴厲訓練我，不過是想利用我的單純、利用我的忠誠、利用我的順從，甚至就是利用我對妳至死不渝的真愛，來排除妳這條通往美滿家庭的所有障礙。如今我真的已經完全分不清楚，過往的美好到底是真實存在，還是只是妳精湛過人的演技，就算剛剛說得一口那麼動聽的好話，我真的再也無法相信了！

——可恨！真的太可恨了！怨恨這些又有什麼意義呢？在茫茫的網路世界中，我們當初根本就不該相遇！

見到夢琪逐漸遠離，絲毫沒有回頭的意思，我的心彷彿已被撕得七零八落，胸口更是鬱悶到喘不過氣。多年來對這世界所有一景一物的滿滿憎恨，已經忍耐到了極限。

「楊夢琪，我恨妳！」我使盡全力嘶吼出來，並將深陷掌中的項鍊用力朝她丟了過去。

夢琪原本看似鐵了心想要直接離去，這下總算回過頭來。我知道她只是把我當成哭鬧的小孩一般，以為只要這樣拋下我離開，我就會自己跟上，這一定就是夢琪所預想好的精心劇本。但這次我已經長大了，我不會再被任何人騙了！

「砰——」

一道隱蔽在大雨中的巨大槍響，宣告所有的一切全都結束了。

夢琪手中的傘倏地落下，緊接著抱住孩童直直跪倒在地，而後任由孩童從懷中落了下來。孩童墜地重新站起後，只是不斷哭鬧伸手討抱，不過表情扭曲、癱跪在地的夢琪，低下頭後完全沒有任何回應。

——在扣下扳機前，我早料到會有這樣的結果，因為我很有自信這次一定能明確擊中目標。看到夢琪變成這副模樣，不知為何，內心反而有種說不出的欣喜。

結束了，這一切都結束了！這是我這輩子最後殺的一個人了！

對不起，夢琪，我還來不及告訴妳一些重要真相，這一切就提前結束了！

先前被我槍殺的那名男子，他不是陳組長，而是我最不該殺害的親叔叔吳志明。

當年店長為了幫助叔叔徹底躲避黑道追殺，先是設局誘殺幫派老大，這場戲碼也同時騙了在現場的叔叔。而後店長又和真的陳組長聯手欺騙所有黑幫耳目，並藉由新聞媒體散布唯一知道且有權限更改祕密帳戶的叔叔，已被黑幫老大殺害的假消息，當然只知道媒體報導的黑幫，事後也不可能去跟警局確認這件事。後來叔叔當晚就在陳組長的協助下躲藏到南部，之後更進一步改名隱居。為避免被黑幫發現當年詐死一事，叔叔從那天以後就和店長完全斷了聯絡，但叔叔和陳組長因為這件事結緣，多年來也時常保持聯繫。陳組長幾年前過世時，還特別把員警退休證等警界遺物指名留給了他。

叔叔知道我多年前就成了逃兵，卻完全沒料到我會出現在這裡。原本叔叔只因為和夢琪母親也是舊識，甚至可說是在店長入獄後，一直代替店長的角色照顧夢琪母親，也默默看著夢琪長大。

在叔叔得知店長成為連續殺人魔被警方擊斃後，直覺認為店長不可能殺害往日情人。推測可能與祕密帳戶有關，又懷疑夢琪可能因為翻過母親遺留下的筆記而涉入其中，才會偽裝成陳組長前來東部調查。

我的出現完全出乎叔叔意料之外，但他又怕被我認出，才會每次相遇時，儘管自己已是經過喬裝，還是會盡可能避開我的目光。而經過他的調查也發現我與夢琪的關聯，那晚因此跟蹤我到廢棄工廠，卻沒料到會殺出警方的圍捕。他跟我一樣都完全禁不起警方盤查，尤其是那個王立信與他過去也有一段淵源，更怕被他認出。好在他只是用望遠鏡遠遠觀察，躲得夠遠所以跑得也快，那晚才會在海邊與我再次相遇。

叔叔說他想查明真相的用意只有一個，就是想保護夢琪。但一切真如他所擔心的一樣，夢琪從店長手中騙取了祕密帳戶，而且還計畫日後動用。叔叔假扮成陳組長接近夢琪，只想給自以為聰明的她深深打擊，讓她知道這世上強中更有強中手，自詡為天衣無縫的計畫，總有一天還是會被更聰明的人所識破。然後最重要的，還是想告訴她千萬不要去動用祕密戶頭，因為儘管叔叔、陳組長及店長三人的命運都因為祕密戶頭而緊密相連，但自始至終陳組長及店長手中的密碼都是錯的。這世上只有他一人知道真正的密碼，就連聰明的店長與陳組長也都被他騙過，而這一騙就是二十多年。

看著遠處的夢琪依舊在大雨中癱跪在地，只是任由孩童不斷哭鬧，這樣的結果真的讓我看了相當欣慰。但究竟眼前這個模糊的畫面是真是假，還是僅為我的想像，既然我都已經決定斬斷一切，也已與我完全無關。

對了，夢琪，一直定期匯款給妳的人就是叔叔，他說他真的不確定妳的親生父親究竟是店長還是另一個爛男人。他知道妳母親一直深愛著店長，但店長入獄後為怕她受到黑幫追殺的牽連，刻意對不離不棄的她疏遠、冷落甚至是惡言相向，就是為了斷絕所有關係。而知道雙方所有實情的叔叔，事後既不敢將妳出生的事告訴店長，因為自己不過是個曾經間接逼死無數人的骯髒兇手，所以也沒勇氣去作確認，只是直接把妳當作自己的女兒般，一直躲在暗處默默照顧，作為對年少荒唐歲月的一種贖罪方式。

我原本對這段話還沒有會過意來，直到想起叔叔生前的最後一句話，便是看著遠方那名孩童的身影，露出苦笑說著那可能是他的孫子，這才讓我猶如晴天霹靂般驚覺這恐怖的真相。

要是真如叔叔所言，那我和夢琪豈不就有緊密的血緣關係。我實在無法接受這樣的事實，也沒有勇氣否認我與她過去所發生的一切，更不敢將這樣的可能結果告訴夢琪，所能選擇的也只剩下這條永遠無法回頭的不歸路！

對了，夢琪，叔叔還有一直說什麼那個祕密帳戶絕對動不得，不是密碼錯誤的問題，而是什麼洗錢防制的東西，戶頭早已被國際組織認定與犯罪有關遭到凍結。只要誰想去動用或詢問，就會被國際警察全力追捕。

罷了，反正我也聽不懂叔叔在說什麼，更不可能會想思考那麼複雜的東西。

這一切真的都結束了！

不知為何，在這股強烈的時間停滯感中，明明前頭風雨交加，大浪更是一波一波猛烈拍岸，但我聽見的卻是我生平最愛的寧靜浪潮。在安詳悅耳的間歇浪音中，我突然想起了我的阿嬤，那個我覺得囉唆又煩人的阿嬤。雖然阿嬤那滿布皺紋的臉龐已有些模糊，但我真不知道誰才能相信。就連親生父母都可以狠心拋棄我，還有我先前唯一認定的生命燈火，那個兩人甜蜜世界裡如此完美的夢琪也是假的，就連叔叔都瞞了我這麼多年，想來想去這世上真的只有阿嬤不會騙我。

雖然這一切都已經太遲，但我若有機會，還是很想親口說聲：「阿嬤，對不起，生了一個那樣不肖的兒子，才又生了一個這樣更不肖的孫子，我承認我這惡魔真的打從一開始就不該來到這世上——」

生既無意，死亦何憾！

——向我這輩子最後一個被我親手殺害的人永別了！再會，吳清諺！

（全文完）

要推理99　PG2773

要有光
FIAT LUX

人性的試煉

作　　者　　秀　霖
責任編輯　　喬齊安
圖文排版　　陳彥妏
封面設計　　蔡瑋筠

出版策劃　　要有光
發 行 人　　宋政坤
法律顧問　　毛國樑　律師
印製發行　　秀威資訊科技股份有限公司
114台北市內湖區瑞光路76巷65號1樓
電話：+886-2-2796-3638　傳真：+886-2-2796-1377
http://www.showwe.com.tw
劃撥帳號　　19563868　戶名：秀威資訊科技股份有限公司
讀者服務信箱：service@showwe.com.tw
展售門市　　國家書店（松江門市）
104台北市中山區松江路209號1樓
電話：+886-2-2518-0207　傳真：+886-2-2518-0778
網路訂購　　秀威網路書店：https://store.showwe.tw
國家網路書店：https://www.govbooks.com.tw
總 經 銷　　聯合發行股份有限公司
231新北市新店區寶橋路235巷6弄6號4F
電話：+886-2-2917-8022　傳真：+886-2-2915-6275

出版日期　　2022年5月　BOD一版
定　　價　　340元

讀者回函卡

Printed in Taiwan

國家圖書館出版品預行編目

人性的試煉/秀霖著. -- 一版. -- 臺北市 :
要有光, 2022.05
面 ;　公分. -- (要推理 ; 99)
BOD版
ISBN 978-626-7058-28-2(平裝)

863.57　　111006079